Savemore

Sean Doolittle

Savemore

Traduit de l'anglais (États-Unis)
par Sophie Asnalides

Collection dirigée par
François Guérif

Rivages/noir

Retrouvez l'ensemble des parutions
des Éditions Payot & Rivages sur

www.payot-rivages.fr

Titre original : *The Cleanup (Dodd and Head)*

This tranlation is published by arrangement
with The Bantam Dell Publishing Group,
a division of Random House Inc.

106, boulevard Saint-Germain – 75006 Paris

ISBN : 978-2-7436-2909-4

Pour Neil Smith et Victor Gischler,
une intrigue avec des flingues.

Prologue

$AVEMORE

I. VIANDE ET SURGELÉS

Worth n'en revenait pas de la manière dont les gens le regardaient. Pourtant, il posait une question simple.

– Euh… en papier… dit la femme.

Worth ouvrit un sac d'un geste sec et se mit au boulot. À côté de lui, Gwen parcourait son antisèche à la recherche d'un code produit. Tout au long de la rangée de caisses, les scanneurs bipaient, les marchandises s'entrechoquaient. Les haut-parleurs hurlaient les mauvais hits du *Top 40*.

La femme se pencha sur le tapis roulant.

– Je suis peut-être indiscrète, mais ils n'ont pas d'employés pour faire ce boulot ?

Worth s'appliqua à ignorer ses seins comprimés qui paraissaient vouloir s'échapper par-dessus la fermeture Éclair de son haut de survêtement.

– Ça ne me dérange pas, dit-il, en déposant le premier sac plein dans le caddie, au bout de la caisse. Nickel, ce sac ; bien rangé, stable, pas trop lourd.

– Eh ben dis donc, fit la femme, admirative.

Worth la remercia d'un signe de tête ; en deux temps trois mouvements, la pile désordonnée s'était transformée en trois sacs parfaits. Il avait gardé exprès un peu de place en haut du troisième, pour y caler le pain. Maintenant, la femme souriait.

– Euh… ça ne vous ennuierait pas de mettre la viande dans un sac en plastique ? Et les surgelés aussi ?

– La viande et les surgelés dans du plastique, OK.

Il regarda le gamin installé sur la hanche de la femme et sortit sa matraque.

– T'es d'accord, équipier ?

Sans quitter Worth des yeux, et sans cesser de mâchouiller le col de son polo, le garçon eut un mouvement de recul. Worth s'en voulut d'avoir frimé comme ça. Il tira vers lui la nouvelle pile de marchandises à l'aide de sa matraque, puis la fit disparaître en la glissant contre sa cuisse.

Gwen faisait de son mieux pour ne pas ralentir ; elle scannait avec sa main valide, tapotait le clavier avec l'autre, celle qu'elle s'était amochée. Rapidement, le caddie fut plein, le total totalisé. La cliente griffonna un chèque.

– C'est un vrai revolver ?

Worth sourit au gamin, qui avait les yeux rivés sur son ceinturon.

– Oui, p'tit, c'est un vrai. Mais c'est seulement pour les cas d'urgence.

– T'as déjà tiré sur quelqu'un ?

– Non, jamais.

– Ethan, arrête d'embêter monsieur l'agent.

Worth farfouilla dans un étui vide attaché à sa ceinture, à la recherche d'un Jolly Rancher.

– Voilà pour toi, mon pote. Bonbon officiel de la police d'Omaha.

Ethan se tourna vers sa mère. La femme esquissa un sourire à l'adresse de Worth, et d'un hochement de tête accorda la permission demandée. Worth lui tendit le bonbon. Il repéra enfin un des préposés aux sacs revenant sans se presser du parking ; il tortillait machinalement un coin de sa blouse, l'air désœuvré. Worth lui fit signe d'approcher. La ménagère admirait son caddie, bouche bée.

– Vous savez y faire.

Il agita les mains.

– La police a le bras long.

Elle rit et lui tendit un pourboire. Worth préféra se saisir du papier de bonbon d'Ethan. Quelque chose dans la fascination nouvelle que Worth lut sur le visage de l'enfant l'attrista un peu. Il lui fit un clin d'œil.

Après leur départ, Gwen se leva, donna un coup de hanche dans le tiroir-caisse pour le fermer et gratifia Worth d'un battement de cils exagéré.

– Vous savez tellement bien y faire.

– Commence pas, toi.

Il posa son regard sur le poignet qu'elle s'était foulé en jouant au volley avec une équipe de dernière division. Elle était venue au boulot avec le bras droit enroulé dans un énorme bandage marron ; ses longs doigts fins ressemblaient maintenant à des saucisses avariées.

– Tu devrais rentrer et te mettre les doigts dans la glace.

– Ça va aller.

Elle lui pinça gentiment le bras de sa main valide.

– Comment ça se fait que tu sois là si tôt ? T'as pas de vie privée ?

– Ma vie, c'est faire respecter la loi.

– Mon héros…

Il aimait la voir sourire.

Gwen lui piqua sa matraque pour le faire dégager. Worth retourna à son poste, près du comptoir à cigarettes. Il remit la matraque en place, accrocha ses pouces dans son ceinturon et entreprit de ressembler à un flic.

II. GWEN

Une fois par séance, généralement lors d'une pause, le Dr Jerry Grail sortait un petit miroir du tiroir de son bureau et le brandissait devant le visage de Worth.

– Décrivez ce que vous voyez. N'utilisez que des noms.

Parfois, il ne fallait que des adjectifs. Une fois, que des mammifères. Quelle que soit la variante, l'exercice lui paraissait artificiel, barbant, un peu humiliant, mais Worth avait besoin du certificat du psy, alors il faisait de son mieux pour jouer le jeu. Quelquefois, le Dr Grail gribouillait quelque chose dans le dossier. Mais pas toujours. La moitié du temps, Worth était quasi certain qu'il n'écoutait même pas.

Un après-midi, quand il vit la main de Grail se diriger vers le tiroir, Worth lui dit :

– Sans vouloir vous offenser, Doc, vous croyez pas qu'on sait maintenant assez bien à quoi je ressemble ?

Le Dr Grail s'interrompit et s'appuya contre son dossier. Il avait un visage allongé, des cheveux clairsemés, plaqués sur le crâne, et une manière de regarder le patient face à lui que Worth trouvait toujours culpabilisante, comme s'il lui faisait perdre son temps exprès.

– Le miroir est juste un exercice, Matthew, dit le Dr Grail.

– Vous dites ça comme si c'était un truc positif.

– Ça vous met mal à l'aise ?

– Pas vraiment.

Pas question qu'il tombe encore une fois dans le panneau.

Grail glissa un doigt à l'intérieur de son bracelet de montre et en fit le tour. Il faisait ça dix ou douze fois par heure. Worth comptait parfois.

– La semaine dernière, vous avez parlé de quelqu'un à qui vous portiez un certain intérêt. Sur votre lieu de travail. (Le psy parcourut son dossier, tourna une page.) Une certaine Gwen ?

Worth regretta d'en avoir parlé.

– Exact.

– Voudriez-vous y revenir et en parler plus longuement ?

– Je préfère pas.

Grail griffonna quelques mots.

– Ce que j'veux dire, c'est qu'il n'y a pas grand-chose à ajouter.

Elle suivait une formation d'infirmière à Clarkson et avait plusieurs boulots de nuit. Les soirs de semaine, elle cachait en dessous de sa caisse un vieux bouquin de cours à côté de son paquet de cigarettes et de son Stabilo jaune fluo. Elle avait de grands yeux gris, la repartie facile, et on la sentait à la fois hardie et fragile. La première fois qu'il l'avait vue, Worth avait repensé à l'oiseau qui était un jour entré par la cheminée et s'était coincé les ailes dans le pare-feu.

Il n'allait certainement pas dire au Dr Grail qu'il en était venu à se réjouir des patrouilles qui correspondaient aux services de Gwen. Que parfois, quand il la regardait depuis son poste à côté des cigarettes, il se surprenait à s'abandonner à des fantasmes pathétiques.

Worth s'imaginait venant à son secours. Plus d'une fois, dans ces heures si longues et désœuvrées après minuit, il s'était distrait en élaborant des scénarios compliqués qui illustraient son sang-froid de héros au regard d'acier. Il lui était même arrivé de se faire des films, de ces films porno avec un flic et une caissière qui plaisent tant aux ados.

Pour finir, il retournait au poste après le lever du soleil, se trouvant au choix répugnant ou menteur.

Worth ne se faisait aucune illusion. Il n'avait probablement jamais eu l'étoffe d'un héros, mais il n'était pas non plus le type même du débauché. C'était juste qu'il souffrait plus de la solitude qu'il ne l'aurait pensé. Et il ne connaissait pas vraiment Gwen.

Elle se luxa l'autre poignet en septembre. Un soir, elle arriva en boitant. Sorensen, le manager de nuit, lui dit qu'apparemment, Gwen jouait au volley toute l'année.

– C'est un sport violent, suggéra Worth.

Sorensen resta impassible, figé dans sa chemise amidonnée. Il griffonna trois mots sur son bloc, échangea un regard rapide avec Worth, puis acquiesça.

Worth allait toujours boire un café au moment où elle faisait sa pause. Un soir, elle le prit au dépourvu.

– J'ai trouvé des trucs sur toi.

La conversation risquait de ne pas avoir le ton léger habituel.

– Des trucs ?

– Mouais.

Gwen leva les yeux de son manuel. Elle tira une bouffée de sa cigarette et le regarda à travers l'écran de fumée. Même dans la lumière crue de la salle du personnel, ses yeux gris parvenaient à prendre une lueur chaleureuse.

– Je me suis renseignée.

Worth alla jusqu'au comptoir chercher un gobelet en polystyrène et se verser un café. Il se sentait mal à l'aise tout d'un coup.

– Et alors ?

– Et alors… Hmmm… (Gwen tapota son Stabilo contre son menton.) Voyons voir…

– Ça ne se fait pas, de taquiner un officier de police.

– C'est vrai, il paraît.

– Comment ça ?

– J'ai entendu dire que tu avais frappé un autre policier.

Il s'arrêta de verser le café, serra la mâchoire. Ricky. Ou Curtis. Pas moyen de leur faire confiance. Franchement, qu'est-ce qu'il lui avait pris, de raconter ses histoires de macho dans la réserve, devant ces deux crétins ?

Gwen dit :

– Est-ce que c'est vraiment vrai ?

– Non, pas vraiment.

– Je me disais aussi. Ça n'a pas l'air d'être ton genre.

Worth remit la cafetière sur son socle.

– J'ai frappé un inspecteur.

Elle ferma son livre, planta ses coudes sur la table et se pencha en avant, les bras repliés, laissant la fumée de sa cigarette lui effleurer l'oreille.

– Non, c'est pas vrai.

– Malheureusement, si.

C'était Vargas, de la Criminelle. Worth n'avait raconté aux frères Modell, Ricky et Curtis, que la partie où Vargas s'était retrouvé le cul par terre. Il n'avait pas mentionné l'épisode suivant, quand Vargas s'était relevé, avait feinté vers la gauche avant de lui éclater le nez avec un direct du droit. Il ne l'avait même pas vu venir. Rien que d'y penser, c'était humiliant.

– Pourquoi t'as frappé un inspecteur ?

– Une pulsion incontrôlée.

– Ah.

– C'est une longue histoire.

En fait, c'était une histoire assez courte. Vraiment simple.

Elle eut un hochement de tête compréhensif.

– Et c'est à cause de ça que tu as atterri ici, à me tenir compagnie ?

En venant ce soir, il avait réalisé que ça faisait déjà deux mois et demi. Le magasin avait subi une rafale de vols à l'étalage en juin et un vol sans arme la première semaine de juillet ; un guignol de Fremont avait pris d'assaut deux caisses et s'était enfui par les portes principales, un tiroir-caisse sous chaque bras, semant des pièces au passage.

Le supérieur de Worth avait fabriqué ce détail quand il avait visé son arrêté de suspension. Six mois, patrouille de nuit, le supermarché SaveMore au coin de Saddle Creek et de Leavenworth. Affectation provisoire en attendant le certificat d'aptitude du psy.

– Plus ou moins, dit Worth.

– Intéressant…

– Pas tant que ça.

Gwen se redressa. Il aimait sa façon de fumer : elle semblait pensive, un peu maladroite, un œil mi-clos. Il n'avait jamais vu quelqu'un avec des yeux de cette couleur. Il était fasciné par ces yeux.

– J'ai entendu dire autre chose, dit-elle enfin.

– Ouh là… Et qu'est-ce qu'on t'a dit ?

– Que t'es un imposteur.

Il se brûla la langue avec son café.

– Pardon ?

Gwen regarda sa main gauche. Il fallut un moment à Worth pour comprendre : son alliance. Il laissa échapper un petit rire, sentit la chaleur lui monter aux oreilles.

– OK, je vois, dit-il.

– Et… longtemps ?

– Est-ce que j'ai été marié longtemps, ou est-ce que ça fait longtemps que je suis divorcé ?

– L'un ou l'autre.

– Marié pendant dix ans. Divorcé depuis huit mois.

– Ah.

– C'était fini depuis plus longtemps, mais je ne le savais pas.

– Je suis désolée.

– Faut pas.

Elle hocha la tête comme si elle comprenait.

– Encore accro, hein ?

– C'est compliqué.

Ça ne l'était pas.

À ce moment-là, quelqu'un entra dans la pièce ; ils levèrent les yeux. Worth reconnut LaTonya, une des caissières à plein temps ; ce soir, elle avait ajouté des perles au bout de ses tresses. Elle alla jusqu'à la pointeuse, la blouse jetée négligemment sur l'épaule, y inséra sa carte avant de la glisser dans la fente à son nom sur le panneau. Elle suspendit sa blouse à un crochet.

– Bonne nuit, Gwennie.

Gwen sourit.

– À demain, ma belle.

– Salut, Superflic.

– Bonne nuit, LaTonya.

LaTonya lança un regard à Gwen, gloussa et sortit en fredonnant.

Une fois qu'elle fut partie, Worth demanda à Gwen :

– Ça voulait dire quoi, tout ça ?

Gwen s'était déjà replongée dans son manuel. Elle haussa les épaules, tout en débouchant son Stabilo avec ses dents.

– On sait jamais, avec elle.

III. SUPERFLIC

Depuis quelque temps, il repensait souvent à ce que Sondra lui avait dit un jour.

Tu sais ce que c'est, ton plus gros problème ? C'était quelques mois avant qu'elle ne le quitte pour Vargas, de la Criminelle. *C'est pas ton boulot. C'est pas ton département. Matthew, attention, j'ai un scoop : c'est toi.*

Il avait zappé ce commentaire à l'époque. Elle était furax parce qu'il ne s'était pas inscrit au concours de sergent, et elle avait décidé de le lui faire payer. À un moment de leur histoire, Sondra avait commencé à éprouver de la déception. Il n'avait rien vu venir. Rien que d'y penser, c'était humiliant.

Ces derniers temps, même Worth voyait l'ironie de la situation.

Son arrière-grand-père avait reçu une balle dans les

côtes quand la foule avait pris d'assaut le tribunal, en 1919 ; à ce qu'on racontait, Mort Worth avait continué à se battre alors qu'il pissait le sang, même après qu'ils avaient mis le feu au bâtiment. Son grand-père était à l'origine de la mort de Boss Dennison en 34. Un de ses grands-oncles était passé capitaine dans le secteur sud-est. Son père avait donné trente ans de sa vie à la police, et il y avait laissé son foie ; son frère Kelly, trois ans, et il y avait laissé sa peau.

Il était le dernier de quatre générations de Worth à porter la plaque dans sa ville, et pourtant il avait fallu cet épisode au SaveMore pour rappeler à Matthew Worth ce qui l'avait poussé à devenir flic.

Autrefois, quand il y travaillait après l'école, c'était à la chaîne Food 4 Less, mais en gros, c'était pareil. Déjà à l'époque, il était toujours pour les autres le nul qui aimait bien avoir ce boulot à temps partiel au supermarché.

Ça lui plaisait, de ranger les courses dans les sacs. C'était gratifiant d'arriver à transformer une montagne d'objets de tailles et de formes différentes en quelques paquets uniformes. Il aimait aider les gens à les transporter jusqu'à leur voiture, leur faciliter un peu la vie. Il se sentait bien quand les gens le remerciaient, et sincèrement, en plus.

Ces dernières semaines, Worth avait fini par accepter les choses tristes de la vie.

Il vivait dans un monde où les ménagères fatiguées avaient tellement l'habitude de voir un ado apathique mettre le bidon de lait sur les œufs qu'elles étaient prêtes à vous donner un pourboire pour avoir simplement essayé d'ajouter du sens au second terme de la devise de la police, *Protéger et servir*.

Et il s'était probablement senti plus utile avec sa blouse et son badge que depuis qu'il portait son ceinturon et sa plaque.

Et il ne gardait son alliance que parce qu'il savait que ça foutait en rogne Vargas, de la Criminelle.

La dernière semaine d'octobre, une vague de froid venue du Canada s'abattit sur la région comme un couperet.

Cela faisait deux jours que Worth n'avait pas écouté la météo. La nuit où le temps changea, il était parti faire sa ronde de 2 heures du matin le col relevé, les mains enfoncées dans les poches ; il regardait son haleine former de petits nuages de givre dans la bruine. Il l'entendit avant de la voir.

– Russell, s'il te plaît.

Les éclairages de la façade donnaient à la surface lisse et huileuse du parking un reflet bleuté. Une des lampes était grillée. Comme il tournait au coin du bâtiment, Worth repéra une Pontiac GTO rutilante garée de travers dans l'ombre au pied d'un poteau. Une des premières *muscle cars*, gros moteur, noir brillant, becquet arrière, jantes en alliage, plaques personnalisées au nom de BadGoat. Pas mal.

Gwen était penchée vers le conducteur.

– Chéri, je suis désolée, dit-elle, OK ? Tu me fais mal.

Worth aperçut la main du conducteur serrant le bras de Gwen. Il allongea le pas.

Le conducteur avait repéré Worth. Gwen put retirer son bras à l'instant où Worth atteignit l'aile avant. Il plaça sa main sur la poignée de sa matraque tout en avançant vers la portière.

– Tout va bien ?

Gwen croisa ses petits bras minces et baissa les yeux.

– Salut, Matthew. C'est la fin de ma pause. Tout va bien.

Worth posa la main sur le toit de la Pontiac.

– Et là-dedans, ça va ?

Le siège du conducteur était occupé par un type furibard, mince et musclé, en jean et débardeur. Il avait les mains crispées sur le volant et regardait droit devant lui ; les diodes de la sono dernier cri donnaient à sa barbe de plusieurs jours une teinte ambrée.

Voici donc Russell, se dit Worth. Il huma l'air chaud mêlé d'eau de Cologne qui s'échappait de la voiture, tandis que ses doigts s'engourdissaient sur la carrosserie glacée.

– C'est pas poli d'ignorer quelqu'un qui vous pose une question.

– Elle vous l'a dit, tout va bien.

Worth se redressa et se tourna vers Gwen. Tout d'un coup, en la voyant, il repensa à Tiffany Pine. Des images désagréables défilèrent comme des flashes dans son esprit.

Il secoua la tête et dit :

– Tu me raccompagnes à l'intérieur ?

Avant que Gwen n'ait pu répondre, le moteur s'était mis à vrombir. Dans un brusque rugissement de heavy metal, les phares projetèrent leur faisceau dans la brume. Russel enclencha le levier de vitesses et fonça vers la sortie la plus proche, laissant les deux autres figés sur place.

Worth attendit que les feux de la Pontiac aient disparu dans un dernier crissement de pneus avant de lui redemander si ça allait.

Gwen garda les yeux baissés. Soudain, tout paraissait trop silencieux.

– Tu n'aurais pas dû faire ça, dit-elle.

– Gwen, c'est mon boulot…

– Non. Vraiment, tu n'aurais pas dû.

Gwen ne portait pas de manteau. Il n'avait pas encore complètement enlevé son blouson de l'armée pour le lui donner qu'elle avait déjà tourné les talons, les bras serrés autour de la poitrine, et repartait seule vers l'entrée du magasin.

Il trouva les frères Modell en train de faire les andouilles dans la salle des employés ; ils jouaient aux fléchettes avec des cutters et des cartons vides. Ils avaient dessiné des cibles grossières sur les flancs des cartons, probablement avec le marqueur Sharpie que Ricky portait calé sur l'oreille.

Généralement, Worth était indifférent à leur présence. Les deux frères, blonds et courts sur pattes, étaient manutentionnaires à plein temps depuis qu'ils s'étaient vu refuser leur bourse universitaire de lutteur parce que leur moyenne ne se comptait qu'en décimales. Mais ils étaient bien élevés. Ils se décarcassaient pour rendre service. L'un comme l'autre serait prêt à soulever une voiture si on le leur demandait.

Ce soir-là, il leur fit signe de quitter la pièce.

Ricky ne saisit pas tout de suite. Il resta planté là, les yeux écarquillés, jusqu'à ce que Curtis lui assène sur l'épaule une tape qui fit valser le marqueur.

– Bouge-toi, crétin.

Ricky eut un mouvement de recul, se frotta l'épaule.

– T'es vraiment un sale con, dit-il.

Curtis l'ignora et sourit à Worth en se dirigeant vers la porte.

Ricky le rattrapa et lui rendit son coup. Worth ne put s'empêcher de remarquer la manière dont Gwen tressaillait au bruit sourd du contact entre le poing et la chair.

Quand il s'assit, elle éteignit sa cigarette dans le cendrier métallique crasseux posé à côté d'elle. Elle attrapa son paquet, en alluma une autre et, enfin, esquissa un sourire timide.

– Tu veux ma photo ? Ça te fera un souvenir.

Hé, fit-il, presque à haute voix, pensant à l'appareil photo que contenait toujours le coffre d'une voiture de patrouille. *Tu ne crois pas si bien dire.*

Il dit :

– Fais-moi plaisir, tu veux ?

– Comment ça ?

– Je veux que tu portes plainte.

– Plainte ?

– Auprès de moi.

– Je ne suis pas sûre de comprendre.

Depuis des semaines qu'il la connaissait, Worth ne se rappelait pas avoir vu Gwen porter ne serait-ce qu'un soupçon de rouge à lèvres. Ce soir, elle s'était tartiné le visage d'une telle couche de fond de teint qu'on aurait dit un masque de Halloween. L'ombre de l'hématome était quand même visible, au sommet d'une pommette, jusque sous l'œil.

– Si tu as besoin d'un endroit où aller, je peux te trouver ça.

– Un endroit ?

– Un endroit où tu n'auras plus rien à craindre, dit-il, si c'est ce dont tu as besoin.

Gwen refusait toujours de le regarder. Elle croisa les bras, tenant sa cigarette tout près de ses lèvres.

– J'imagine que tu sais où trouver un endroit pareil ?

Le service de nuit prenait fin à 7 heures. Worth se rendit à la salle des employés à 6 h 30 et attendit à côté de la pointeuse.

À 7 h 15, il partit à sa recherche.

À 7 h 25, il revint à son point de départ et découvrit qu'elle avait rangé sa carte et qu'elle avait filé.

IV. VOLLEYBALL

Gwen Mullen se fit porter pâle les deux soirs suivants. Sorensen, le manager de nuit, dit à Worth qu'elle n'avait jamais été absente depuis deux ans qu'elle travaillait pour lui au magasin.

Le second soir, pendant l'appel, le portable de Worth vibra. Pensant que c'était Sondra qui l'appelait au sujet de la maison, il ne décrocha pas.

À la fin du rassemblement, il écouta ses messages. C'était Sorensen.

– Elle refuse de me parler, dit le manager en montant l'escalier avec Worth.

Worth hocha la tête.

– Je vais essayer.

– Et elle refuse d'enlever son manteau.

– OK.

En haut de l'escalier rustique en pin, devant la pancarte RÉSERVÉ AU PERSONNEL accrochée à la porte, Sorensen marqua une pause. On aurait dit qu'il voulait ajouter quelque chose.

Certains employés se payaient sa tête. Il avait à peu près le même âge que Worth et vivait avec sa mère. Il était de taille moyenne, avec une tendance à l'embonpoint. Il n'avait probablement jamais été très stylé. Il avait une drôle de mèche sur le front et un problème de pellicules. Et il racontait tout le temps les mêmes blagues débiles.

Mais c'était un bon bougre, pour ce que Worth en savait. Il paraissait sincèrement préoccupé. Le bonhomme fit cliqueter son Bic et planta ses yeux dans ceux de Worth.

– Je vais lui parler, dit Worth.

Sorensen poussa un soupir. Hocha la tête. Puis il tourna les talons et redescendit l'escalier.

Une fois seul, Worth frappa doucement à la porte deux fois et entra.

Trois murs du bureau étaient couverts d'armoires à dossiers, et le quatrième consistait en une série de grandes vitres sans tain qui donnaient sur le devant du magasin. Gwen était debout près des fenêtres, les épaules affaissées, un bras enroulé autour de la taille. De l'autre extrémité de la pièce, Worth voyait sa cigarette trembler entre ses doigts.

– Hé, dit-il, comment ça va ?

Elle essaya de sourire. Sans succès.

– J'ai connu mieux.

Sans bouger, Worth l'observa. Elle portait un chemisier taillé dans une étoffe soyeuse, qui paraissait plus assorti à un tailleur classe qu'à un pantalon de survêtement et des chaussures crottées. Elle avait enlevé son petit blouson en polaire, mais seulement après le départ de Sorensen.

La radio de Worth crachota et il entendit son numéro : *Baker 52, à Adam double zéro.*

Lardner et Sanchez. Il savait d'expérience qu'il valait mieux ignorer l'appel.

Quand la radio émit à nouveau, il appuya sur l'émetteur accroché à son épaule :

– Trois Adam zéro.

Crépitements. Bip.

– *Ouais, hum... Double Zéro, demande prix.* Worth entendait Sanchez ricaner par-derrière. *Protège-slips Kotex avec rabats. Hum, ultraminces. Terminé.*

Quels gamins. Il posa la main sur sa hanche et coupa la radio.

Quand le silence fut revenu, il lâcha un :

– Hé ?

Elle se tourna enfin pour le regarder. Les vestiges de son œil au beurre noir faisaient des auréoles jaunes sur son teint blafard. Ses cheveux pendaient tristement autour de son visage. Il avait remarqué par le passé que ses yeux semblaient presque absorber son humeur, la couleur de la pièce autour d'elle. Ce soir, ils étaient vides, pâles, deux petits éclats de plâtre poussiéreux. Le tremblement de sa cigarette parut remonter le long de son poignet.

– Que s'est-il passé ?

Elle dit :

– Je peux te montrer quelque chose ?

Worth se retourna pour fermer la porte.

Elle mit une demi-minute à éteindre sa cigarette. Elle se mouvait lentement, en gardant le bras collé au corps. Enfin, elle se redressa, lui tourna le dos et commença à défaire son chemisier.

Il avait déjà une petite idée de ce qui allait suivre. Il avait compris pourquoi elle avait choisi un haut si doux, si ample. Et malgré tout, quand elle fit descendre le chemisier jusqu'à ses fesses, son cœur se serra.

Le dos étroit de Gwen n'était plus que chair suppliciée, un vrai champ de bataille. Les pires blessures suintaient, sanguinolentes. Sur le pourtour des hématomes, Worth distinguait les marques laissées par les poings fermés, comme des empreintes digitales crasseuses.

Quelqu'un se servait d'elle comme cendrier. Worth écarta une mèche de cheveux et trouva une marque de brûlure, une plaie à moitié refermée à la base du cou. Il y en avait d'autres entre ses omoplates.

Il n'avait jamais vraiment pu apprécier sa silhouette quand elle était vêtue de ces blouses informes au supermarché. Gwen était encore plus mince qu'il l'avait cru ; il pouvait compter ses côtes, chaque vertèbre de sa colonne.

En même temps, de là où il se trouvait, derrière elle, Worth voyait les courbes de sa taille et de ses hanches, devinait celle de ses seins étonnamment rebondis. Ces lignes qu'il découvrait contrastaient avec la sveltesse de son ossature ; même dans ces circonstances horribles, Worth sentit un petit frisson d'excitation. Il s'en voulut.

D'une main, il descendit avec précaution son jogging le long de sa hanche gauche, faisant apparaître la marque de l'élastique imprimée dans la chair veloutée. Les contusions masquaient en partie un tatouage qui courait au creux de ses reins. Encore des hématomes au-dessus de la hanche.

– Je t'emmène à l'hôpital, dit-il.

Gwen se mit à pleurer. Worth remonta son chemisier aussi doucement qu'il le put.

C'est à ce moment-là qu'elle se retourna et qu'il vit le grand vide dans ses yeux ; il comprit qu'elle ne sanglotait pas. Elle frissonnait.

Elle dit :

– Je peux te montrer autre chose ?

I

Plastique

1

Rétrospectivement, il trouva presque drôle de s'annoncer à l'interphone en disant : *Police. J'ouvre la porte*.

Dans la petite pièce au fond de l'appartement de Gwen Mullen, on avait l'impression d'être dans une chambre froide. Worth posa la main sur le radiateur glacé et comprit : elle avait coupé le chauffage. Elle avait aussi ouvert les fenêtres. Les lamelles des stores cliquetaient dans le courant d'air glacial.

Il releva le faisceau de sa Maglite.

Russell était étendu, nu, vaguement entortillé dans les draps. Dans le cône de lumière, Worth repéra des éclats blancs au milieu de la chair rouge déchiquetée. C'étaient peut-être des molaires. Ou des morceaux de mâchoire. Il ne savait pas bien.

Il détourna sa torche ; son haleine formait une espèce de brouillard dans la lumière. Il éclaira une table de chevet ; un carré sombre se détachait au milieu d'une fine couche de poussière. Il trouva la lampe par terre, à côté du lit, le fil encore branché dans la prise au-dessus de la plinthe écaillée.

Il appuya sur l'interrupteur avec son coude ; la lampe s'alluma, projetant des ombres sur le plâtre craquelé des murs. Par un hasard quelconque, l'ampoule était restée intacte ; des caillots noirs avaient durci autour du pied en verre.

Worth eut le réflexe de tendre la main vers sa radio, attachée à son épaule. Les mots étaient coincés dans sa gorge, luttaient pour remonter jusqu'à sa bouche : *Trois Adam Zéro, Trois Adam Soixante*. La voiture de son sergent.

Il se demanda depuis combien de temps ce type était là, dans cet état. Il se demanda combien de fois elle l'avait frappé avec la lampe.

Un peu plus tard, il s'aperçut qu'il avait relâché le bouton de son émetteur sans avoir prononcé le moindre mot.

Worth trouva Gwen assise dans le salon, le regard dans le vide, les bras autour des genoux. Une lampe en forme de citrouille en plastique de la taille d'un barbecue Weber trônait, menaçante, dans un coin et baignait la pièce d'une mauvaise lumière orange.

Il déplaça une pile de magazines et s'assit sur le bord d'une table basse, devant elle. À côté de lui, un gros cendrier en céramique qui avait la forme de l'État du Texas débordait de mégots. Aucun n'était de la marque que fumait Gwen.

– Dans la chambre. Là-bas, dit-elle, lui montrant la pièce du doigt.

– Gwen, tu m'as déjà montré, répondit-il.

Silence.

– S'il te plaît, regarde-moi.

Elle n'en fit rien.

– Peux-tu me dire ce qui s'est passé ?

– T'as pas vu ?

Elle parut replonger, et Worth la laissa faire. Dans le

sous-verre représentant une voiture de course accroché au mur, il aperçut le reflet de la lampe-citrouille qui montait la garde derrière lui, avec son sourire édenté et moqueur. Il se dit que c'était sûrement idiot, mais il n'aimait pas avoir ce truc dans le dos.

Il se leva et observa la pièce plus en détail.

Les boiseries étaient craquelées, le plafond taché d'auréoles. Dans un mur, un trou de la taille d'un poing laissait voir les lattes, comme des côtes brisées. Entre deux hautes fenêtres, au-dessus desquelles on avait tendu deux draps dépareillés en guise de rideaux, un téléviseur à écran plat, énorme, très cher semblait-il, était posé sur des casiers à bouteilles.

Il retourna dans la chambre. Il regarda le corps au ventre gonflé étendu sur le lit, sans parvenir à savoir ce qui le déprimait le plus : le cadavre fracassé, l'image de Gwen Mullen brandissant la lampe, ou l'idée qu'il pourrait jouer le rôle, plausible, du premier officier sur place devant ce misérable enculé de Vargas, de la Criminelle.

Il verrouilla son émetteur. Le bip lui rappela les scanneurs des caisses, là-bas, au magasin.

Juste à ce moment-là, un léger soupir lui parvint de l'autre pièce, à l'autre bout du petit couloir sombre. Worth retourna sur ses pas.

Gwen avait fini par craquer. De grosses larmes glissaient sous les paumes de ses mains, leurs traînées luisantes faisaient briller ses joues dans la lumière criarde de la lanterne-citrouille.

Worth s'accroupit devant elle dans un cliquetis de menottes ; la radio silencieuse s'enfonçait dans son flanc ; il ne savait pas où il pouvait la toucher sans lui faire mal.

Elle cacha son visage dans ses mains et s'affaissa contre lui. C'était comme si elle ne pesait rien. Il sentit ses larmes, son haleine humide.

– Je ne savais pas quoi faire, chuchota-t-elle.

Il lui caressa les cheveux.

– Ça va aller.

– Comment ça ?

Worth ne se faisait pas d'illusions.

2

Il n'était plus question qu'Eddie Tice se laisse balader. Terminé.

– Vaudrait mieux pour toi que tu sois crevé comme un rat, balança Eddie dans le téléphone.

C'était le dernier message qu'il avait l'intention de laisser.

– T'entends c'que j'te dis, p'tit con ? Parce que si tu es quelque part, là dehors, à faire le malin, j'te jure, je te retrouverai. T'imagine pas une seconde que j'te trouverai pas, mon salaud.

Il n'avait qu'une envie, c'était de raccrocher brusquement pour entendre le téléphone tinter, comme dans le temps. Il ne put que couper la communication avec son pouce avant de balancer le combiné sans fil contre le mur. Les piles et les débris de plastique n'avaient pas encore tous atterri sur la moquette que Troy Mather passa sa tête par la porte.

– Hum… Hé ?

– Quoi ?

– J'peux entrer ?

Tice prit une grande inspiration.

– Entre, Troy. Je t'en prie. Invitation personnelle.

Troy ouvrit la porte en grand et entra. Derek Price apparut sur ses talons ; il vira à gauche et s'affala dans le canapé d'angle à l'autre bout de la pièce. Il saisit la télécommande et alluma l'écran plat qu'Eddie avait enlevé du magasin pour le mettre dans son bureau. Le modèle de l'année d'avant.

– Tu as bien raison, lui dit Tice, mets-toi à l'aise.

Derek leva le pouce en signe d'assentiment et se mit à zapper de chaîne en chaîne, jusqu'à trouver SportsCenter.

Troy s'était avachi dans le fauteuil en cuir – un article désormais indisponible – devant le bureau ancien de Tice, face à lui.

– Bon, dit-il.

– Bon quoi ?

– Il est nulle part.

– Il est forcément quelque part, dit Eddie.

Du fond du canapé, une voix se fit entendre :

– Peut-être qu'il a juste oublié de recharger son portable.

Tice croisa les bras et se détendit dans son fauteuil. Il avait déjà vérifié auprès de la police de l'État, entre ici et Chicago. Aucun fait concernant une Pontiac jusqu'à maintenant.

Il redemanderait demain. Pour l'instant, Russell avait encore le bénéfice du doute. Il avait d'autres chats à fouetter.

Troy approuva du chef l'idée du téléphone portable pas rechargé, puis dit :

– Mais, juste histoire de me faire *la vodka* du diable…

Eddie soupira.

– Vas-y, j'écoute.

– Bon, alors moi et Derek, on a eu l'idée d'enquêter sur sa nana, dit Troy, avec une fierté non dissimulée. Bon, alors, je me rappelle qu'elle a trouvé un job là où elle bosse pour les frères Modell. Tu sais, au SaveMore, sur Saddle Creek. Curtis et Ricky, tu vois qui j'veux dire ?

– Non, fit Eddie.

– Des grands mecs balèzes ? Un peu crétins sur les bords ? Ils ont travaillé pour moi, chais pas, deux trois mois. J'crois que ce sont des jumeaux, genre ceux qui ne se ressemblent pas.

Ils ont travaillé pour moi. Troy aimait bien se donner l'impression qu'il avait un peu d'autorité chez Tice is Nice Meubles de Qualité, Discount et Occasions. Tout au moins dans l'entrepôt. Eddie Tice le laissait avoir cette impression.

– La suite de l'histoire, Troy.

– Bref, alors, on y va. Je sais déjà qu'elle bosse le vendredi, puisque Russ vient normalement au poker ce soir-là ; mais ce vendredi, elle y est pas. Nulle part. J'ai causé à Curtis et Ricky, rien pu en tirer. Et pis, j'ai demandé à un autre mec qui passait la serpillière. Il a dit que ça fait deux ou trois jours que la fille est pas venue au boulot.

À mesure que Troy avançait laborieusement dans son histoire, l'humeur d'Eddie s'assombrissait. Il réalisa qu'il n'avait pas encore enlevé le sweat en microfibre qu'il portait sur le treizième green à Tiburon, douze heures auparavant. Maintenant, la sueur lui ruisselait dans le dos.

– Elle a peut-être d'autres boulots ?

Troy ouvrit la bouche, puis la referma.

Eddie poursuivit.

– Mais elle n'était pas à la maison, c'est sûr.

– Hum…, commença Troy.

Il glissa un regard vers le coin de la pièce. Derek n'écoutait même pas.

– On sait pas c'qu'elle a comme voiture.

– Qu'est-ce qui s'est passé quand vous avez frappé à la porte ?

– Ben, on est vendredi, alors on s'est dit…

– Vous ne vous êtes pas pointés à l'appartement, c'est ça ?

Le visage de Troy se décomposa. Il rougit.

– Merde, Eddie, j'veux dire, putain, pourquoi il serait à l'appart', tu vois ?

– C'est bon, dit Eddie.

Bon sang, pensait-il. Troy était un type fiable tant qu'on ne lui demandait pas trop de penser ; Derek Price était taillé comme une ablette, cinquante kilos tatouages compris, mais il savait ce que c'était que la rue, et il la bouclait quand il fallait. Les deux ensemble ne valaient quand même pas un Russell, que Eddie Tice avait toujours considéré, jusqu'à ce soir, comme un type prometteur pour des choses plus grandes, plus belles.

– J'appellerai Tony.

– Oh, allez…

Troy bondit de son fauteuil.

– Laisse-nous nous en occuper. Pour de bon. On y retourne tout de suite.

– Ça va, ça va, lui dit Eddie, vous vous êtes bien démerdés.

– Eddie…

– Suffit ! aboya Tice.

Quand il lut sur le visage de Troy à quel point il était blessé, il se radoucit.

– Bon. Vous voulez me donner un coup de main ?

– Tu l'as dit, boss. (Troy fit craquer ses doigts.) On est prêts.

Eddie Tice s'extirpa de son sweat et le jeta par terre. Il se pencha en avant, ouvrit le second tiroir à gauche de son bureau, en sortit une bouteille de bourbon Eagle Rare et un verre à whisky, attrapa son BlackBerry posé sur son chargeur et dit :

– Va chez Electronics me chercher un nouveau téléphone.

3

Tiffany Pine avait fait la triste une pendant plusieurs jours, en décembre de sa première année de service.

Worth venait de sortir de l'école de police et circulait encore avec son officier formateur. Elle avait vingt-deux ans, elle était étudiante à l'université du coin, tout près de terminer sa formation de deux ans d'éducatrice de jeunes enfants. On était vers Noël.

Aucune des personnes de sa connaissance ne comprenait pourquoi elle était restée si longtemps avec ce type. D'après tous les témoignages, c'était un mec sanguin incapable de gérer quoi que ce soit sans recourir à la violence.

Une belle fille. Une situation très moche. Pendant trop longtemps, elle s'était comportée comme tout le monde, et ensuite, elle avait fait ce qu'on attendait d'elle. Rien de tout cela n'avait eu d'importance, pour finir.

Ils l'avaient trouvée sur le perron de Helena House, la gorge tranchée, son ventre de femme enceinte charcuté. C'était à Worth qu'était revenue la tâche de mettre en place un ruban pour isoler le lieu du carnage, les restes de ces deux jeunes corps – adulte de sexe féminin, bébé de sexe masculin – en train de se congeler dans une flaque de neige et de sang mêlés.

Il se rappelait encore ce que ça faisait d'être un flic

dans les semaines qui avaient suivi l'affaire Tiffany Pine. C'était pas vraiment ce qu'il aurait cru que ça ferait.

Problème numéro un : les fournitures.

Gwen avait des sacs-poubelle bon marché dans le placard, sous l'évier. Dans le même placard, la boîte à outils de Russell. Worth fit sauter le couvercle et trouva un rouleau de scotch renforcé au fond.

Problème numéro deux : Russell T. James.

Il y avait un grand tapis miteux dans le salon. Worth déplaça la table basse et souleva le tapis. La fausse citrouille ne le quittait pas des yeux.

De retour dans la chambre, il fit une pause, le temps de penser une dernière fois à l'appareil photo dans le coffre de sa voiture de patrouille. Il pourrait relever les empreintes de Gwen avant l'arrivée des enquêteurs ; il prendrait les photos dans une bonne lumière crue. *Agent Worth, au rapport.*

On avait probablement dit de Russell James que c'était un beau mec. Le T de son nom, c'était pour Thomas, d'après le permis de conduire qu'il avait trouvé dans le portefeuille posé sur la table de nuit. Vingt-cinq ans. Russell avait gratifié le photographe d'un sourire insolent.

Beaux cheveux. Belles dents bien alignées. Le genre de visage qui vous faisait chercher à quel jeune acteur de cinéma il ressemblait. Worth se souvint de ce que Sondra lui avait dit un jour sur les femmes qui étaient forcément séduites par les hommes aux yeux noirs.

De la barbaque sanguinolente.

Voilà à quoi le beau Russell ressemblait maintenant.

Des bouts de viande, des éclats d'os, un casque gluant de cheveux emmêlés.

Le bureau du procureur voudrait faire ses propres photos. Worth essaya de visualiser l'ensemble, tous les angles, les issues possibles, mais sa seule pensée était que Sondra et lui avaient vécu dans un vieil immeuble comme celui-ci, au début. Pas de climatisation, pas de thermostat, difficile à chauffer. Une fois, au creux de l'hiver, il y avait eu une coupure de courant qui avait duré presque trente-six heures. Mais ils n'avaient pas trop souffert ; ils s'étaient blottis l'un contre l'autre sous une pile de couvertures, trouvant des moyens de passer le temps. Il y avait un truc bien, avec ces vieux radiateurs en fonte. Une fois coupés, ils restaient chauds au moins deux ou trois jours.

Le radiateur dans la chambre de Gwen était froid comme une paillasse à la morgue.

Worth avait beau retourner le problème dans tous les sens, debout dans la chambre, à contempler le désastre, il en revenait toujours au même point :

Gwen avait battu un type à mort avec une lampe. Alors qu'il dormait. Elle s'était doucement glissée hors du lit pour ne pas le réveiller, et ensuite elle l'avait frappé jusqu'à ce que son visage soit en bouillie.

Après, elle avait ouvert les fenêtres. Elle avait même placé une serviette roulée au bas de la porte.

Ce n'était pas la peine d'être juriste pour imaginer comment se déroulerait le procès. Maintenant, c'était Russell James, la victime. Pas moyen qu'il en soit autrement.

Pour Gwen, même avec un dos couvert de méchantes contusions, la légitime défense serait difficile à faire avaler. Il imaginait les arguments du procureur :

l'accusée avait-elle jamais tenté de quitter la victime ? Avait-elle jamais porté plainte ? La défense pouvait-elle fournir la moindre preuve formelle que les blessures de l'accusée lui avaient été infligées par la victime ?

Si elle avait pu s'échapper du lit sans qu'il s'en aperçoive, pourquoi avait-elle choisi de matraquer la victime jusqu'à la tuer dans son sommeil, au lieu de se contenter de quitter l'appartement et de se réfugier dans un endroit sûr ?

Elle avait fini par avouer son crime. Peut-être qu'elle avait bien fait. Mais dans cette ville, elle ferait malgré tout la une de la presse, le premier sujet des infos du soir et de celles de la nuit. Une histoire juteuse de défense-de-la-femme-battue. Et elle serait encore en première ligne au moment du procès.

Worth pensa à Gwen, à ses petits boulots du soir, à Gwen se jetant sur ses polys de cours dès qu'elle avait une minute. Il pensa à tous les types nuls du genre de Russell qu'il avait croisés dans sa carrière. Il pensa à Tiffany Pine.

Il fut tout d'un coup submergé par une immense vague de tristesse, qui semblait venir de très, très loin.

Même si par un hasard exceptionnellement heureux, elle obtenait une forme de clémence, à partir de maintenant, la vie de cette fille avait déjà basculé. Et pour quoi ?

Il ne se savait pas capable de penser de cette manière. Worth se demanda comment son frère aîné Kelly aurait géré la situation. Il savait ce que Kelly aurait fait, et il ne s'en trouva pas mieux pour autant.

Il se demanda ce que le Dr Grail aurait écrit dans son dossier.

Le temps d'enlever son ceinturon et de déboutonner sa chemise d'uniforme d'hiver, Worth avait déjà dépassé tout cela. Au-delà de toute logique, de toute spéculation, de tout débat sur ce qui était juste ou pas juste, il avait atteint quelque chose qu'il trouvait plus facile à penser : la stratégie.

De ce point de vue, il ne s'agissait pas de quelque chose de beaucoup plus compliqué que de mettre des provisions dans des sacs. Un grand tas de problèmes. Quelques solutions bien nettes.

Russell était un beau mec.

Et comme par hasard, il était à peu près de la même taille que Worth.

L'allée courait entre l'immeuble de Gwen et une maison de deux étages en piteux état. Derrière se trouvait une autre allée transversale, bordée d'un côté par des bennes à ordures trop pleines et de l'autre par les façades arrière de deux immeubles d'habitation. Sur le côté nord, rien d'autre qu'un carré d'asphalte fracturé, séparé de la rue par une clôture en grillage envahie de mauvaises herbes et de détritus.

Worth avait garé la voiture de patrouille devant l'immeuble. Comme s'il se dédoublait, il se vit soulever un tapis roulé et le caler sur son épaule, descendre l'escalier de secours en bois sur la façade arrière. Il portait les vêtements d'un type mort, une casquette sur laquelle était cousu un écusson de la NASCAR, l'Association de Courses de Stock-cars, avec la visière soigneusement rabattue sur les yeux. C'était comme regarder une scène glauque dans un film. Un film sur des méchants. Des méchants idiots, en plus.

Mais si par hasard quelqu'un dont la fenêtre donnait sur cette façade jetait un œil dehors, il ne verrait pas un flic en uniforme sortir après minuit de l'appartement de Gwen Mullen par l'arrière, transportant un énorme paquet. Si quelqu'un dans l'immeuble s'intéressait à ce qui se passait, la présence de la voiture de patrouille attirerait très certainement leur attention vers la rue.

Si quelqu'un qui connaissait Russell passait par là, ou montait l'escalier de secours, alors Worth ne savait pas ce qui se passerait.

Personne ne savait.

Problème numéro trois : les véhicules.

4

Même gavé de bière et de Vicodin, John Pospisil n'avait pas dormi une nuit complète depuis dix semaines.

Il n'avait pas fait grand-chose d'autre que rester assis à souffrir depuis mi-août, mais ces derniers jours, il y avait de la nouveauté. Les types à l'hosto l'avaient prévenu : il sentirait les changements de temps.

Et c'était bien le cas.

Mais un mec ne se plaint pas. Surtout pas après la rupture de son filin de sécurité, quand il se retrouve à l'hôpital avec une jambe foutue, alors qu'il aurait pu y arriver les pieds devant.

John était en train de poser le châssis d'une lucarne sur un nouveau chantier d'un million de dollars, à l'ouest de la ville, quand tout d'un coup il avait ouvert les yeux et compris qu'il avait dégringolé d'une hauteur de trois étages et s'était écrasé sur un sol en béton. Il avait traversé les chevrons, le long de la cage d'escalier, jusqu'au sous-sol dont on venait de couler la dalle.

Depuis trente ans qu'il était menuisier, il avait fait d'innombrables chantiers sans pire blessure qu'un clou dans le pied. Les gars de la sécurité disaient toujours qu'il suffisait d'une fois.

Il ne se souvenait toujours pas d'avoir glissé. Il se voyait tracer une ligne à la craie et l'instant d'après, ils étaient en train de le ramasser, avec un tibia en miettes et quinze centimètres de péroné sortant de son genou à angle droit.

Deux opérations plus tard, équipé de trois tiges métalliques, d'une plaque en acier inoxydable et d'une centaine de vis, il pesait assez lourd pour faire couler une petite barque, et ce n'était pas fini. Dix semaines après, il portait toujours ce que Doc appelait un fixateur externe. Pour la compagnie d'assurances, c'était un équivalent de trois mille dollars. Aux yeux de John, ça ressemblait plutôt à une grosse pince dont les mâchoires de soixante centimètres étaient vissées le long de sa jambe.

C'était aussi un assez bon baromètre. John était certain que ce truc transmettait la moindre variation météo jusqu'à l'os.

Le réveil à côté du lit affichait 0 h 25 quand il décida de s'en tenir là. Il regrettait d'avoir suivi les conseils de Doc et gobé le Stilnox ; il se réveillait de toute manière, et avec ce truc, il se sentait juste vaseux et bizarre. Il s'assit au bord du lit jusqu'à ce qu'il puisse, pensait-il, se lever sans se casser la figure.

Doc voulait qu'il ait toujours un déambulateur près du lit. Un putain de déambulateur.

Trente ans.

John Pospisil poussa un soupir, se hissa en position verticale, tâtonna un peu pour trouver son équilibre et béquilla dans le noir sur la moquette usée jusqu'à son siège inclinable La-Z-Boy dans le salon.

La maison était plongée dans le silence et il y faisait frais. La lumière du réverbère extérieur filtrait entre les rideaux et dessinait des bandes sur la moquette. John s'arrêta devant le thermostat et tourna la molette jusqu'à ce que le chauffage se mette en route. Il se reposa quelques secondes, boitilla sur les quelques mètres qui le séparaient du dossier du fauteuil, la fin de son parcours.

Dehors, une voiture passa. Tandis que John se tenait là, debout, le bruit étouffé du moteur se rapprocha pour devenir le grondement d'un moteur gonflé, qui parut ralentir et s'attarder devant la maison. Il vit les phares à travers les rideaux.

Levant une de ses béquilles, il écarta un peu l'un des rideaux.

De l'autre côté de la rue, une voiture noire tournait au ralenti, garée dans la descente du garage derrière la maison d'Helen Worth, attendant l'ouverture de la porte. Apparemment, une vieille Camaro des années 1960. Quelque chose de ce genre. Une belle bagnole, en tout cas. La porte du conducteur était ouverte, le plafonnier, allumé.

John vit un type portant une veste en jean et une casquette noire sortir du garage. Il monta dans la voiture, qui disparut dans le garage. La porte s'abaissa.

C'était Matt qui habitait là maintenant. Le petit-fils d'Helen, un flic municipal, comme le vieux Joe et ses fils. Un type bien, il s'occupait bien de la maison. John l'avait vu partir au boulot dans son pick-up quelques heures auparavant ; et maintenant, il ne voyait pas le pick-up dans le garage.

Il avait sûrement des gens chez lui. Peut-être qu'il appellerait dans un moment. Histoire de tuer le temps, de vérifier que tout allait bien. Peut-être qu'il s'occuperait de ses oignons.

Eh merde. Il ne serait sûrement même pas foutu de se

rappeler ce qu'il avait fait ou pas fait. Si seulement il n'avait pas pris le Stilnox.

Worth sortit de la maison et marcha jusqu'au GitGo sur Center Street. Il commanda un taxi Husker Cab d'une cabine.

Il dit s'appeler Tom Smith, garda la visière de la casquette bien rabattue sur les yeux et prit soin de tourner le dos à la caméra de surveillance installée devant la vitrine du magasin.

À trois rues de chez Gwen, il fit arrêter le taxi et paya la course en liquide. Il marchait la tête baissée, les mains dans les poches.

Quand il arriva enfin à l'allée derrière le bâtiment de Gwen, il était 1 heure du matin passée. Le trajet jusqu'à chez lui et retour avait pris cinquante et une minutes ; depuis qu'il avait quitté le SaveMore avec Gwen, il s'était écoulé une heure et demie.

Un sacré bout de temps. Il pourrait tricher un peu sur l'heure dans son rapport, mais pas beaucoup. Il lui faudrait prétendre qu'il avait eu besoin de temps pour évaluer les choses. Il dirait que le sujet avait exigé un traitement spécial.

Il se prendrait à tout le moins une espèce de blâme non officiel pour n'avoir pas scrupuleusement suivi la procédure radio. De toutes les manières, au final, il paraîtrait avoir manqué de professionnalisme.

Belle ironie, vu le point qu'il avait atteint dans sa carrière, on n'irait pas chercher autre chose que son manque de professionnalisme.

Le fait qu'il ait quitté son poste au lieu de transmettre l'appel à une équipe de terrain présentait potentiellement plus de problèmes. Mais son affectation était de la foutaise, et tout le monde le savait. Il n'avait pas surpris le moindre incident digne d'un appel depuis des semaines au SaveMore. Du moment que personne ne décidait d'attaquer le magasin, arme au poing, dans les prochaines heures, son initiative consistant à faire un peu de boulot de terrain en rapport avec sa juridiction si limitée serait très probablement pardonnée.

Le timing restait le plus gros problème pour l'instant. Dès qu'il aurait remis son uniforme, il passerait un appel radio. Voiture 300 à Central, en route vers les urgences de l'UNMC. Il transmettrait une description de la GTO.

Rien de particulier en cours, aucune raison que d'autres unités se pointent à l'appartement. La pensée de laisser l'appartement dans son état actuel fit grimper son niveau de stress à toute allure, mais il n'avait pas le temps de s'en occuper maintenant.

Il devrait revenir. Le matin, dès qu'il aurait fini sa garde au magasin. En plein jour.

Commençons par le commencement.

Sur le palier du troisième, il chercha sur le trousseau la clé qui ouvrait la porte de derrière.

Gwen Mullen n'avait pas envisagé la possibilité qu'elle avait perdu les pédales, jusqu'à ce que son petit ami mort ne revienne à la maison.

Quand elle le vit, sa poitrine se serra brusquement. Elle comprit que son esprit lui jouait un tour, mais l'espace d'un instant, elle avait bien cru que c'était lui. Un péquenaud sexy. Comme si rien ne s'était passé.

– Gwen, dit-il, brisant l'illusion.

Elle leva les yeux, plongea son regard dans les yeux inquiets de Matthew, accablée, écrasée par un mélange de soulagement et de déception. Elle attendait seule dans l'appartement depuis une heure, incapable de décider ce qu'elle ressentait. Tout avait changé.

– Je vais remettre mon uniforme, dit-il. Ensuite, on s'en va d'ici, d'accord ?

– Je ne te demandais pas de faire tout ça, dit-elle.

C'était la vérité.

– Je ne t'aurais jamais demandé de faire ça.

Il lui effleura le visage. La chaleur de sa main lui apporta un certain réconfort.

– On va tout arranger.

Elle prit une grande inspiration.

– J'en ai pour une minute.

Gwen se sentit acquiescer d'un mouvement de tête.

Elle avait déjà décidé qu'elle n'aimait pas voir Matthew porter les vêtements de Russell.

5

Petit à petit, la froide lumière du matin monta de l'est, révélant doucement un ciel gris comme une dalle de béton.

Worth s'arrêta au SaveMore ; il s'était changé à la fin de son service, et il était en civil. Il trouva Sorensen dans son bureau, en train de faire de la paperasse ; il avait encore mal à la main d'avoir rempli tous les rapports sur Gwen. Il était épuisé, et une migraine carabinée lui vrillait la tête. Il n'avait pas la moindre envie de parler à qui que ce soit.

Pourtant, il frappa à la porte de son doigt replié.

– B'jour.

Sorensen leva la tête. Le gérant de nuit n'avait pas l'air tellement frais non plus. Quand il vit Worth à la porte, il enleva ses lunettes, se frotta les yeux et demanda :

– Comment va-t-elle ?

Worth dit la vérité.

– Ça pourrait être pire.

Il avait envie de s'asseoir, mais il se dit qu'après, il n'arriverait plus à se lever. Il ne s'était jamais senti aussi vidé. La moindre parcelle de son corps lui paraissait peser des tonnes.

– Elle a un endroit où aller ? (Sorensen remit ses

lunettes sur son nez.) Je sais qu'elle ne s'entend pas bien avec sa famille.

– Elle est à l'hôpital, lui dit Worth. Pour le moment.

– À l'hôpital ?

– À l'UNMC, l'ancien hôpital Clarkson, précisa Worth. Un peu plus loin en remontant la rue. Quand j'ai quitté les urgences, ils envisageaient de la garder un jour ou deux.

Selon Gwen, le dernier passage à tabac datait de plus de vingt-quatre heures. Selon l'interne de garde, elle avait du sang dans les urines. Worth ne donna pas cette information à Sorensen.

Il garda pour lui un certain nombre d'autres faits. Il se contenta de dire :

– J'ai déjà vu pire.

Sorensen fit cliqueter son stylo à bille. Il ne paraissait pas satisfait mais Worth n'avait rien d'autre à lui dire.

– Voilà où nous en sommes. Je me suis dit que vous voudriez être au courant.

– Oui, dit Sorensen. Merci, j'apprécie.

Il marqua une pause, puis reprit :

– Et le… la personne qui l'a envoyée à l'hôpital ?

– On la recherche.

– J'espère que vous la trouverez.

Worth sentit ses boyaux se nouer tout d'un coup.

– Je l'espère aussi.

Après un nouveau silence, Sorensen retourna à la pile de trois centimètres d'épaisseur de listings de codes-barres posée sur son bureau.

– Et j'espère qu'accidentellement, vous l'enverrez, lui, à l'hôpital.

Worth ne trouva rien à répondre à ça.

Les yeux rivés sur ses listes d'inventaires, armé de

son stylo qui émargeait les articles les uns après les autres, Sorensen ajouta :

– J'irai chez Floral demander qu'on lui livre un bouquet. De la part de tout le monde.

Worth lui répondit que c'était une bonne idée. Il laissa un billet de dix dollars avant de quitter le bureau.

En bas, le SaveMore était en pleine effervescence. Même pour un samedi matin, l'endroit ressemblait à un zoo. Les clients encombraient les allées, les caddies rivalisaient, se remplissaient à ras bord de nourriture et de piles électriques, rongeant le gros tas de neige à moitié fondue près de l'entrée. Worth ne connaissait pas les nouvelles prévisions météo avant d'entendre les gars en parler dans le vestiaire au Central.

La probabilité, évaluée à 40 %, que les bourrasques soient d'une force inédite s'était transformée, du jour au lendemain, en une alerte météo nationale. Visibilité nulle sur toute la région, des Rocheuses au Mississippi, et dehors, les feuilles étaient encore en train de brunir. La ville tout entière était en proie à une grande agitation. Fermons les écoutilles.

Worth se sentait complètement étranger à tout ça.

Il avait appris à trouver un certain plaisir à s'arrêter au magasin en rentrant chez lui le matin, après le boulot. Le nouveau HyVee, très sophistiqué, sur Center, était plus près, et il y avait un No Frills juste à côté du commissariat.

Mais il aimait revenir au SaveMore alors qu'il n'était plus de service, dans ses vêtements de ville et au volant de sa propre voiture. Se réapprovisionner en produits de base, choisir quelque chose pour son dîner. Comme ça, il avait l'impression d'être comme tout le monde.

Ce matin, il n'avait qu'une envie : sortir de là. Worth

attrapa un panier dès qu'il en vit une pile, et fit un tour rapide dans l'allée 9. Produits de nettoyage. Aérosols, poudres. Eau de Javel.

Il prit un peu de tout ce qu'il allait pouvoir utiliser. Puis il balaya les caisses du regard, avant de choisir une caissière qu'il n'avait jamais vue auparavant.

En chemin, il remarqua une promotion sur les gants en plastique pour la vaisselle, deux paires pour le prix d'une. Il en attrapa un paquet et l'ajouta à son panier.

Tony Briggs surveillait la cage d'escalier tandis que Ray Salcedo crochetait la serrure et repoussait le pêne.

L'adresse qu'on leur avait donnée les avait conduits à cet immeuble de brique vétuste, moussu, de trois appartements, donnant sur Jackson. L'édifice avait probablement dû être une petite propriété coquette autrefois, mais la coquetterie avait disparu depuis un moment.

Ils avaient surveillé l'endroit avant d'entrer et n'avaient pas vu le moindre signe de vie en une demi-heure. Pas un son ne filtrait de sous les portes des autres appartements. Ni télévision, ni toux matinale, ni dispute, ni chasse d'eau. Seulement un escalier poussiéreux et voilé qui grinçait sous leurs pas comme s'il allait s'écrouler d'une minute à l'autre.

Tony ne savait même pas pourquoi il restait planté là, à faire le guet. Si quelqu'un montait, ils l'entendraient.

– Et voilà, dit Ray.

Il ouvrit la porte et entra. Tony lui emboîta le pas, ferma la porte derrière lui et tourna le verrou. Ray avança dans l'entrée, jusqu'au salon qui sentait le renfermé.

– Eh ben, quel trou à rat. Ton oncle, il doit donner un salaire de merde.

– Effectivement, il suffit de sentir l'odeur dans les escaliers.

– Un endroit comme ça, il suffirait de l'arranger.

Ray passa un doigt le long d'un chambranle de porte.

– Tout ce bois, des étagères encastrées dans les murs, du vrai parquet, et ces petits carreaux aux fenêtres. On pourrait vraiment en faire quelque chose.

– Dans ce quartier ? grogna Tony. Pour quoi faire ?

– Tu penses comme un yuppie.

– Et toi tu t'habilles comme un yuppie.

Ray désigna du pouce le téléviseur qui trônait sur des casiers à bouteilles entre les fenêtres.

– Tu crois que ton oncle est au courant ?

– Hé, dit Tony.

À part l'énorme citrouille de Halloween en plastique très moche dans le coin, le téléviseur était la première chose que l'on voyait en entrant. Tony contourna la table basse pour l'examiner.

– C'est le même que le mien.

– Ah ouais ?

– Ouais mec. Un Samsung. Haute définition. Eddie m'en a fait cadeau pour Noël l'an dernier.

Ray Salcedo émit un petit rire.

– Fils de pute, dit Tony Briggs.

Ce salopard avait dû truquer une facture ou faire une autre magouille de ce genre.

– Elle jette, la télé que ton oncle t'a donnée, dit Ray. (Maintenant, il riait franchement.) Vraiment super !

– C'est pas la question. Celle-ci, c'est au moins une cinquante pouces.

– Et alors ?

– Alors, ce fils de pute, il m'a donné qu'une quarante-deux pouces.

Ray Salcedo rit aux éclats, jusqu'à se tamponner les yeux.

– Et tu trouves ça drôle ?

– Allez, va t'occuper du téléphone.

Ray lui tourna le dos et partit vers le couloir du fond en faisant grincer les lattes du parquet. Il défit la fermeture de son blouson en cuir noir, sans cesser de rire tout seul.

– Je vais voir s'il reste quelque chose dans les placards.

Tony lança un dernier regard au gigantesque Samsung. Il finit par retourner sa casquette, visière sur la nuque, et se mit au travail, tout en maugréant contre l'ingratitude du monde entier.

Le téléphone se trouvait sur une des bibliothèques encastrées que Ray trouvait tellement cool. Elles faisaient à peu près 1 mètre 50 de hauteur et séparaient la pièce principale d'une petite salle à manger, contiguë à la cuisine. Sur une étagère, il y avait des manuels et des papiers empilés, des vieux numéros de *Entertainment Weekly* sur une autre. Quelques photos encadrées, deux ou trois plantes à moitié crevées, une bougie presque consumée. Pas grand-chose d'intéressant, mais apparemment, il ne manquait rien.

Tony fit défiler les numéros sur l'écran de la base du téléphone, nota les cinq derniers numéros composés et ceux des cinq derniers appels entrants. Il s'apprêtait à écouter les messages quand il entendit la voix de Ray, à l'autre bout du couloir.

– Hé, mec.

– T'as quelque chose ?

– Amène-toi.

Tony partit le rejoindre ; il passa devant la minuscule salle de bains et s'arrêta devant la porte. Ray fit un pas de côté pour qu'il puisse entrer.

– Putain de merde.

La moitié supérieure du lit ressemblait à une immense serviette hygiénique usagée. Tony parcourut la pièce du regard. Il repéra une lampe en verre sur le sol, planquée dans un coin. On aurait dit qu'elle avait été trempée dans un seau plein de sang.

Ray intervint :

– T'en dis quoi ?

– Juste par curiosité, répondit Tony, qu'est-ce qu'il y a, dans ce placard ?

Ray contourna le pied du lit et ouvrit les portes pliantes à lamelles. Une penderie avec des vêtements sur des cintres. Des chaussures empilées en bas. Une valise à moitié fermée d'où s'échappaient des sous-vêtements calée contre le fond.

Ray tira sur les manches de son pull et en recouvrit ses mains. Il referma les portes du placard avec ses gants improvisés et essuya les poignées.

Tony lui demanda :

– Tu penses qu'il s'est passé quoi, ici ?

Avant que Ray n'ait le temps de répondre, ils entendirent tous deux une clé tourner dans la serrure de la porte d'entrée.

– Merde, fit Tony.

Ils échangèrent un regard. Ray fut le premier à bouger.

Tony lui emboîta le pas. Ils passèrent sur la pointe des pieds devant la vilaine citrouille, entre les étagères, en direction de la porte à l'opposé de la salle à manger.

Un tout petit cellier plein comme un œuf donnait sur une cuisine de la taille d'un mouchoir de poche. Ray était encore en train de se glisser par la porte donnant sur l'escalier de secours au moment où la porte d'entrée s'ouvrit avec un grincement, derrière eux.

Tony Briggs le suivait de près. Ils se retrouvèrent dehors et Tony referma la porte sans faire cliqueter le pêne. Ils se postèrent de part et d'autre du palier, le dos collé au mur de briques froid ; leur bouche lâchait de petits nuages de buée dans l'air glacé du matin.

– Et maintenant ? chuchota Ray.

Tony posa un index sur ses lèvres.

La porte était partiellement vitrée. De là où il se trouvait, il avait une visibilité de quelques centimètres, en bordure du rideau qui frémissait encore à l'intérieur.

Des pas. Le parquet qui craque. Moins d'une minute plus tard, un type en jean et veste en daim marron apparut dans la cuisine. Tony ne parvenait pas à bien voir son visage.

Le type déposa deux gros sacs en plastique sur le comptoir. Tony vit un aérosol pointer dans l'un des sacs. Et une bouteille blanche avec un bouchon bleu.

Le type s'accroupit et sortit un rouleau de sacs-poubelle du placard sous l'évier. Puis il se redressa et saisit les deux sacs en plastique sur le comptoir. Et tourna les talons.

Ray fit un signe de la main : *qu'est-ce qui se passe ?*

Tony se plia en deux, s'avança à pas de loup jusqu'à Ray et chuchota :

– Je crois que c'est le concierge.

– Et comment tu veux le jouer, ce coup-là ?

– J'sais pas. Et toi ?

– C'est ton oncle, mec.

– Merde, dit Tony. On rentre. Et on lui flanque une trempe.

Il marqua une pause, réfléchit un instant et ajouta :

– Merde.

Il pencha la tête vers l'escalier et prit les devants. Ensemble, ils descendirent aussi discrètement que possible les marches de l'escalier métallique jusqu'au parking.

Tandis qu'ils s'approchaient du coin du bâtiment, Ray se retourna et dit :

– Ce 4 × 4 n'était pas là, tout à l'heure.

Il avait raison. Un 4 × 4 Ford rouge foncé, dont le moteur cliquetait encore sous le capot. Sans un mot, ils firent demi-tour et s'approchèrent.

Des plaques du Nebraska. Tony nota le numéro.

Ray contourna le pick-up et saisit la poignée de la porte du conducteur. Verrouillée. Tony inspecta l'arrière. Vide. Ray continua son tour et, arrivé devant le capot, dit :

– Hé.

Tony regarda par-dessus son épaule, à droite, puis à gauche. Il le rejoignit.

– Alors ?

Salcedo tendit un doigt et Tony vit ce qu'il y avait à voir.

Dans le coin du pare-brise, à l'intérieur, un macaron en plastique collé côté passager. Un cercle bleu entourant une tête de bison sur fond rouge.

Police d'Omaha, unité 101.

Il se tourna vers Ray et dit :

– Le nettoyeur, c'est un flic ?

Ils restèrent postés au coin de la rue dans le 4 × 4 de Ray pendant trois bonnes heures, à surveiller le parking glauque derrière le bâtiment. Pas un véhicule n'entra ni ne sortit. Il n'y avait que le pick-up Ford et la vieille petite Toyota qui n'avait pas bougé de la matinée. Tony avait noté les numéros des deux.

D'autres voitures passèrent dans la rue. Des feuilles voletaient sur les trottoirs. Il était 11 heures, un samedi matin, et on aurait dit qu'on était dans une ville fantôme.

Quel merdier. Avant qu'il ne se soit passé quoi que ce soit, Tony Briggs était gelé et prêt à avaler un cheeseburger. Il s'ennuyait à cent sous de l'heure.

– Nous y sommes, dit Ray.

Le long de l'escalier de secours, un type était en train de descendre, transportant tout un tas de sacs-poubelle sur son dos. Blanc, dans les trente-cinq ans, cheveux bruns. Il devait faire dans les 1 mètre 75. Même veste marron que Tony avait vue dans la cuisine.

Le type regarda partout autour de lui, avant de se diriger vers le gros 4 × 4. Il balança les sacs-poubelle sur le plateau et se glissa derrière le volant. Les feux de recul s'allumèrent. Le pot d'échappement cracha un nuage noir.

– Enfin, dit Tony, je crève la dalle.

– Peut-être qu'il fera un arrêt au McDo.

– Je préférerais qu'il aille chez Bronco.

Ray démarra le moteur. Il attendit que le 4 × 4 soit sorti du parking et se soit engagé sur Jackson, et il lui emboîta le pas.

6

Il était presque midi quand Worth entra finalement dans le garage attenant à la petite maison de sa grand-mère sur Martha Street.

Dans le box adjacent, sous une épaisse bâche bleue se trouvait une Pontiac GTO de 1971, avec le corps de son propriétaire enroulé dans un tapis et caché dans un grand sac-poubelle dans le coffre.

Il savait ce qui l'attendait et pourtant, cela le surprenait encore. Worth attrapa son sac sur le siège du passager, appuya sur le bouton de la télécommande accrochée au rétroviseur et sortit du pick-up. La porte du garage descendit derrière lui, à grand bruit, assombrissant progressivement l'intérieur du garage.

Dans la pénombre, des rais de lumière mouchetés de poussière passaient en bordure des morceaux de bâche dont il avait recouvert les fenêtres quelques heures plus tôt. Worth saisit le marteau arrache-clou sur le panneau perforé où il accrochait ses outils et alla planter des pointes supplémentaires.

Stratégie.

Il ne pouvait pas courir le risque de se laisser prendre par le mauvais temps avec les pneus customisés ridicules dont était équipée la Pontiac. Worth ne voulait pas sortir la voiture avant la nuit. Mais s'il attendait, et si la neige arrivait comme on l'annonçait, lui et son nouveau pote Russell pourraient avoir des ennuis.

Il avait tellement envie de dormir qu'il en avait mal partout. Sa migraine avait empiré, et il avait beaucoup de mal à se concentrer. Le stress. L'épuisement mental. Worth connaissait les signes. On commet des erreurs quand on ne fait pas attention.

Son regard fut attiré vers les outils.

Quand il eut terminé de régler le problème des fenêtres, Worth troqua son petit marteau contre un autre, un marteau de forgeron de cinq kilos. Il attrapa un coin de la bâche, la fit remonter à mi-chemin sur le toit de la voiture, juste pour voir.

Il y avait un autocollant sur le coffre, le même que ceux qu'il avait trouvés derrière les deux roues avant ; il les avait tous notés dans son rapport. Deux mots en caractères qui rappelaient ceux des bandes dessinées : THE JUDGE.

Il était planté là, les pieds écartés, soupesant le marteau de forgeron entre ses mains, quand il vit un reflet instable de lui-même dans la carrosserie noire rutilante de la Pontiac. Il entendit la voix du Dr Grail : *Dites-moi ce que vous voyez.*

Une douzaine de coups secs et un dernier grand mouvement de balancier avec le marteau, et il avait détruit à grand fracas le becquet arrière. Worth marqua une pause et ramassa l'aileron fracassé sur le sol de béton. Il le jeta sur la banquette arrière, à côté de la roue de secours qu'il avait dû sortir du coffre pour y faire tenir Russell.

Son estomac gargouilla. Il jeta un œil à sa montre. Puis à la voiture, contemplant les autocollants. Sur le coffre, les ailes avant, et des bandes assorties au-dessus des quatre roues. Identification immédiate.

Worth s'appuya sur le manche de la masse et réfléchit. Il tenta de se rappeler où il avait mis le pistolet à air chaud qu'il avait acheté la fois où les gouttières avaient gelé.

Il essaya de se concentrer et fit intérieurement un bond monumental quand quelqu'un frappa brutalement à la porte du garage.

7

– Matthew ?

Il s'immobilisa, le cerveau paralysé.

– Hé !

Les coups à la porte se firent plus insistants.

– Ouvre, c'est moi.

Quand la poignée tourna, Worth sursauta. Le manche de la masse qu'il avait lâchée frappa le béton derrière lui, le bruit sec finit de le réveiller de sa torpeur. Il atteignit la porte au moment précis où Sondra passait la tête.

– Tu… ?

– Oh, fit-il, la faisant reculer en lui marchant sur les pieds. Hé…

– Bon sang, attends une seconde, je bouge.

Worth repoussa Sondra pour franchir la porte et lui tourna le dos. Il ferma la porte derrière lui, tout en sentant son blouson accroché par la poche.

– Aïe!

Tu n'avais pas fermé la porte à clé. Il avait passé vingt minutes à obstruer les fenêtres, en envisageant toutes sortes de possibilités, même les plus improbables, et il n'avait pas fermé cette fichue porte.

Grave erreur.

Sondra grimaçait de douleur. Elle remonta sur son

épaule un élégant sac à main marron, tout en suçotant l'extrémité de son pouce gauche.

– Qu'est-ce qu'il y a ?

Il entendit sa propre voix. Trop pressante.

Elle le gratifia d'un regard exaspéré.

– Tu m'as retourné un ongle.

– Ça fait pas trop mal ?

– Je crois qu'il n'est pas complètement cassé.

Sondra examina son pouce. Le vernis marron glacé était écaillé.

– Zut.

– Montre.

Elle secoua la main comme si ce n'était plus la peine d'en parler.

– Il ne saigne pas. Mais toi, qu'est-ce qui t'arrive ?

– Pardon. J'ai fini tard.

– Tu ne rentres que maintenant ? (Elle consulta sa montre.) J'aurais cru que tu dormais déjà.

Si c'est ça, qu'est-ce que tu fiches ici ? pensa Worth, mais il ne dit rien. Même au beau milieu de cette panique qui lui tordait le ventre, sa présence provoquait un petit frisson de tristesse.

Sondra était splendide. Jean moulant, veste en peau de mouton ajustée qui s'arrêtait à la taille. Elle avait les cheveux plus longs que lorsqu'il l'avait vue la dernière fois, des boucles couleur cannelle effleuraient tout juste le col de sa veste. Rouge à lèvres assorti au vernis à ongles. Comme toujours, son teint pâle était rougi par le froid.

– Je ne savais pas que tu allais passer, dit-il.

– Bonjour quand même. J'ai sonné à la porte de la maison, puis j'ai entendu le boucan dans le garage.

Elle regarda par-dessus l'épaule de Worth.

– Tu fais quoi, là-dedans, tu construis un truc ?

– Problème de voiture, dit-il. Elle esquissa un sourire.

– Peut-être que si tu cognais encore plus dessus…

Worth prit conscience que ses mains étaient tout à coup agitées de spasmes d'adrénaline qui lui remontaient le long des doigts. Il les fourra dans les poches de son blouson.

– Alors, quelles nouvelles ?

Le sourire de Sondra se mua en une expression qu'il ne sut pas déchiffrer.

– On gèle ici, dit-elle, tu ne veux pas qu'on rentre à l'intérieur ?

Elle avait eu un rendez-vous avec l'agent immobilier une heure auparavant.

Pour une raison quelconque, il fallait absolument qu'elle passe sans prévenir, alors qu'elle connaissait son emploi du temps, pour discuter d'un sujet que, n'importe quel autre jour, ils auraient réglé par répondeurs interposés.

Worth était au bord de l'éruption. Cela faisait des heures qu'il était en pilotage automatique, et maintenant il était vraiment à bout. Impatient, l'esprit encore dans le garage, il se fit cuire deux œufs sur le plat avec une tranche de bacon tandis que Sondra esquissait les grandes lignes de la transaction.

– On peut conclure la semaine prochaine.

– OK.

– Tu es d'accord avec l'offre ? On peut faire une contre-proposition.

– Ouais.

– Je crois que je vais enlever mon pantalon…

Quand il eut pris conscience du silence qui régnait depuis un moment, Worth se retourna vers la table de la cuisine.

– Quoi ?

– T'es vraiment sur une autre planète. T'es sûr que ça va ?

– J'te l'ai dit, ça va.

Il jeta un œil entre les rideaux de la fenêtre au-dessus de l'évier, scruta le ciel.

– Je suis seulement crevé.

– C'est la quatrième fois que tu regardes par la fenêtre. Tu attends quelqu'un ou quoi ? Un rendez-vous galant ?

– Non, la neige.

– De toute manière, je ne reste pas longtemps, dit-elle. Tu pourrais au moins faire semblant d'écouter.

Worth lâcha un soupir. Il éteignit le feu, vida le contenu de la poêle sur une assiette et s'assit à la table en face d'elle.

– Bon, je t'écoute.

– Laisse tomber.

Sondra attrapa son sac.

– Je t'appellerai à un autre moment.

– Bon Dieu, chérie, lâche-moi un peu.

L'affection resta suspendue dans la pièce, mêlée de maladresse. *Chérie*. Le réflexe était encore là.

– Je me disais juste que…

Elle lâcha la bandoulière de son sac, se laissa tomber contre le dossier de sa chaise.

– Cette maison est tellement belle. Je ne sais pas…

Worth non plus ne savait pas. Il commença à manger. Que voulait-elle qu'il dise de plus ?

Ils avaient voulu une maison avec du caractère, dans

un quartier sympa, près d'une bonne école. Les parents de Sondra les avaient aidés à payer le premier versement de cette bâtisse ouverte à tous les vents à Dundee – une magnifique maison à retaper, bien plus spacieuse que ce qui leur était nécessaire, un prix qu'ils ne pouvaient pas laisser passer, et un crédit qu'ils pouvaient tout juste se permettre.

Sondra y était restée seule le temps de leur séparation, et même après le divorce. Pendant un moment, Worth s'était bercé de l'illusion que c'était certainement un signe d'espoir.

– Ce que je veux dire, dit-elle, c'est que c'est toujours notre foyer.

– Notre maison, corrigea-t-il.

– Matthew, ne dis pas ça.

– Qu'est-ce que tu veux que je dise ?

Le mois dernier, elle avait emménagé dans une de ces maisons cossues, mais standard, avec Vargas, dans le quartier de Pepperwood. *Je croyais que tu ne voulais pas vivre à l'ouest de la 72e rue*, avait commenté Worth. Elle s'était contentée de soupirer au téléphone, comme si elle était fatiguée. *On croyait toutes sortes de choses.*

Lui s'était installé ici, dans la maison de Martha Street. Les locataires l'avaient complètement dégradée, et elle était vide pratiquement depuis le début de l'hiver. Les premières semaines, Worth s'était occupé en enlevant la moquette saturée de pisse de chat, en grattant les taches de moisissure et de nicotine sur les murs, en réparant les objets cassés qui pouvaient être sauvés. Au milieu de l'été, il avait consacré sa semaine de suspension à remplacer la vieille boîte à fusibles par un nouveau tableau électrique, tirant tous les anciens fils pour les remplacer par un réseau de câbles reliés à la terre.

Cela n'avait jamais été une maison de grand standing. Un petit pavillon traditionnel à pignon saillant ; 75 mètres carrés avec un grenier d'un demi-étage, un sous-sol à moitié aménagé, une petite salle de bains au rez-de-chaussée. Mais elle était bien placée, à un angle de rue, entourée de magnifiques arbres centenaires et d'un grand terrain. Au printemps, les plates-bandes de sa grand-mère avaient réussi à fleurir à nouveau entre les mauvaises herbes.

Sondra le regarda engloutir la dernière bouchée de son petit déjeuner, siffler un verre de lait. Le fait de manger lui avait donné encore plus faim.

Au moment précis où il reculait sa chaise, s'apprêtant à se lever, elle tendit le bras vers lui. Dans l'air sec, une petite décharge d'électricité statique lui parcourut le poignet là où elle le toucha.

– Cela fait un an, dit-elle, sommes-nous donc toujours ennemis ?

Un an.

– Cela fait neuf mois. Et je n'ai jamais été ton ennemi.

Il prit son assiette et se tourna vers la cuisinière. Quand il se retourna à nouveau et vit l'expression sur son visage, quelque chose flancha dans sa poitrine.

Il avait eu beau essayer d'imaginer le contraire, il ne pouvait pas se voiler la face : c'était évident, le divorce lui avait fait un bien fou. Après être passée par le froid du dehors, Sondra ressemblait à un matin d'été. C'était la première fois qu'ils se parlaient face à face depuis deux mois, et elle paraissait dix ans de moins que son âge.

À la vérité, elle était rayonnante.

Il ne lui fallut que quelques secondes pour assembler les pièces du puzzle. Et tout d'un coup, il comprit. Il ne savait pas pourquoi il en était si sûr, mais il n'avait pas le moindre doute. Sondra n'était absolument pas venue lui parler de la maison.

– Tu es enceinte, dit-il.

Il n'avait pas eu l'intention de le dire tout haut. Les mots lui avaient échappé. Sondra leva les yeux ; tout d'un coup, ils étaient brillants. Worth se tenait près du plan de travail, la poêle à la main, le brûleur de la cuisinière rougeoyait.

– C'est bien ça ?

Elle acquiesça d'un signe de tête.

– Super.

– Mark et moi, nous allons nous marier, dit-elle.

Sa voix se mit à trembler ; elle prit une grande inspiration et se lança dans les détails.

– À Tahoe. En janvier, le 1er janvier. Nous venons juste d'apprendre la nouvelle, pour le bébé. Nous nous étions dit que nous n'essaierions qu'une fois mariés.

Tahoe. Mark. Le bébé.

– Félicitations, dit Worth.

– Ne te sens pas obligé. Je sais que ce n'est pas sincère. Il fallait juste que je te le dise, et je me suis longtemps demandé comment j'allais le faire ; ce n'est pas facile.

Worth n'entendit que des bribes de son discours. Le bébé. Il n'arrivait pas à en entendre plus. Cinq ans d'enfer : les médecins, l'argent, la tension, l'épuisement. Une défaite silencieuse. Vargas avait réussi sans même essayer.

– Je me suis levée ce matin, malade comme un chien, dit-elle. Ensuite, j'avais ce rendez-vous avec l'agent immobilier et… je ne sais pas. C'était comme si tout se télescopait. J'avais l'impression que je ne pouvais pas laisser passer un autre jour sans t'en parler.

On n'aurait jamais pu penser qu'elle pleurait au seul son de sa voix. Une larme ou deux, suspendues à ses cils, le bout de son nez légèrement rougi qui signifiait qu'elle venait soit de pleurer, soit de boire un verre de vin rouge. Worth revit Sondra assise à cette même table le jour de l'enterrement de Kelly ; elle pleurait ce jour-là aussi. Mais les larmes d'aujourd'hui étaient complètement différentes.

– Je ne te demande pas d'être content pour… moi.

Content pour nous. Elle s'était reprise juste à temps.

– Je sais que je peux pas te demander ça. Mais j'avais besoin que tu le saches. Je suis navrée d'arriver comme ça, à l'improviste. Ce n'est pas très sympa pour toi.

– Inutile de t'excuser.

– Je sais que ce n'est pas sympa.

– Ce n'est pas ta faute, s'entendit-il dire. Tu mérites d'être heureuse.

Sondra émit un petit bruit étouffé.

Quand il leva les yeux, elle s'était levée et contournait la table. Elle arriva devant la cuisinière, lui prit le visage entre ses mains et le regarda droit dans les yeux.

Elle l'embrassa. Un vrai baiser, chaud et généreux. Après, elle posa sa joue humide et salée contre la sienne.

– Même si tu mens, dit-elle, je t'aime pour avoir dit ce que tu as dit.

Spontanément, il enroula ses bras autour de ses

épaules. Elle le laissa l'attirer contre lui, et ils restèrent ainsi un moment. Worth sentait le battement assourdi du cœur de Sondra contre sa poitrine. Il s'imagina sentir une autre pulsation toute chaude à l'endroit où son ventre encore plat était collé contre le sien. Pour autant qu'il s'en souvienne, c'était le premier moment de tendresse entre eux, et chaque seconde lui brisait le cœur.

Sondra finit par reculer et lui dit :

– Tu sens l'eau de Javel.

– Ah oui ?

Depuis quelques minutes, il avait complètement oublié ce qu'il avait fait toute la matinée.

Ils se dirent tous deux que c'était la grossesse. Elle prétendit que cela lui arrivait de plus en plus de sentir toutes sortes d'odeurs incongrues.

~

La femme mystère sortit par la porte d'entrée de la petite maison environ quarante minutes après qu'ils étaient entrés tous les deux à l'arrière.

Une petite poulette assez sexy. Jean moulant, bottes à talons, chevelure magnifique. Et mignonne, la petite veste, bordée de peau lainée. Bien chaude, et douillette.

– Elle est pas mal, dit Ray Salcedo, la regardant traverser la rue.

– Ça s'appelle une veste en peau lainée.

– Hein ?

– Je te parle de sa veste, dit Tony.

Il avait feuilleté le catalogue de vêtements qu'il avait trouvé par terre dans le 4 × 4 de Ray. Il lui montra la photo :

– Peau d'agneau lainée. Je te parie que tu ne le savais pas.

– Pédé.

– C'est ton catalogue, pas le mien.

Ils reprirent leur observation. Elle rejeta une mèche de cheveux vers l'arrière, farfouilla dans le sac suspendu à son épaule et en sortit un jeu de clés. Un clic, et elle monta dans la Land Rover gris métallisé qu'elle avait garée le long du trottoir. Elle boucla sa ceinture.

– C'est bien, dit Ray. Au volant, on ne plaisante pas avec la sécurité.

Tony nota le numéro de la plaque juste en dessous de l'adresse. Pour être sûr de s'y retrouver, il gribouilla *(poule en Land Rover)*.

Elle resta assise au volant un instant, sans bouger. Les vitres de la voiture étaient légèrement fumées, mais depuis l'endroit où ils se trouvaient, ils avaient une vue partielle à travers le pare-brise.

Elle se couvrit le visage de ses mains. Quelques instants plus tard, sa tête et ses épaules se mirent à bouger convulsivement. Juste un peu.

– Oh là là, dit Tony, allez, c'est fini…

– Hé, petite, pourquoi t'es si triste ?

Tony se tourna vers la maison et dit :

– Putain. On dirait que notre bonhomme y est allé fort.

La femme mystère resta ainsi un peu plus d'une minute. Puis elle se redressa et s'essuya les yeux. Elle se pencha, réapparut avec un mouchoir en papier, et se moucha.

Dès qu'elle eut terminé, elle démarra la Rover et déboîta.

– Merde, fit Ray, se ratatinant sur son siège.

Tony abaissa la visière de sa casquette et fit de même.

Au stop, elle tourna à droite et passa à côté d'eux, conduisant d'une main, et continuant à s'essuyer les yeux de l'autre.

– Bon, alors, dit Ray. Tu veux qu'on continue à surveiller la maison, ou bien on la suit pour savoir où elle va ?

Tony réfléchit. La femme mystère ne représentait probablement rien. Apparemment, le mec l'avait envoyée paître. C'était un type qui avait des choses à faire.

Mais d'un autre côté, qu'est-ce qu'ils en savaient, après tout ? Plus ils en apprenaient, et mieux c'était.

Mais d'un autre côté…

– Elle tourne.

– Merde, putain, chais pas. T'en penses quoi ?

– C'est ton oncle, pas le mien.

Et merde. Tony fit un signe de tête vers la maison.

– On sait où habite le nettoyeur. Suis la poule dans la Land Rover.

8

Une heure avant le crépuscule, les premiers flocons de neige mouillée commencèrent à crépiter contre les vitres comme de petits grains de sable blanc.

Worth acheva de mettre de l'ordre dans la cave et installa tout sur une vieille serviette pour que ça sèche. Il prit une douche en vitesse, se fit une deuxième assiette d'œufs au plat et repartit vers le garage.

Il enleva le ruban de masquage et toutes les feuilles de papier journal, les roula en boule avant de les enfourner dans un sac-poubelle. Il coupa le radiateur et les ventilateurs, et ramassa le demi-hectare de bâche de protection qu'il avait utilisé pour tapisser le garage. Il laissa la bâche bleue sur la Ranger.

Dans le box voisin se trouvait une Pontiac GTO de 1971, sans son becquet, revêtue maintenant d'un drapé tout à fait vulgaire en satin de chez American Home Interior. Collection Herbe de Prairie, coloris Bois Fauve.

Worth alla jusqu'à l'établi où il avait posé tous les objets qu'il avait extraits de la voiture. Les papiers du véhicule, un porte-CD rembourré, décoloré par le soleil, un .38 chargé, un paquet de capotes tout neuf, un scanneur-récepteur Bearcat, un demi-paquet de chewing-gums.

Il mit tous les objets, sauf le scanneur et le revolver, dans un sac zippé qu'il fourra sous le siège.

Dehors, la température avait chuté. Le vent s'était levé et les flocons étaient plus gros. Worth vérifia que la voie était libre et retourna dans le garage.

Il utilisa son portable pour composer le numéro qu'il avait relevé dans l'annuaire à la maison ; après quelques sonneries, une voix répondit, tout ensommeillée.

– Ouais.

Worth dit :

– Ricky ?

– Non, c'est Curtis. (Un bâillement.) Quoi ?

– Ici Matt Worth.

– Qui ça ?

– Lieutenant Worth. Du magasin.

– Ah. (Second bâillement.) Heu, salut. Merde... On est en retard ou quoi ? Quelle heure... ? Ouh là, il neige.

– Curtis, rends-moi un service, tu veux ?

– Quel genre ?

– Je veux que tu appelles un numéro. T'as un crayon ?

– Un crayon... Attends...

Silence. Froissements. Des pas qui s'éloignent, d'autres pas qui reviennent.

– OK, vas-y.

Worth lui dicta l'autre numéro qu'il avait noté.

– Demande quelqu'un et fais l'idiot qui comprend rien quelques minutes. Genre, tu as fait un faux numéro, mais il te faut du temps pour piger. OK ?

– Et je demande qui ?

– Peu importe. Choisis un nom au hasard et garde le type deux trois minutes en ligne.

– OK, j'ai pigé. Pour quoi faire ?

– C'est juste pour faire une blague à un pote, dit Worth. La police d'Omaha vous remercie pour votre coopération.

– Pas de problème. (Curtis marqua une pause.) Au fait…

– Ouais ?

– On a entendu dire que Gwen était à l'hôpital.

– Exact.

Encore un silence. Worth jeta un œil à sa montre ; ce coup de fil était plus long qu'il ne l'avait prévu.

– Il l'a vraiment amochée, cette fois ?

– Assez, oui.

Curtis lâcha un soupir.

– Ricky veut tabasser ce connard pour lui faire payer.

– On va dire que j'ai rien entendu.

– Ou alors, on va lui astiquer sa belle bagnole avec une brique.

Worth regarda le coffre de la GTO qu'il venait juste de repeindre à la bombe. Il commençait à avoir la nausée. La seconde assiette d'œufs au plat avait du mal à passer. Il entendait le crépitement de la pluie glacée sur le toit et sur les fenêtres donnant à l'est.

– Vaut mieux que vous nous laissiez faire, dit-il. Bon, Curtis, je vous rappelle et je vous tiens au courant, promis. Tu fais ce qu'on a dit ?

– Ah ouais, opération coup de fil bidon. J'avais zappé.

– Fais juste en sorte que la ligne soit occupée quelques minutes.

– Faire semblant de pas comprendre, dit Curtis. Pigé.

Worth sortit. Les mains enfoncées dans les poches, la neige lui cinglant les joues, il lorgna la maison d'en face. Celle de John Pospisil. Un chic type. Divorcé comme lui. Bloqué à la maison après une mauvaise chute. John était le seul de ses voisins à avoir une vue imprenable sur le garage de Worth ; cela faisait une demi-heure qu'il était sous son porche de devant, vêtu de sa surchemise matelassée en flanelle, appuyé sur une béquille, en train de boire une bière en scrutant le ciel.

Quand il aperçut Worth, il lui fit un signe de la main. Worth lui répondit. John leva les yeux vers le ciel et haussa les épaules. Temps typique du Nebraska, n'est-ce pas ? À ce moment-là, il pencha la tête et tendit l'oreille.

Ses épaules parurent tomber. Après un nouveau signe de la main, il fit demi-tour et rentra en clopinant dans la maison. Il n'allait pas bien vite. Et la porte grillagée était difficile à ouvrir. Worth était vraiment désolé d'imposer ça à son voisin.

Worth se grouilla de retourner au garage, actionna la télécommande. La porte s'ouvrit lentement, laissant entrer un tourbillon de neige.

Il oublia de prendre la télécommande accrochée au rétroviseur de son pick-up pour pouvoir refermer la porte derrière lui. Il dut retourner la chercher. Et quinze secondes de perdues.

De petites erreurs.

Il sortit la Pontiac en marche arrière, manœuvra rapidement pour remonter à toute vitesse l'allée du garage jusqu'à la rue. La neige mouillée grésillait sur le toit et emplissait l'habitacle d'un doux bruit blanc.

Worth regarda des deux côtés et prit la direction du sud ; il passa devant le porche désert de la maison de John Pospisil ; ses mains glissaient sur le volant glacé. Son pouls battait fort dans son cou ; il ralentit à mesure qu'il s'éloignait.

Au bout de la rue, il tourna vers l'ouest, puis il prit vers le sud pour rejoindre l'autoroute ; le scanneur de Russell, sur la fréquence radio de la police, se mit à crachoter, couvrant le murmure ininterrompu de la pluie glacée.

– Allô !

– Est-ce que Scotty est là ?

John Pospisil soupira. Il avait fait tout ce chemin en pensant que l'appel venait de sa fille ou de son fils, qui demandaient des nouvelles.

Ils s'inquiétaient quand il ne répondait pas. Liz surtout. Elle embarquerait les enfants et viendrait en voiture depuis Plattsmouth s'il ne répondait pas à la cinquième ou sixième sonnerie.

– Je crois que vous vous trompez de numéro, dit-il.

– Oh, je ne suis pas au 555-0102 ?

– Non, désolé, ici c'est le 555-0120.

– Oh, pardon, j'ai dû mélanger les chiffres.

– C'est pas grave. Ça arrive souvent. Bon, ben, au revoir.

– Hem… attendez une minute. Allô !

John soupira encore une fois et sautilla sur sa jambe gauche pour mieux caler la béquille sous son aisselle. Il fallait qu'il se rappelle d'avoir toujours le téléphone sans fil avec lui, en particulier quand il allait dehors.

Mais s'il en croyait la manière dont sa jambe se rappelait à son bon souvenir, il valait peut-être mieux ne pas sortir du tout. Ceci dit, certains jours il se sentait tellement cloîtré dans la maison qu'il saisissait la moindre occasion pour aller chercher une bouffée d'air frais. Pourtant, il suffisait qu'il fasse un pas dehors pour que l'air glacé se glisse dans les fentes de ses os brisés. On aurait dit qu'on lui attaquait toute la jambe, de la cheville à la hanche, à la perceuse à percussion.

– Monsieur ? Allô !

– Oui ?

– Vous m'avez dit que c'était quoi, le numéro ?

– Cinq cinq cinq, dit John lentement, zéro un deux zéro.

– Et Scotty, il est pas là ? Scotty Sullivan ?

Bon sang. Il allait avoir besoin de trois Vicodin, d'une rasade de Jack Daniels et d'une longue sieste.

– Désolé, gamin. Essaie encore une fois.

John entendit le vrombissement d'un moteur dehors. Il écarta les rideaux et vit un truc étrange.

De l'autre côté de la rue, chez Helen, une voiture sortait en marche arrière du garage. Une Camaro des années 60, ou une voiture de ce genre. Une drôle de couleur, brun dégueulis. L'arrière de la voiture avait l'air… pas normal. Mais John n'arrivait pas à trouver ce qui clochait.

Tout d'un coup, sa tête était complètement embrouillée. Il y avait dans cette voiture quelque chose qui lui paraissait à la fois familier et décalé. Il vit, dans l'autre box, le pick-up de Matt recouvert d'une bâche d'un bleu éclatant, bien visible malgré la neige.

La porte du garage redescendit.

– Cinq cinq cinq, répéta la voix à l'autre bout du fil, zéro un zéro deux.

– Zéro un deux zéro, rectifia John, luttant maintenant pour rester calme. Écoute, petit, permute les deux derniers chiffres et recommence. Faut que j'y aille. Salut.

Il raccrocha et regarda la voiture s'éloigner dans la rue. *Putain de somnifères.*

9

La casse automobile Junk Monkey, Ferraille et Récup, était de l'autre côté du fleuve, à une heure sur la route nord-ouest après la frontière de l'Iowa, planquée entre les hauts promontoires boisés surplombant la crête de la piste de Lewis et Clark.

Le temps devint plus clément quand il parvint au fleuve. Même avec une meilleure visibilité, Worth se disait qu'il aurait eu du mal à trouver l'endroit de nuit si les indications qu'on lui avait données n'avaient pas été parfaitement claires.

Après avoir parcouru une douzaine de kilomètres le long d'une route en lacet couverte par les frondaisons de gros chênes noueux, il repéra la bifurcation dans le faisceau de ses phares : des pneus fixés sur deux poteaux de part et d'autre d'une longue allée de pierraille. Sur chaque pneu, JUNK MONKEY avait été écrit en lettres baveuses à la peinture blanche fluorescente.

Le chemin suivait le lit d'un petit cours d'eau asséché, pour ensuite remonter en pente douce jusqu'à un corps de ferme de deux étages entouré de plusieurs dépendances. Depuis sa position un peu en hauteur, Worth voyait les ombres découpées des épaves entassées dans la clairière, jusqu'à l'orée du bois. Un flot de lumière jaune se déversait par la porte ouverte du plus grand des bâtiments, un hangar rouillé qui se trouvait en contrebas de la ferme, au pied d'une pente.

Worth prit un embranchement et suivit le chemin qui descendait le flanc de la colline, écrasant les cailloux sous ses pneus.

Tandis qu'il approchait du hangar, la silhouette d'un grand gaillard apparut dans l'embrasure de l'immense porte. De larges épaules, une chevelure et une barbe hirsutes, un bleu de travail Carhartt constellé de taches de graisse. L'homme leva un bras et mit la main en visière pour se protéger de l'éblouissement des phares. Worth freina, s'arrêta au milieu de la flaque de lumière projetée par l'encadrement de la porte, laissant le moteur tourner.

Le type examina attentivement la voiture.

Quand enfin il se décida à faire un pas de côté, Worth quitta la pierraille pour aborder le sol lisse et cimenté du hangar. Le bruit du moteur changea de tonalité au moment où il passa le seuil, se réverbérant en écho dans le grand espace vide du bâtiment.

Il se gara derrière un pick-up Ford Super Duty équipé d'une lame de déneigement bloquée en position haute. La porte coulissante se referma derrière lui, produisant un grondement caverneux qui masqua le vrombissement de la Pontiac.

En coupant le moteur, il sentit comme une sangle se défaire. Son cou, ses épaules, ses mains se relâchèrent, dans la douleur, comme s'il avait porté la voiture jusqu'ici sur son dos.

Il était arrivé à destination.

Bon, on y était. Worth éteignit les phares, prit une grande inspiration et sortit de la voiture.

– Tu as trouvé.

Worth n'était pas sûr qu'il l'aurait reconnu s'ils s'étaient croisés dans la rue.

– Vince, commença-t-il. (Comment continuer ? Content de te voir ? Qu'est-ce que tu deviens ?) Tu ressembles à Charles Manson.

Vince Worth Junior se tenait à quelques mètres, les mains bien enfoncées dans les poches de son bleu de travail, son visage indéchiffrable sous les touffes hirsutes de sa barbe.

Matthew demanda :

– Comment va Rita ?

– Elle est à Phoenix, répondit Vince.

Son regard passa de Worth à la Pontiac.

La peinture dont Worth avait badigeonné sommairement la voiture en avait pris un coup sur la route. La neige mouillée avait décapé l'avant jusqu'aux prises d'air, et la voiture n'avait plus que des traces de maquillage et un gros museau noir.

Mais le camouflage naze avait joué son rôle. Il lui avait permis de venir jusqu'ici, loin de la tempête, de traverser la frontière de l'État, de croiser sans encombre deux patrouilles de la police de l'Iowa et de s'enfoncer dans les collines, à des kilomètres de Gwen Mullen et de l'avant-dernière demeure de feu Russell.

Vince risqua :

– BadGoat, hein ?

Bon sang, se dit Worth.

Il réalisa juste à ce moment-là, après tout ce qu'il venait de se taper, qu'il n'avait pas une fois envisagé d'enlever les plaques personnalisées de cette fichue bagnole et de les remplacer par d'autres.

Vince Junior se servit de son ongle de pouce pour gratter la peinture sur le coffre et faire apparaître les autocollants. Il ouvrit la porte du conducteur et jeta un œil dans l'habitacle. Il attrapa une baladeuse, posa laborieusement un genou à terre avec un soupir, et sa tête disparut sous le bas de caisse.

Quand il se remit enfin sur ses pieds, une ou deux minutes plus tard, il hocha vaguement la tête, comme s'il avait vu tout ce qu'il y avait à voir.

– C'est pas une voiture customisée, dit-il, en réponse à des questions que Worth n'avait même pas posées. C'est une option qu'ils ont sortie l'an dernier, une copie de la Judge 71.

– Vince…

– Pour 400 dollars, t'avais le moteur 455, le capot avec les prises d'air, la suspension et les roues. Plus l'aileron arrière et les autocollants. Ils en ont fait moins de 400 exemplaires. BadGoat, là, elle a toutes les caractéristiques d'origine, sortie d'usine.

– Vince, laisse tomber la bagnole une minute.

– Aujourd'hui, ils ne la feraient sûrement plus que sur commande, dit Vince. Tu l'as trouvée où ?

– C'est exactement ce dont il faut qu'on parle.

Maintenant, Vince était tout ouïe. Worth ne savait pas bien ce qu'il allait lui raconter. Il hésita, incapable de choisir un point de départ ; il découvrit qu'il n'avait pas la moindre idée de la manière dont il allait s'expliquer devant cet ex-taulard à la toison grisonnante.

Il finit par s'approcher de la voiture et ouvrit le coffre. Quelques instants plus tard, Vince contourna la Pontiac sans se presser, le visage fermé. Un radiateur industriel rougeoyait et chauffait le coin du hangar où ils se trouvaient. Tout en marchant, Vince descendit la fermeture Éclair de son bleu, laissant apparaître la langue craquelée et les lèvres crevassées d'un vieux T-shirt ramené d'un concert des Rolling Stones.

Debout à côté de lui, au milieu de l'odeur de graisse et d'essence, Worth perçut une odeur corporelle légère, pas désagréable – celle d'une journée de travail mêlée à des relents de tabac froid, une touche d'Old Spice, et une trace de whisky dans son haleine. Il lui fallut un moment pour s'expliquer le sentiment de familiarité qu'il éprouvait : Vince avait la même odeur que Papa.

Ils étaient debout côte à côte, devant le coffre ouvert de la Pontiac si spéciale de Russell James. L'esprit de Worth retourna à la contraction musculaire silencieuse qu'il avait ressentie, quand il avait jeté toute sa force, tout son poids dans la lutte pour caser l'encombrant rouleau dans le coffre.

De là où il se trouvait maintenant, et étant donné la courbure que le tapis avait fini par prendre – un angle irrégulier, bourrelé, écœurant –, il pouvait voir ce qu'il y avait à l'intérieur par un bout, entre les franges. Les sacs-poubelle bon marché de Gwen n'avaient pas tenu le coup ; dans la lumière du néon, il aperçut une touffe de cheveux noirs collés à quelques centimètres du bord. Pour une raison quelconque, il revit la vidéo d'un accouchement que Sondra et lui avaient un jour regardée ensemble, regrettant aussitôt d'y avoir pensé. Ou regrettant de ne pas avoir doublé les sacs-poubelle.

– Je suppose que maintenant, tu vas m'expliquer pourquoi tu m'as appelé.

Quand Worth releva les yeux, il croisa ceux de

Vince, qui l'observait, aussi détendu que s'il était en vacances.

Worth s'efforça de le regarder en face.

– J'ai besoin d'aide, frangin.

– Ça, j'ai compris, dit son frère aîné. Dis tout de suite que tu as besoin d'un putain d'incinérateur.

10

Quand Worth était gamin, il avait peut-être sept ans, il avait sauté de la rambarde du porche, à l'arrière de la maison, et il était tombé tête la première sur le piètement en ciment de l'étendoir à linge.

Il avait prévu d'attraper la barre transversale dans un magnifique mouvement de balancier, fluide comme Spiderman. Et d'atterrir encore plus loin, près des pivoines, en position accroupie, comme pour se préparer au combat.

Au départ, il avait voulu impressionner Kelly, qui avait quatre ans de plus que lui et qui, depuis cet été-là seulement, était considéré comme étant suffisamment grand pour s'occuper seul de ses frères. Ils avaient beaucoup chahuté dans le jardin, s'ennuyant ferme, essayant de trouver des moyens idiots de se surpasser l'un l'autre, sans vraiment compter les points. Worth ne s'était mis à brailler qu'en voyant la panique sur le visage de Kelly. Jusque-là, il n'avait pas réalisé que son visage à lui pissait le sang.

Encore aujourd'hui, il se souvenait parfaitement de Vince apparaissant comme par magie, se jetant dans la mêlée et les faisant monter tous les deux à l'arrière de sa Thunderbird cabossée. Deux heures plus tard, une infirmière des urgences ramenait Matthew dans la salle d'attente de l'hôpital avec ses premiers points de suture : six paires de poils noirs et raides lui barraient le menton.

Il se rappelait Vince lui passant la main dans les cheveux et lui disant qu'il avait l'air d'un dur à cuire. Matthew avait constellé de sang la banquette de la voiture en entrant et en sortant, mais Vince avait eu l'air de s'en moquer. Sur le chemin du retour, il s'était arrêté au Goodrich de Saddle Creek et avait offert un cornet de glace à ses frères.

En y repensant, Worth se dit que Vince était probablement passé voir Maman, sachant que Papa enchaînait avec un second service, mais ignorant qu'elle avait pris un boulot de jour ; elle s'occupait de Mrs. Stillmock qui habitait la même rue.

En tout cas, c'était la première fois qu'il entendait sa mère mentir. Elle avait changé les noms et les heures dans la déclaration d'accident qu'elle avait remplie avec leur père plus tard dans la journée ; elle s'était impliquée dans l'histoire, avait fait disparaître Vince et ramené leur expédition à l'hôpital à une embrouille inventée autour de sa carte d'assurée.

Lui et Kelly avaient tout écouté par le conduit d'aération à l'étage, et ils s'étaient couchés, reconnaissants à leur mère d'avoir inventé cette histoire.

Trente ans plus tard, Maman et Kelly n'étaient plus de ce monde. Et quant à leur père, c'était tout comme. Junior avait la cinquantaine. Et Matthew n'arrivait toujours pas à se faire pousser des vrais poils pour cacher la cicatrice qu'il gardait de ce jour où il s'était ouvert le menton dans la cour.

Ils chargèrent Russell James dans la benne d'un transporteur GATOR 6 × 4 constellé de boue. Worth eut à peine le temps de grimper du côté passager que Vince démarrait.

Ils sortirent du hangar et roulèrent sur un sol cabossé. Worth était secoué comme un prunier ; il serra ses bras autour de sa poitrine pour se réchauffer. Les bâtiments disparurent derrière eux, la nuit sans étoiles devint de plus en plus noire.

Quelques centaines de mètres plus bas, Vince s'arrêta devant un portail cadenassé, descendit et s'avança à pas lourds dans la lumière des phares. Il ouvrit le cadenas et défit la chaîne.

Ils reprirent la route, plongèrent dans les ombres du cimetière d'automobiles, entre les carcasses couvertes de mauvaises herbes des épaves. Vince conduisit le GATOR le long de l'allée sinueuse, entre des bus de ramassage scolaire éviscérés, des rangées de machines agricoles en plein champ, des monceaux de vieux pneus noirs.

Ils atteignirent bientôt une clairière, une immense décharge où se dressaient d'imposantes silhouettes : un bulldozer, le bras articulé d'une excavatrice, une broyeuse à tapis écroulée.

Vince les dépassa sans s'arrêter, cahotant sur les ornières profondes dans la boue glacée, tassée. Leur cargaison tressautait à l'arrière, harnachée par des sandows.

Ils atteignirent un hangar en tôle entouré de containers et de fûts. Worth aperçut la grosse cheminée qui se dressait sur le toit et sentit un picotement salé lui attaquer le fond de la gorge.

Dans le hangar, d'autres fûts. D'autres containers. Au milieu, l'ombre d'un four en acier de la taille du pick-up de Worth.

Il leur fallut à peu près dix minutes. Vince mit en route l'incinérateur, ouvrit la porte rouillée qui lâcha un grincement, et installa un plateau d'acier assez court devant l'ouverture. Ils y installèrent Russell James et l'enfournèrent, dans son linceul et ses sacs-poubelle.

Worth balança aussi trois sacs pleins, contenant des vêtements, la literie, les parties du matelas qu'il avait découpées et divers objets pris dans l'appartement de Gwen. Il faudrait trouver autre chose pour la lampe. Il se dit qu'il y avait certainement un compacteur quelque part dans le coin.

Vince ressortit le plateau métallique vide et le tira sur ses rails le plus loin possible. Il enfila un gant miteux raidi de suie. Il se servit de sa main gantée pour refermer la porte de l'incinérateur en la claquant, et la verrouilla en abaissant le levier d'un coup sec.

Ils se tinrent tous les deux côte à côte, sans parler de ce qu'ils venaient de faire, écoutant les craquements et les bruits métalliques émis par le fourneau.

Quelques minutes plus tard, Vince ouvrit la bouche :

– Vigile de supermarché, donc ?

Worth ne lui avait jamais donné tous les détails.

– C'est une longue histoire.

– Ça, c'est une longue histoire.

Vince émit un petit rire sans conviction.

– Qui d'autre est au courant ?

– Au courant de quoi ?

– De ce qu'il y a entre cette fille et toi.

– Tu te trompes, dit Worth.

– Ah oui ?

– Oui.

Vince resta silencieux. Il laissa passer une minute, puis désigna le fourneau.

– Et lui ?

– Il lui a fait un sale coup.

– Tu m'as dit.

– La petite est encore à l'hosto, dit Worth. Le médecin dit qu'elle aura de la chance si elle ne perd pas un rein.

– Tu me l'as dit aussi.

Vince se pencha et vérifia la porte du fourneau, alors qu'il l'avait serrée à fond. Une légère odeur âcre de laine brûlée avait commencé à se répandre dans l'air.

– Ce que je te demande, c'est ce que tu sais de ce type.

– Mère et sœur au Texas, dit Worth. Pas de famille ici. Un casier, mais surtout des trucs de gamin. Par contre, il se balade avec un scanneur à 400 dollars et un joli petit .38.

– Et alors ?

– Et alors, ça veut dire qu'il est embarqué dans un truc.

– Peut-être qu'il vend des armes et qu'il écoute les comptes rendus de courses automobiles.

Worth ne discuta pas.

– D'après les déclarations de la victime, il s'était mis à boire plusieurs heures auparavant. Quand il s'est endormi, elle s'est tirée de l'appartement. Le suspect avait disparu lorsque nous sommes arrivés.

– Je vois, c'est simple.

Il restait toujours le matelas dans l'appartement de Gwen. Worth avait fait de son mieux pour découper tous les endroits imbibés de sang, puis il l'avait retourné. Cela pouvait passer pour le moment, mais il devrait trouver un moyen de faire mieux très vite.

Et de faire disparaître la voiture. Vince pouvait s'en

charger, la démonter de A à Z et disperser les pièces dans les collines, s'il fallait en arriver là. Fini, on n'en parle plus.

Il ne restait donc que ce qui demeurerait dans l'incinérateur demain matin, et après, il ne resterait plus rien du tout.

Worth dit :

– Oui, c'est l'idée.

– C'est la première fois que cette fille se fiche dedans ?

Vince parlait comme s'ils étaient arrêtés au bord d'une route quelque part, à parler mécanique devant le capot ouvert d'une bagnole.

– Il suffit d'une personne dans ce magasin, qui se souvienne vous avoir vus tous les deux échanger des regards langoureux.

– Je te dis que ce n'est pas du tout ça, dit Worth, il n'y a aucun lien entre cette fille et moi, si ce n'est nos deux noms sur le même rapport.

Pour la première fois depuis qu'ils avaient déchargé la Pontiac, Vince le regarda.

– Alors réexplique-moi pourquoi tu as décidé que tout ça, c'était ton problème, Matty. OK ? Parce que moi, je pige pas.

Worth n'avait pas de réponse satisfaisante à lui donner. Alors il se contenta d'un :

– Je l'ai fait, c'est tout.

Worth ne percuta même pas que Vince avait bougé. Ils se tenaient debout là, dans la chaleur émise par le fourneau ; l'instant d'après, Worth se prenait un truc lourd sur la tête. Un bruit sourd, cotonneux, le fit vaciller, son cerveau fut ébranlé dans sa boîte crânienne. Il vit un éclair, et son oreille gauche se boucha complètement.

Worth fit un pas en arrière, sans avoir repris ses esprits.

Vince baissa le bras. Sa main était toujours fourrée dans le gant.

– Ça, c'est pour en avoir fait mon problème.

– Bon sang.

Worth posa sa main sur son oreille endolorie. Il avait l'impression que la moitié gauche de sa tête enflait ; un bourdonnement irrégulier se réverbérait en écho dans sa paume. Il ne savait pas s'il valait mieux assommer ce salopard ou s'asseoir par terre et fondre en larmes.

– Tu te sens mieux ?

Vince haussa les épaules. On aurait dit qu'il réfléchissait.

– Un peu, dit-il enfin. Ça fait bien longtemps que j'avais pas cogné sur un flic. J'avais oublié le bien que ça faisait.

Leurs regards se croisèrent, et pendant le silence qui suivit, dramatique à souhait, la situation leur parut complètement ridicule. Worth regardait Vince Junior, cette espèce d'ours hirsute et mal léché, planté là dans son bleu de travail, la main dans le gant, le dos tourné au fourneau qui continuait à vrombir. Worth sentit un tiraillement lui déformer le coin de la bouche. Un mouvement convulsif involontaire, énervant.

C'était le stress, Worth le savait. Seulement le stress des vingt-quatre dernières heures, qui avait besoin de s'exprimer. Et pourtant. Ils venaient de balancer un gars de vingt-cinq ans dans un incinérateur à ordures, et il n'y avait absolument rien de drôle là-dedans.

Vince n'y voyait rien de drôle non plus. Un sourire

s'esquissa dans sa barbe. Il le chassa en toussant derrière sa main. Ils évitèrent de se regarder, préférant couper le lien sans dire un mot, ni l'un ni l'autre.

Vince finit par pousser un gros soupir, mit ses mains sur ses hanches et secoua la tête. On aurait dit qu'il regardait son clebs essayer de se libérer de la laisse dans laquelle il s'était emmêlé les pattes.

– J'imagine que maintenant, il faut que je te ramène, dit-il.

Il n'y avait plus grand-chose à ajouter.

De retour dans le hangar à machines, Worth planqua la Pontiac sous une bâche tandis que Vince finissait de monter le chasse-neige sur le camion. La radio disait qu'avec la tempête, il y avait du fric à se faire. Elle était en train de traverser la rivière et gagnait en puissance.

Mais elle n'était pas encore arrivée jusqu'à eux. Ils prirent la route dans le gros 4 × 4 Dodge Diesel ; la fumée montait toujours de la vallée derrière eux, une haute colonne grise sur le fond noir et froid du ciel.

11

– Hé, Sergent, ça fait combien d'années que vous êtes ici ?

Le sergent Levon Williams se pencha sur la grande table de la salle de rassemblement, prenant son temps pour examiner le contenu de la grosse boîte de biscuits de Halloween qu'une dame de la Coalition Citoyenne de Benson avait déposée pour les équipes B et C.

– Ça fera quinze ans en janvier, dit-il, se décidant pour une citrouille hilare couverte de glaçage orange et noir. Pourquoi ?

– Vous avez fait équipe avec Kelly Worth ?

– J'étais son superviseur.

– Sans blague ?

– C'est vrai. Pourquoi vous demandez ça ?

Tony Briggs haussa les épaules et monta un gros bobard.

– Des gars de l'équipe B parlaient de lui, l'autre jour dans le vestiaire. Ça s'est passé à peu près à la même époque de l'année, non ?

– Le 7 novembre, dit Williams.

Le sergent approchait de la cinquantaine, mais il avait encore une carrure impressionnante ; quand il s'entraînait sur le sac de sable, dans la salle de sport, on l'entendait jusqu'aux douches. Briggs ne le connaissait pas encore très bien, mais il n'avait pas la moindre intention de tester les limites du gars plus qu'il ne fallait.

Quelqu'un ajouta :

– Il y aura une cérémonie commémorative, vendredi dans trois semaines.

– Tout le monde devrait essayer d'y assister, dit Williams. Certains d'entre vous le connaissaient, et même si vous ne le connaissiez pas, Kel Worth était un bon flic.

Murmures et hochements de tête approbateurs.

Briggs suivit le mouvement, tout en se disant : *Ouais, mais pas assez bon, la preuve*. Le type était un héros, OK, d'accord, rien ne pouvait être retenu contre lui. Pour Tony Briggs, on ne parlait de « héros » qu'à l'enterrement d'un flic mort.

De l'autre côté de la table, Ray Salcedo mordit dans un biscuit en forme de fantôme au glacis blanc et noir et lui arracha la tête.

– Son frère est dans la brigade sud-est, c'est ça ?

Briggs haussa les épaules comme s'il ne savait pas. Au bout de la table, Carla Billup approuva du chef.

– Ouais, il s'appelle Matt, je crois. Ou peut-être Mike.

– J'ai entendu dire qu'il avait complètement merdé, dit Lyle Franklin. Hé, Briggs, passe-moi un Frankenstein.

À ce moment-là, tout le monde se mit à parler, chacun y allait de son petit commentaire sur ce qu'il avait entendu dire, ou pas.

Tony Briggs n'arrivait pas à s'en remettre. Ils avaient vérifié les plaques de la Ranger cet après-midi, et ils étaient tombés sur Worth, le petit frère du flic héroïque de leur propre brigade.

– Bon, dit le sergent Williams. (Il détacha les miettes de gâteaux collées au bout de ses doigts, et se redressa.) Écoutez tous. Les rues sont déjà des patinoires là-dehors, alors, première chose, soyez super prudents au volant.

Autour de la table, tout le monde était équipé pour les conditions météo extrêmes : manches longues, gros sweats, sous-vêtements en Thermolactyl, bottes d'hiver.

Tony avait l'impression d'être un gamin qui s'apprêtait à sortir faire un bonhomme de neige. Lui et Ray avaient passé les quatre dernières périodes infiltrés sur le terrain avec les types des Stups, sans jamais repasser par le Central. Vingt-quatre mois sans enfiler un uniforme. Et maintenant, il aurait préféré être encore à se la couler douce dans un taudis de Park Avenue, à jouer à des jeux vidéo, plutôt que de sortir patrouiller par ce temps de merde.

Williams dit un paquet de trucs que Briggs n'entendit pas et finit par :

– Alors, maintenez constamment les liaisons radio et arrangez-vous pour ne pas vous perdre les uns les autres.

Et ce fut tout. Ils sortirent tous, à la queue leu leu, en racontant des conneries. Tony et Ray s'arrêtèrent à l'armurerie pour prendre des pistolets électriques, des équipements vidéo et un fusil de chasse.

Salcedo avait quelque chose à dire. Tony le voyait bien. Il attendit qu'ils soient dehors, dans la voiture, portières fermées, avant de lui demander :

– C'est quoi, le scoop ?

– Chuis sûr que tu vas adorer…

Briggs accrocha son téléphone portable au support fixé au rétroviseur et dit :

– Vas-y, mets-moi au parfum.

– J'ai vérifié l'autre adresse pendant que t'étais aux chiottes.

– Ah ouais ?

– Ouais.

Ils avaient suivi la poule à la Land Rover bien après la 156e rue, jusqu'à une maison classe dans le quartier boisé de Pepperwood ; à côté, la baraque de Worth avait l'air d'une bicoque en carton.

La piste de la Land Rover les menait à une certaine Sondra Worth. Après avoir remonté cinq adresses dans le passé, ils étaient tombés sur le nom de Sondra Miller. Avant l'appel, ils avaient comparé la première de ses adresses à celles fournies par la base de données en ligne du percepteur du comté.

Aucun doute. Matthew et Sondra Worth.

– Bon, alors, tu vas me dire à qui appartient la baraque, ou il faut que je t'achète l'info avec mon biscuit ?

Briggs avait attrapé une sorcière souriant de toutes ses dents en quittant le commissariat. Glaçage violet et noir. Il avait déjà grignoté un peu de son chapeau.

– D'après le comté de Douglas, elle appartient à un certain Mark Vargas, dit Ray.

Le nom disait quelque chose à Briggs, mais il n'arrivait pas à le replacer. Il réfléchit une bonne minute, et tout d'un coup, ça lui revint.

Il regarda Salcedo, installé dans le siège-baquet, arborant un grand sourire.

– Tu déconnes. (Ray se mit la main sur le cœur.) Il doit y en avoir au moins vingt dans l'annuaire.

– J'ai tout passé au crible, dit Salcedo. Et j'ai trouvé le bon.

Une rafale de vent arriva par l'arrière du bâtiment principal du commissariat du secteur nord-est, fit trembler la voiture de patrouille et jeta une poignée de gros flocons mouillés qui vinrent s'écraser sur la vitre du côté de Ray.

Briggs démarra la voiture et mit en route le dégivrage. Le Mark Vargas qu'ils connaissaient appartenait à la Brigade criminelle. Ils l'avaient croisé deux ou trois fois ; la dernière, c'était à l'occasion de la fusillade d'Orlando Heights, l'an dernier. Un crack.

– Il est sur liste rouge, dit Briggs, ça peut pas être lui.

Salcedo haussa les épaules et répondit :

– Il y a plusieurs manières de le trouver.

Il leva son pouce en direction de Billup et Franklin, qui sortaient du bâtiment pour monter dans leur voiture de patrouille, la 237, garée à côté d'eux.

Briggs termina son gâteau en attendant que le moteur chauffe un peu. En moins d'une minute, l'air dans l'habitacle fut assez chaud pour faire fondre le givre sur le pare-brise sans qu'ils aient besoin de sortir pour le gratter. Quelle merde ! Et on était même pas encore au mois de novembre.

– C'est carrément pas possible, dit Tony, que la femme du nettoyeur baise avec un détective de la Criminelle.

Il regarda Ray :

– Tu crois ça possible, toi ?

Ray se contenta de rire. Il alluma la radio et vérifia qu'ils avaient bien la liaison avec le Central.

Briggs secoua la tête.

Il lécha son pouce sur lequel il restait un peu de sucre, jeta un œil dans les rétroviseurs et démarra.

Peu après 21 heures, une femme du nom de Patty passa dans sa chambre. Elle sourit et dit qu'elle était envoyée par Chapel Care.

– On a été tellement pris, aujourd'hui, dit-elle, je suis navrée d'avoir tant tardé à venir.

– Oh, répondit Gwen, je… ça ne fait rien.

La chambre était calme. L'infirmière de nuit venait de partir, et les visites n'étaient plus autorisées depuis plus d'une heure. La télévision était allumée, mais sans le son. Gwen était sonnée par les antalgiques.

Patty portait un chemisier à manches longues en imprimé à fleurs. Elle baissa les yeux vers son calepin poisseux.

– Votre nom est Gwen, c'est ça ?

Gwen répondit d'un signe de tête, se disant : *Dieu est au courant*. Un de ses sbires avait déjà son nom sur un calepin poisseux.

– Ma fille s'appelle Gwen, dit Patty. Je trouve ce prénom très joli.

– Oh, merci.

– Comment vous sentez-vous ?

Voulait-elle la vérité ?

Pour ce qui était du tabassage, Russell savait toujours ce qu'il faisait. Certaines fois avaient été pires que d'autres. Une fois, l'an dernier, ça avait été vraiment dur. Tellement dur qu'il l'avait suppliée de le pardonner, après. Mais jamais ça n'avait été aussi dur que cette fois-ci.

– Un peu endolorie.

Patty fit une petite grimace empathique et hocha la tête.

– J'ai surpris par hasard une conversation entre

deux infirmières à votre sujet, j'espère que cela ne vous ennuie pas.

– Non, c'est pas grave.

– Y a-t-il quelque chose que je puisse faire pour vous ?

– Heu... Merci, dit Gwen. (Elle était gênée maintenant, mal à l'aise.) Je crois que je ne suis pas très branchée religion.

Patty de Chapel Care sourit.

– Ne vous inquiétez pas, je ne suis pas venue faire un sermon. On passe juste pour dire aux gens qu'on peut les aider. Je sais écouter, si vous avez besoin.

Même sous antalgiques, cela lui faisait mal dc respirer. Elle avait raconté son histoire aux policiers et aux médecins une centaine de fois, lui semblait-il. La dernière chose qu'elle avait envie de faire, c'était la raconter encore une fois.

À dire vrai, elle ne se souvenait pas de grand-chose.

À un moment, Russell avait quitté l'appartement. Elle se souvenait qu'elle s'était dit que c'était le moment de se tirer de là, mais elle n'arrivait pas à se lever. Elle se souvenait de son retour. De l'avoir vu jeter ses vêtements à elle dans une valise.

Je vais prendre une douche, avait-il dit. *Habille-toi. Tu viens avec moi.*

Il était convaincu, encore une fois, qu'elle le trompait. Si elle le quittait, c'était qu'il y avait quelqu'un d'autre. Cette fois, il savait avec certitude que c'était un flic du magasin ; il avait remarqué la manière dont ils se regardaient, tous les deux. Elle ne pouvait pas lui mentir.

Il devait aller à Chicago pour le boulot. Si elle croyait

qu'il allait la laisser seule à la maison, cette fois, elle était folle.

Elle se souvenait de son odeur, à la sortie de la douche, quand il s'était allongé à côté d'elle sur le lit. Elle se souvenait de la dernière chose qu'il avait dite.

Bébé, je suis désolé. Tu sais que je ne peux pas vivre sans toi. Je ne sais pas ce que je ferais si tu me quittais.

Après, elle se revoyait entrer dans le SaveMore, dans sa lumière crue.

Tout le reste était un trou noir. Un trou de vingt-quatre heures dans sa mémoire.

Ce n'était pas la première fois.

Elle demanda :

– Quel âge a votre fille ?

Patty de Chapel Care sourit.

– Elle va avoir douze ans dans un mois. Elle est jolie. Comme vous.

Gwen se tourna.

Le lit émettait un bourdonnement motorisé, comme s'il bougeait sous elle. Il était flambant neuf, lui avait dit une infirmière. Conçu pour s'adapter automatiquement à votre morphologie. Soulager les points de pression, fournir le meilleur soutien à long terme, pour vous, personnellement. Gwen se disait qu'elle pourrait rester là jusqu'à la fin de sa vie.

– Le troisième mari de ma mère a commencé à venir dans ma chambre quand j'avais douze ans, dit-elle. Ma mère m'avait eue à seize ans. Son mari s'appelait Gary.

Patty de Chapel Care mit sa main sur sa bouche. Elle poussa un soupir et s'approcha du lit.

– Oh, pauvre petite.

– Vous savez ce que ma mère a fait quand j'ai fini par lui en parler ?

– Qu'est-ce qu'elle a fait ?

Gwen sourit.

– Elle m'a regardée exactement comme vous venez de le faire.

Patty de Chapel Care ferma la bouche.

– Ensuite, elle m'a dit que c'était ma faute, que j'avais qu'à pas me balader en tortillant du cul.

– Oh, ça, par exemple ! Patty recula d'un pas. Chérie, je ne…

– Merci pour la conversation.

La femme n'avait absolument pas mérité ça. Elle essayait seulement de faire son boulot. Gwen changea de position et détourna les yeux.

Le lit d'hôpital bourdonna, bougea sous elle, ne s'arrêtant qu'après avoir tout compris d'elle.

12

Dans son rêve, tout le monde était rassemblé dans la cuisine de la petite maison de Martha Street. Ses grands-parents étaient encore vivants. Maman était encore vivante. Kelly était vivant, mais personne n'arrivait à le trouver.

Une lumière rouge s'infiltrait par les fenêtres, baignant tout. Worth écarta le coin d'un rideau, plissa les yeux et vit que quelqu'un avait construit un SaveMore derrière, à l'endroit où se trouvait autrefois le garage. La lumière de l'énorme enseigne se répandait dans la cour.

Sans vraiment savoir pourquoi, il était certain que Kelly était là, dehors. Il essaya de parler, mais n'y parvint pas.

Personne ne remarqua sa disparition. Il traversa la pelouse au pas de course ; le sol était souple sous ses pieds, un épais tapis d'herbe humide qui s'arrêtait devant la porte d'entrée du magasin.

Les portes s'ouvrirent automatiquement devant lui. Il entra.

Le magasin était une énorme coquille vibrante d'échos. La lumière était crue, aveuglante. Un immense espace très haut. Devant lui, toutes les caisses étaient éteintes et fermées, sauf une.

Gwen luttait avec une pile d'articles qui s'élevait

jusqu'aux poutrelles du plafond, une montagne aux contours tortueux ; son scanneur bipait comme une pulsation dans l'imposant silence. Elle le vit entrer et lui adressa un de ses sourires qu'il aimait tant. L'espace d'une minute, Worth oublia ce qu'il faisait là.

Ensuite, elle lui montra du doigt l'arrière du magasin et reprit son travail.

Apparemment, il savait déjà où il devait aller, mais il ne voulait pas. Il ne voulait pas s'enfoncer davantage dans le magasin.

Et apparemment, il n'avait pas remarqué que Gwen était enceinte, à un degré absurde ; son ventre était énorme, dix fois trop gros par rapport au reste de son corps. Chaque fois qu'elle passait un article devant le lecteur optique, elle paraissait vaciller comme une quille qu'on effleure.

Il voulait rester pour l'aider. Mais Gwen paraissait ne plus le voir.

Worth fit un pas de côté et se regarda lui-même à une certaine distance. Il se regarda descendre la grande travée principale, jusqu'à l'étal de viandes au fond du magasin. Il s'observa, arrêté devant la lourde porte qui donnait dans la chambre froide de plain-pied. Il se regarda saisir la poignée et tirer.

La porte émit un bruit de succion. Puis il se sentit assailli par une bouffée d'air froid ; il tituba et réintégra son corps.

Les tubes de néon fluorescents, embrumés, cliquetèrent au-dessus de sa tête quand il entra dans la chambre froide et qu'il se fraya un chemin entre les lourdes bandes de plastique qui pendaient du plafond, derrière la porte.

Des étagères. Des cartons empilés. Des piles de

pièces de viande sous vide, dans des emballages transparents sanguinolents.

Une forme humaine était allongée sur un matelas miteux, dans l'ombre du coin le plus reculé.

Worth approcha et Kelly se redressa en s'appuyant sur un coude, le visage émergeant dans la lumière.

Matty. Il lâcha un sourire. *Salut*.

Malgré le froid qu'il faisait là-dedans, Kelly ne portait qu'un caleçon et la chemise de son uniforme d'été. Ses pieds nus étaient couverts de boue séchée. La lumière fluorescente donnait une teinte bleutée à son visage.

Ça fait un moment que j'attends ta visite.

Worth voulait dire quelque chose. Il voulait demander à Kelly ce qu'il foutait là, bon Dieu ; il voulait lui dire que tout le monde était inquiet. Il restait planté là, à essayer de retrouver sa voix.

Un tube au-dessus de sa tête crépita, craqua, s'éteignit.

Kelly lui fit un clin d'œil. *J'ai quelque chose à te montrer*.

Avant que Worth ne puisse l'arrêter, Kelly roula jusqu'au bord du matelas et se leva ; il se déplaçait bizarrement. Son badge pendait à l'envers sur sa poitrine, accroché à un pan déchiré de sa chemise.

Il tourna le dos à Worth et commença à déboutonner sa chemise. Il la laissa tomber par terre.

Worth sentit son cœur se serrer.

Le dos de son frère n'était plus que chair suppliciée, un vrai champ de bataille. Les pires blessures suintaient, sanguinolentes. Matthew voulait lui demander ce qui s'était passé, mais il n'arrivait toujours pas à parler.

À ce moment-là, Kelly le regarda par-dessus son épaule ; ses yeux étaient vides, laiteux, et Worth comprit qu'il n'était pas en train de regarder des contusions.

Ce qu'il voyait, c'était la lividité cadavérique. Kelly était mort et il était ici depuis suffisamment longtemps pour que la lividité s'installe. Tout son sang s'était figé.

Kelly secoua la tête, souriant toujours. *C'est la merde, hein ?*

Worth se mit brusquement sur son séant dans son lit, désorienté, entre la panique et le soulagement. Il avait été sorti de son cauchemar par un grondement, un fracas terrible et un bruit de verre brisé.

II

BadGoat

13

À un certain moment, dimanche matin, les types de la météo locale s'étaient tous mis d'accord pour ne plus dire « blizzard », mais « la tempête du siècle ».

Tony Briggs n'avait pas cent ans, du coup, il n'avait aucun avis sur la question. Mais il y avait bien une sacrée quantité de neige, c'était certain.

Il était tombé 40 centimètres en ville, en une nuit. C'était une neige mouillée et lourde, qui s'était déposée comme un édredon détrempé sur plusieurs couches de neige à moitié fondue et de verglas. D'après les types de la météo, les premiers fronts de la tempête avaient déjà atteint le lac Michigan alors que sa queue avait quitté la ville un peu avant l'aube, laissant derrière elle des arbres fendus et la moitié des habitants dans le noir.

Du balcon de son appartement, Tony entendait bourdonner les tronçonneuses tout le long de sa rue. En dessous, la piscine n'était plus qu'un champ de neige.

Un soleil froid apparut, se détachant sur le fond blanc du ciel comme une lampe à arc. Des chasse-neige orange, envoyés par la municipalité, parcouraient les rues au ralenti.

Tony rentra à l'intérieur. Il quitta ses chaussures de sport avant de marcher sur la moquette et composa le numéro de l'appartement de Ray, à l'étage au-dessus.

– T'es prêt ?

– Dans dix minutes, répondit Ray.

Tony enleva le survêtement qu'il avait mis pour s'entraîner sur le tapis de course de la salle de sport. Il prit une douche, puis enfila un vieux jean, des chaussettes en laine sèches, des chaussures montantes Eastland, une chemise Henley et une grosse surchemise en flanelle.

Quand Ray frappa à la porte, Tony lui ouvrit, examina son partenaire de haut en bas, et secoua la tête.

– Bon Dieu, dit-il, tu me tues.

– Pourquoi ?

De belles chaussures, un pantalon en toile au pli impeccable et un pull à col roulé sous un manteau en cuir marron que Tony n'avait encore jamais vu. Des gants en peau d'agneau.

– Pas mal, l'écharpe, dit Tony.

– Merci. (Ray remonta la fermeture Éclair de son manteau.) Tu ressembles à un bûcheron canadien échappé de sa forêt.

– Mec, tout ce que j'ai à dire, c'est que si on reste bloqué dans la neige, je serai pas le seul à aller creuser.

Ils partirent dans le 4 × 4 Ford de Ray et restèrent coincés derrière un chasse-neige jusqu'à la 60e rue. Ils avancèrent ensuite avec précaution, empruntant des rues déneigées quand ils le pouvaient, et sinon essayant d'éviter les grosses congères.

– Putain, dit Tony en voyant les dégâts partout autour de lui.

Ray indiqua quelque chose droit devant.

– Regarde.

Un type portant un bonnet en laine était debout, enfoncé jusqu'à mi-cuisses dans la neige. Il regardait sa maison à moitié enterrée sous une avalanche de branches brisées encore pleines de feuilles. Le gros arbre devant chez lui ressemblait à un poignet épais dont les doigts étaient cassés ; à l'endroit de sa frondaison, il n'y avait plus qu'un grand vide bleu.

– Tu vois ça ? dit Tony. Tu vois, c'est exactement pour ça que t'es locataire.

Le spectacle était désolant. Il y avait des branches d'arbres partout ; elles sortaient des toits, bloquaient les rues. L'été avait été sec, disaient les types de la météo, et la plupart des arbres n'avaient pas encore perdu leurs feuilles ; le poids supplémentaire de la neige et de la glace avait brisé des troncs aussi larges que le tour de taille de Tony comme s'il s'était agi de crayons. Les restes de vénérables vieux arbres se dressaient à la verticale dans la neige comme des membres fracturés, les éclats semblant perforer le ciel.

– Bon Dieu, dit Tony. (Il savait que la tempête avait été suffisamment violente pour qu'on en parle sur CNN, mais là c'était vraiment du délire.) On dirait qu'un F-5 est passé par là.

– Dommage qu'on ne soit pas arrivé à joindre ton oncle par téléphone, dit Ray.

Il freina puis s'arrêta au milieu de Dodge Street ; le véhicule vacilla tandis que l'ABS essayait de s'agripper sur un endroit lisse. Ils attendirent patiemment que trois jeunes en doudoune parviennent à dégager une belle blonde en poussant sa Pontiac Grand Am.

– Si on l'avait eu au bout du fil, reprit-il, on serait pas embarqué dans ce plan galère.

– Ouais, mais dans ce cas, tu n'aurais pas eu l'occasion de porter ta belle écharpe.

– Exact.

Ils reprirent la route. Entre les chasse-neige et les voitures immobilisées, la lenteur de la circulation, les équipes de l'entreprise locale d'électricité, qui réparaient les lignes hors service, et le désordre général, il était plus de 10 heures quand ils arrivèrent enfin au magasin d'Eddie.

Dans le parking vide devant le magasin, quatre pick-up équipés de chasse-neige et de chaînes rassemblaient la neige en tas. Ils avaient bâti une haute digue tout autour du parking et érigeaient une gigantesque montagne au milieu.

– Passe par-derrière, dit Tony.

Ray prit la voie réservée au personnel. Ils virent le gros Hummer d'Eddie garé sur le quai de l'entrepôt, dont les voies de livraison avaient déjà été dégagées.

Ray gara son 4 × 4 à côté et dit :

– Alors…

– Alors quoi ?

– Alors, qu'est-ce qu'on lui dit ?

Tony y avait pensé toute la matinée.

– Peut-être qu'on ne lui dit rien pour le moment.

Salcedo hocha la tête, attendant la suite.

Assis dans son fauteuil, John se réveilla au grondement que faisait un chasse-neige à soufflerie dehors.

Il n'y avait toujours pas de courant ; il ne portait pas sa montre, mais le soleil du matin éclairait déjà bien le salon.

Il cligna des yeux, bâilla, décoinça son cou. Il n'y avait pas de doute sur l'origine du bruit, de ce *bap-bap-bap*, mais il paraissait trop proche. Comme s'il venait du porche de devant.

John se pencha, attrapa une béquille et écarta le rideau.

D'énormes tourbillons de neige s'élevaient de l'allée devant chez lui. Il aperçut une tache rouge au milieu du nuage. Quand les tourbillons s'écartèrent, il vit Matt Worth en bonnet et lunettes de ski en train de pousser une grosse souffleuse vers la maison. La machine crachait d'immenses geysers blancs, de longues queues de comète qui étincelaient au soleil avant de se disperser en poudre dans l'air.

John laissa retomber le rideau, redressa le dossier de son fauteuil de relaxation et se dit *Ben, ça, alors*. Il escamota le repose-pieds et se prépara à se mettre debout.

Puis il resta immobile une bonne minute, pris d'une toux violente qui l'étouffait. Ça arrivait. Comme ça, sans prévenir. Sans raison.

John se racla la gorge plusieurs fois, agacé. Décidément, il ne savait plus ce qui lui arrivait. Il ne se reconnaissait plus. Jamais il n'avait tant pleuré, même quand il était gosse. Et depuis peu, il fondait en larmes, tout à coup, comme un bébé, à propos de n'importe quoi, d'un petit truc ridicule. Même devant une pub à la télé. Le médecin l'avait prévenu que ça arrivait parfois.

Mais le côté positif, c'était que sa jambe semblait être moins douloureuse ce matin. La journée commençait plutôt bien.

John repoussa les couvertures et se leva péniblement, lentement, glissa les béquilles sous ses aisselles en faisant attention à ne pas perdre l'équilibre, à procéder sans précipitation. La dernière fois, il avait eu un bol inouï de retomber directement dans le fauteuil.

D'après ce qu'il pouvait se rappeler, l'électricité

s'était coupée quelque part entre 2 et 4 heures du matin, à peu près au moment où les arbres s'étaient mis à craquer et à grincer partout dans le quartier. La température avait beaucoup baissé dans la maison. Il alla jusqu'à la cuisine, ouvrit le four à gaz et le régla sur 200 °C en laissant la porte ouverte. Il pourrait au moins maintenir une pièce à une température décente jusqu'à ce que la compagnie d'électricité résolve le problème.

Il retourna clopin-clopant au salon, ouvrit la porte d'entrée et sortit en béquillant dans le froid. À ce qu'il pouvait voir, le porche était à peu près le seul endroit qui n'était pas recouvert de neige. Il avança le plus possible et fit un grand geste de la main. Matt Worth coupa le moteur de son engin et lui répondit.

– Beau temps, n'est-ce pas ? hurla John.

Sa voix parut très forte dans le silence revenu.

Matt s'approcha jusqu'au bord du trottoir, avançant péniblement dans l'épaisse couche de neige ; il releva ses lunettes couvertes de glace.

– Comment ça va ? Vous tenez le coup ?

– Il n'y a plus de courant, mais ça va. Ne t'inquiète pas. Écoute, j'apprécie beaucoup ce que tu fais pour moi, mais tu dois t'occuper de ta propre maison.

– Ne vous en faites pas.

– J'appellerai une entreprise, dit John. Ou je paierai un gamin pour qu'il déblaie à la pelle. De toute manière, je n'ai pas besoin de sortir.

– Allez, John, c'est rien à faire, je vous assure. (Matt sourit et montra la souffleuse de sa main gantée.) J'ai payé cet engin assez cher, c'est pour m'en servir.

John rit, un peu gêné. Les hivers précédents, c'était lui, dans le quartier, qui dégageait l'allée chez Helen. Et maintenant, il se traînait comme un handicapé, même pas capable de déneiger sa propre allée. Rien qu'en restant debout, sans bouger, sa jambe commençait à s'exprimer.

– On dirait que tu te retrouves avec un sacré chantier, dit-il.

– Il y a de ça, oui.

Ils restèrent un moment silencieux, à contempler les branches cassées qui envahissaient le terrain de Matthew. La plus grosse d'entre elles avait défoncé la grande baie vitrée du salon, et les buissons couverts de neige étaient constellés de bris de verre. Des branches plus petites jonchaient le jardin jusqu'au trottoir.

Devant ce spectacle, le cœur de John se serra. Tout le monde aimait cet arbre : c'était un vieil érable immense, de plus de quinze mètres de haut, dix mètres d'envergure, et aussi loin que se souvenaient les habitants du quartier, son ombre avait toujours été généreuse. À cette époque de l'année, il se drapait d'un magnifique manteau rouge flamboyant.

Ce matin, le vieil arbre d'Helen était décimé. Il paraissait triste et malheureux, comme un géant boiteux qui aurait laissé tomber son fardeau de bois. Le tableau paraissait trop nu, il manquait quelque chose.

Matt Worth laissa échapper un sourire plein de lassitude.

– Je suppose que les assurances sont faites pour ça. Mais je suis triste de perdre cet arbre.

– Peut-être qu'il s'en sortira quand même.

Plus John y pensait, et moins il y croyait. Sa jambe l'élança, et il se dit qu'il n'aimait pas regarder les extrémités cassées des branches.

– Les vieux arbres comme ça, ils peuvent encaisser une raclée.

– Peut-être. Bon, dites-moi, vous avez besoin de quelque chose ?

– Non, tout va bien. Je suis sûr que Liz va débarquer dès qu'ils auront déblayé la route. Ou bien Rodney. Pas de souci.

– Écoutez, j'ai une rallonge de soixante mètres. Je vais la brancher dans mon garage et la tirer jusqu'ici.

Le réseau électrique passait par le milieu de la rue, et il arrivait parfois que seul un côté ait du courant. Mais John ne se souvenait pas avoir vu une chose pareille par une météo aussi mauvaise. Partout dans le quartier, des prolongateurs d'une longueur impressionnante reliaient les deux côtés de la rue, striant la neige de lignes orange et jaunes.

– C'est gentil, mais je ne voudrais pas…

– Au moins, ça vous permettra de garder le réfrigérateur en marche, dit Matt Worth. Et de regarder un peu la télé.

John soupira, et se tut. De toute manière, il était temps de rentrer et de reprendre un Vicodin.

– T'es un bon voisin.

– Je ne fais que renvoyer l'ascenseur, John.

Alors qu'ils parlaient, un Chevy Blazer rouge ralentit au coin et tourna à droite. Le pick-up resta immobile un moment, enfoncé jusqu'au pare-chocs dans la neige, crachant des nuages de gaz d'échappement, les ailes avant blanchies par le sel. Les passagers étaient probablement en train de contempler le tas de branches devant chez Matt Worth, comme John et lui venaient de le faire.

Au lieu d'avancer, la Chevrolet s'engagea dans l'allée de la maison d'Helen.

John commenta :

– On dirait que tu as de la visite.

Il supposa qu'il s'agissait de gars équipés de tronçonneuses, qui se baladaient en voiture à la recherche de petits boulots. Sous leurs yeux, l'arrière de la Chevrolet se mit à chasser vers la droite, puis vers la gauche. Les pneus tournèrent à vide, lissant la neige en deux traits luisants.

– Hum, fit Matt.

– On dirait qu'ils ont besoin qu'on les pousse un peu.

– Ça vous ennuie si je laisse la machine devant chez vous ?

– Pas du tout, dit John.

Matt Worth fit demi-tour et repartit péniblement jusqu'au chemin qu'il venait de dégager. Il se retourna pour crier :

– Vous savez où me trouver. Si vous avez besoin de quelque chose, gueulez un bon coup.

Vraiment un supervoisin, se dit John.

Et il fait un froid de canard congelé, ici.

Il rentra réchauffer son pauvre cul fracassé à l'intérieur.

~

– Hé, Eddie, dit Ray, appuyé sur sa queue de billard, dis-moi…

– Eh merde, fit Eddie en raccrochant le téléphone.

Au même moment, Tony Briggs ratait la sept dans le coin ; il jura à mi-voix. Ils avaient commencé une partie de billard en arrivant dans le bureau de son oncle.

– On envoie le gamin à Chicago. Il est censé livrer des trucs. Et en rapporter.

– Exact.

– Les deux missions sont… sensibles. Non ?

– « Sensible » me paraît être le mot qui convient.

Ray avait l'air perplexe.

– Pourquoi laisser le gamin conduire une voiture pareille ? J'demande juste par curiosité.

– Ouais, enchaîna Tony, qui s'était posé la même question. Pourquoi pas lui faire conduire une berline Toyota ? Ou un minivan ? Bref, quelque chose de plus…

– De plus discret ? dit Eddie.

Ray posa un doigt sur son nez.

– Voilà, discret.

Eddie hocha la tête, comme si c'était là une question tout à fait raisonnable. Il se laissa aller contre le haut dossier de sa chaise, derrière son imposant bureau en chêne.

– Je peux vous poser une question à mon tour ?

– Bien sûr.

– Si vous étiez en patrouille, et que vous remarquiez une voiture comme celle-là, comment vous réagiriez ?

Ray haussa les épaules.

– Ça dépend où j'la vois.

– Disons dans un quartier douteux.

– Douteux ?

– Tu vois ce que j'veux dire.

– Comme Regency, suggéra Tony. Ou Country Club. Tu vois le genre. Douteux, quoi.

Ray lâcha un petit rire.

– Je la remarquerais.

Eddie posa son doigt sur son nez, imitant Ray.

– Tu la remarquerais. Maintenant, disons que la voiture, je sais pas, moi, va trop vite, ou trop lentement, ou qu'elle slalome d'une file à l'autre… Je sais pas, moi. Bref, Ray, disons qu'elle fait quelque chose de mal. Tu la remarquerais plus ou moins qu'une Toyota ? Ou qu'un minivan ?

– Qu'un véhicule plus discret, commenta Tony.

– Je remarquerais une infraction à la loi, dit Ray.

Tony éclata de rire. Trou du cul !

L'oncle Eddie eut un sourire.

– Et moi, je me sens personnellement rassuré de te savoir sur le terrain. Bon, sérieusement…

– Je la remarquerais plus encore.

– Tu la remarquerais plus encore, dit Eddie. Évidemment. Regardons les choses en face, une voiture pareille, c'est un aimant à flics. Tony ? J'me trompe ?

– Un aimant à flics, ça, c'est sûr, dit Tony.

– Ouais, Eddie, ajouta Ray, c'est exactement ce que j'voulais dire.

– OK, disons que tu n'es pas toi. Disons que tu es le conducteur de l'aimant à flics. Et tu as, je ne sais pas moi, c'est juste une hypothèse… (Eddie leva les mains en l'air.) Disons que tu as le cadavre d'une pute dans ton coffre.

– Le cadavre d'une pute, donc.

– C'est une hypothèse, rappela Tony.

– Peu importe ce que c'est, dit Eddie. Quelque chose d'illégal. Tu es au volant d'une voiture gonflée pas discrète et tu trimbales quelque chose d'illégal. Tu te sentirais comment ?

– Comme un pauv'connard, dit Ray. (Il se pencha en avant et mit la boule numéro sept dedans, avec un claquement sec.) Mais je vois où tu veux en venir.

– Tu te sentirais une cible facile, pas vrai ? (Eddie tendit l'index et le pointa sur sa propre tempe.) Et si tu avais un tout petit peu de jugeote, ce que je croyais être le cas du gamin jusqu'à aujourd'hui, tu conduirais cette bagnole gonflée comme si t'étais en train de passer ton permis. (Il ôta son index de sa tempe et commença à compter sur ses doigts.) Tu serais hyper vigilant, alors que tu ne le serais pas si tu étais au volant d'une Toyota. Tu mettrais ta ceinture, t'irais pas trop vite, tu ferais pas crisser les pneus. Tu t'assurerais que tout soit en ordre, même pas un feu arrière cassé, comme ça, un policier fédéral ou un officier de la police municipale comme toi n'aurait absolument aucune raison de t'arrêter. Si t'avais un peu de jugeote.

– Ce que tu croyais être le cas du gamin, commenta Tony.

Il ne pouvait pas s'en empêcher. L'oncle Eddie lâcha un soupir.

– Ce que je croyais être le cas du gamin.

Tony lança un regard à Ray. Son coéquipier haussa les épaules et réfléchit aux possibles ripostes.

– Ce qu'il y a, c'est que le gamin n'est jamais arrivé là où il était censé arriver, dit Eddie. Et je veux savoir pourquoi. Et, plus important, nos amis de Chicago veulent savoir pourquoi.

– Bien sûr, dit Ray.

– Tu sais quoi ? Moi j'en ai rien à foutre, fit Eddie. Je veux juste trouver ce fils de pute.

Tony dit :

– Au moins, il y a un point positif.

– Ah ouais, lequel ?

– C'est plus facile de localiser une Camaro qu'une berline Toyota.

Eddie avait l'air épuisé. Il soupira et se gratta à nouveau le nez. Quelqu'un frappa à la porte du bureau.

– C'est ouvert.

Deux jeunes types entrèrent. Tous les deux blancs, dans les dix-huit, vingt ans. Le premier ressemblait à un bouledogue : un jean baggy, un sweat FUBU, un bonnet en laine enfoncé jusqu'aux sourcils. L'autre avait l'air d'un camé à l'héroïne ou d'une pseudo rock-star, l'un n'excluant pas l'autre : allure chétive, un piercing dans le nez, pas de manteau. Et des tatouages qui lui couvraient les deux bras comme des manches.

Le gamin au sweat FUBU regarda Tony et Ray qui se tenaient près de la table de billard. Visage totalement inexpressif. Un vrai dur. Il se tourna vers Eddie :

– On peut repasser plus tard.

– C'est bon, fit Eddie. Troy Mather, Derek Price, voici mon neveu, Tony. Lui, c'est Ray.

– Salut, dit le maigrichon.

Il se détourna, s'écroula dans le canapé à l'autre bout de la pièce et alluma la télé.

– Putain, fit le gamin au sweat, vous êtes les flics, c'est ça ?

Tony s'appuya au bord de la table de billard et ne répondit pas. Ray rigola et expédia délicatement la huit dans la poche gauche.

– Troy, il te fallait quelque chose ? demanda Eddie.

– On a découvert des trucs pas cool, dit Troy Mather. On s'est dit que ça t'intéresserait.

Tout le monde se figea, dans l'expectative. Eddie finit par dire :

– Alors ?

– Elle est à l'hôpital, dit Troy. C'est une de ses copines qui nous l'a dit.

– Qui est à l'hôpital ?

– Gwen. La nana de Russ.

– Qui vous l'a dit ?

– Une de ses copines du magasin. LaTonya, dit Troy. Moi et Derek, on l'a croisée à une fête hier soir. Elle nous voit, et d'un coup, elle monte sur ses grands *cheveux*. Et elle nous prend le chou avec not' pote qui a tabassé sa pote et l'a envoyée à l'hôpital cette fois.

Eddie saisit un crayon.

– Quel hôpital ?

– Elle a pas voulu nous dire. Mais y a ce grand hosto, plus haut dans la rue du magasin où elle travaille. Alors, on y est allés et on a demandé s'ils avaient une certaine Gwen Mullen chez eux.

Eddie gribouilla quelque chose sur un bloc.

– Et ils avaient une certaine Gwen Mullen chez eux ?

– Tu l'as dit, répondit Troy, et elle y est encore.

Tony échangea un regard avec Ray, haussa les sourcils. Ray écoutait Mather. Le gamin était content de lui ; il était décidément génial. Il n'avait pas mal raisonné, Tony Briggs était bien obligé de lui accorder ça. Pas mal, pour un sous-fifre.

Son oncle croisa les bras et s'assit. Au bout d'une minute, il se tourna vers la table de billard.

– Vous croyez que vous pouvez aller vérifier ?

– Hé, Eddie, moi et Derek, on peut le faire.

Eddie ne dit rien. Il attendait la réponse de Tony. Tony lança un nouveau regard à Ray. Ray s'appuya sur sa queue de billard et resta silencieux.

Eddie avait sa réponse. Il soupira et dit :

– Vous avez probablement raison.

– Vraiment, dit Troy Mather, on assure, chef. Pas de problème.

À ce moment-là, quelqu'un d'autre frappa à la porte. Eddie leva les yeux au ciel, se frotta les tempes et dit :

– Oui ?

Darla, la chef de bureau, passa la tête par la porte entrebâillée. Darla avait environ trente-huit ans, une blondasse assez sexy, à la manière des mères célibataires fatiguées. Tony était presque sûr que son oncle se la tapait. Tante Joan lui ferait sauter les couilles si elle savait.

– Vos tronçonneuses sont arrivées, dit-elle.

– Merci, acquiesça Eddie.

Tandis que Darla se retirait, Tony demanda :

– Des tronçonneuses ?

Eddie attrapa une feuille de papier et la lui tendit.

– On tourne le spot télé dans une heure.

Tony s'était demandé pourquoi Eddie était tout endimanché, dans un pull qui sentait les vacances, avec des rennes sautillants sur le devant. Il fit un pas en avant, prit la feuille et jeta un œil.

C'était un encart publicitaire d'une pleine page pour les journaux. Le bandeau en haut de la page annonçait, en lettres bleues tracées d'une main faussement mal assurée : *Promotion de la Tempête du Siècle !*

Le magasin de son oncle, Tice is Nice, Meubles de Qualité, Discount et Occasions, cassait les prix d'une liste interminable de produits. Pas question de manquer ça ; des affaires complètement inimaginables. Et comme si cela ne suffisait pas d'avoir les prix les plus bas de toute la ville, on vous offrait gratuitement, pour l'achat d'une chambre à coucher ou d'un téléviseur à écran plasma, une tronçonneuse Homelite Bandit 14 pouces.

– Faut te reconnaître ce mérite, Oncle Eddie, dit

Tony, en tendant la feuille à Ray, t'as toujours une longueur d'avance.

– Vingt-quatre heures sur vingt-quatre, sept jours sur sept, répondit Eddie Tice, en s'appuyant sur ses coudes pour se frotter les yeux des deux mains.

14

Worth traversa à grand-peine le jardin de John Pospisil jusqu'à sa maison en suivant l'étroit couloir qu'il avait réussi à déblayer le long de la rue enneigée. Curtis Modell s'extirpa de la Chevrolet côté passager.

– Hé, y a un arbre dans ta maison.

– Et deux mecs coincés juste devant chez moi.

– Pourtant, je lui avais bien dit de ne pas pousser la bagnole.

Curtis portait un pantalon des surplus de l'armée, un sweat à capuche à l'effigie de l'équipe de lutte de l'Université du Nebraska et un bonnet de laine avec des rabats sur les oreilles qui le faisaient un peu ressembler à un mitrailleur arrière de la Seconde Guerre mondiale.

– Ce mec, il ne sait pas conduire dans la neige.

La voix de Ricky, étouffée, lui parvint de l'intérieur du camion. Worth crut comprendre « J't'emmerde ».

– Qu'est-ce que vous faites dans le coin, les gars ?

– On se balade, dit Curtis. On a fini de déblayer chez notre mère.

– Sympa, les garçons.

– Ben ouais, on est comme ça, nous.

Curtis, les poings sur les hanches, balaya la rue du regard ; on aurait dit un explorateur polaire.

– T'y crois, toi ? T'as vu ce merdier ? On a croisé

trois énormes camions de la Garde nationale sur Dodge, en venant.

Worth n'était pas étonné. Étant donné les dégâts qu'il avait vus jusqu'ici, il était prêt à parier un paquet de fric que le gouverneur allait déclarer l'état d'urgence avant la fin de la journée.

Tout autour d'eux, c'était comme si les bruits normaux de la ville étaient étouffés sous des matelas de neige, écrasés par un concert bourdonnant de tronçonneuses et de souffleuses. On entendait le grondement des chasse-neige municipaux, parfois la sirène d'une ambulance ou d'un camion de pompiers au loin. Et de temps à autre, le braillement intempestif des sirènes municipales. La moitié de la ville était privée d'électricité et des arbres fracassés jonchaient les rues. C'était comme s'ils avaient subi un bombardement.

– On est allés chez Sorensen, et on l'a aidé à pelleter, dit Curtis. Il nous a dit que t'avais été touché.

– Oui, je l'ai eu au téléphone.

Sorensen avait appelé pour savoir si James Russell avait été arrêté.

– On s'est dit qu'on allait passer, ajouta Curtis.

– C'est sympa, les gars.

– Pas de problème.

– Comment avez-vous su où j'habitais ?

– Par Sorensen.

– Ah.

Pour une raison quelconque, Ricky décida qu'il était temps de retenter quelque chose. Il fit ronfler le moteur ; le Blazer oscilla sur place, ses pneus, en patinant, envoyèrent de gros paquets de neige mouillée contre les jambes de Worth.

Worth envisagea de se pencher et de pousser, mais il

n'y avait pas beaucoup de prise et il se dit qu'ils n'allaient nulle part, de toute manière. Avant de déblayer le passage vers chez John, il avait déneigé une surface qui allait de son garage à environ un mètre du pare-chocs avant de Ricky. Mais il y avait une profonde ornière au bord de la rue, à peu près de la même largeur que l'allée du garage, et ils s'y étaient enfoncés assez profondément.

Curtis frappa à la fenêtre côté passager et se mit à brailler :

– Hé, mec, tu fais qu'empirer les choses.

Quand Ricky finit par laisser tomber, Worth tapota l'aile arrière et dit :

– Attends, je vais chercher mon camion et une chaîne.

Vince s'était copieusement saoulé avant de sortir l'autoneige pour aller voir où en était l'incinérateur.

Il n'était encore que 6 h 45, mais Rita n'était pas là, et en plus, il ne savait pas vraiment ce qui l'attendait. De toute manière, il valait mieux ne pas être sobre pour faire ce boulot.

Il restait des ossements, comme il l'avait prévu. Sur une longueur d'environ deux mètres, posés sur la grille comme les pièces d'un puzzle à assembler. Certains d'entre eux s'étaient déformés, mais sans brûler.

Vince ramassa les morceaux avec une pelle et les fourra dans un vieux sac de toile en s'efforçant de ne pas regarder. Il essaya de se dire que c'étaient des os d'animaux. Ceux d'un coyote, ou d'un cerf.

Tout se passait bien, jusqu'au moment où le crâne du mec tomba de la pelle en roulant et se brisa sur la grille du fourneau. Vince aperçut des dents éparpillées sur un tapis gris et en eut la nausée.

Aucun moyen de prendre ça pour des dents de cerf.

Il sortit du hangar et inspira une bouffée d'air frais. À laquelle il ajouta une grande goulée de sa flasque. Le soleil brillait dans le ciel, dardant ses rayons sur la neige immaculée, le forçant à plisser les yeux. Son haleine produisit un petit nuage de buée. Sa moustache, autour de sa bouche, commença à geler.

Rita serait rentrée demain. Elle appellerait sûrement bientôt pour dire bonjour.

Vince reprit un coup à boire.

Une minute plus tard, il rentrait dans le hangar et retournait au boulot, raclant la grille avec sa pelle ; ça faisait un bruit terrible et très laid dans le silence glacé.

Il fallut une heure juste pour déblayer le chemin jusqu'à la branche de l'arbre qui avait défoncé la baie vitrée.

Worth appréciait sincèrement l'aide que lui apportaient les frères Modell. Mais c'était son dernier jour de congé, et il avait envie de rester seul. Après les avoir remerciés, il essaya de les renvoyer chez eux. Sans succès.

Mais à la fin de la matinée, il avait changé d'avis et leur était reconnaissant pour le coup de main. Ricky se porta volontaire pour finir de déneiger devant chez John, tandis que Curtis et Worth s'attaquaient aux débris de l'arbre, tirant ceux qui n'étaient pas trop lourds loin de la maison, coupant les plus gros à la scie. Les deux frères avaient apporté une tronçonneuse, et à eux deux, Worth et Curtis produisaient une pluie ininterrompue de copeaux de bois.

Ça faisait du bien de travailler. Ça lui faisait du bien de se vider la tête, de sentir la sciure et l'huile de graissage, d'écraser physiquement le chaos, petit à petit.

Quand Ricky revint avec la souffleuse, après avoir déblayé les deux trottoirs de la rue jusqu'aux stops de chaque côté, Worth et Curtis avaient réduit le monceau de débris à trois grands tas.

Ils se concentrèrent alors tous sur le principal coupable, Worth armé de la tronçonneuse, Curtis et Ricky chargés de la stabilisation. Puis ils le soulevèrent à trois, sortant l'extrémité feuillue du cadre de la baie dans un grincement métallique et une avalanche de verre cassé. Ils marquèrent une pause, debout dans les buissons, et regardèrent à l'intérieur de la maison par l'ouverture.

– Putain, fit Curtis.

Worth ne trouva rien à ajouter.

Le séjour n'était plus qu'un immense chantier : un tapis de branches et de feuilles, des éclats de verre, des flaques de neige fondue. La lampe qui était posée sur la table en bout de canapé était tombée par terre ; l'abat-jour était déchiré, l'ampoule avait éclaté, le fil avait été arraché à la prise.

Une tronçonneuse démarra derrière eux, rompant le silence.

Worth et Curtis sursautèrent et se tournèrent d'un même mouvement. Worth sentit sa main se déplacer vers son arme de service, qu'il ne portait pas.

Ricky était revenu au milieu du jardin, où ils avaient assemblé les tronçons du gros arbre qu'ils avaient extrait de la fenêtre. Il était là, planté dans sa salopette de ski et ses chaussures de montagne, les lunettes de protection sur les yeux, la tronçonneuse qui pétaradait et crachait de la fumée bleue tandis qu'il ajustait les gaz.

– Putain, mec, brailla Curtis.

Ricky fit un signe de tête en direction de Worth, puis vers la cheminée de la maison. Essayant de couvrir le bruit de la machine, il hurla :

– Elle fait quelle taille, ta cheminée ?

Worth respira un grand coup, attendit que son pouls redescende un peu et tendit les bras, décrivant de ses mains une longueur d'environ cinquante centimètres. La largeur de l'âtre. Ricky hocha la tête, leur tourna le dos et poussa le moteur de la tronçonneuse.

Tandis que la sciure commençait à voler et que le parfum du bois fraîchement débité se répandait dans l'air, Worth se pencha vers Curtis et lui dit :

– Ça va, ton frère ?

Curtis poussa un soupir.

– Te bile pas pour lui. Il fait la tronche depuis le début du week-end.

– Y a quelque chose qui va pas ?

– C'est juste un connard lunatique, c'est ça qui va pas. (Il haussa les épaules.) Il est sûrement encore en train de ruminer ce qui est arrivé à Gwen.

– Je me disais bien qu'il n'avait pas l'air dans son assiette.

Curtis eut un geste désinvolte.

– Laisse-le faire joujou avec la tronçonneuse. Ça lui fera du bien.

Il était déjà 10 heures quand Vince retourna à la maison. Il avait une faim de loup, mais l'odeur des œufs et du bacon en train de frire dans la poêle lui retourna l'estomac. Il finit par tout balancer derrière la maison, à l'intention du chien errant qui venait souvent les voir.

Il était 8 ou 9 heures à Phoenix. Il n'arrivait jamais à se rappeler si l'Arizona était à l'heure d'été ou à l'heure d'hiver à cette époque de l'année.

En tout cas, sa petite Rita n'avait pas appelé. Elle était probablement partie se promener avec sa mère. Il essaya quand même, tomba sur son répondeur et laissa un message. *Salut, mon bébé, tout va bien. Serai probablement aux labours toute la journée.*

Il fit assez de café pour remplir une Thermos de presque quatre litres, puis il monta dans son tracteur après avoir ouvert le portail qui donnait sur la route. Les deux heures suivantes, Vince resta bien au chaud dans sa cabine chauffée et fit des tas de neige, tout en réfléchissant.

Le concasseur avait réduit ce qui restait du mec à une ou deux livres de fine poudre de calcium. Plus tard, ce soir, après la nuit tombée, il partirait en autoneige les disperser quelque part dans les bois.

Dès que la température remonterait au-dessus de zéro, il passerait le concasseur au jet, broierait quelques centaines de kilos de calcaire qu'il utiliserait au printemps pour faire du ciment.

Il avait balancé les mottes de cendres grasses rejetées par l'incinérateur sur le tas de déchets destiné au site d'enfouissement. Avant de passer le broyeur au jet d'eau, il avait nettoyé le container, l'intérieur du fourneau et le conduit des fumées avec une solution acide. Ensuite, il avait mis tout un tas de trucs à brûler dessus.

Il ne regarderait plus les émissions sur la médecine légale de Discovery Channel. Désormais, il considérait qu'il n'avait plus besoin de savoir ces choses-là.

Il ne restait plus que la voiture.

Vince arriva à l'atelier vers 13 heures et ouvrit une nouvelle bouteille de bourbon. Il ne s'agissait pas de se retrouver avec la gueule de bois dès le milieu de la journée.

Ce fut presque un soulagement pour lui de se mettre au travail. Les ailes, les chromes, les sièges, les portes. Un volant. Un bloc-moteur. Vince savait y faire avec ces choses-là.

Il avait décapé l'extérieur à la sableuse, jusqu'au métal brut, puis il avait allumé le chalumeau. S'il ne tombait pas sur des endroits délicats, et s'il n'était pas interrompu, il pensait pouvoir découper la voiture jusqu'aux essieux en dix ou douze heures.

Il lui fallut presque une demi-heure pour comprendre ce qui clochait avec le coffre.

Au milieu de l'après-midi, tout ce qui valait la peine d'être transformé en bois de chauffage ou d'allumage avait été débité, transporté derrière la maison et empilé le long du garage. Il faudrait le laisser reposer un an, peut-être deux, mais c'était du bon érable bien costaud et il brûlerait bien et lentement. Ils rassemblèrent ce qui restait en un seul tas dans un coin du jardin. Worth l'emporterait dans son pick-up plus tard.

Il avait trouvé une planche de contreplaqué dans le garage et un rouleau d'isolant en fibre de verre dans le grenier. Ils clouèrent le contreplaqué sur l'extérieur de la baie et tapissèrent l'intérieur avec quelques panneaux d'isolant.

Il avait aussi dans la cave un reste de film adhésif. À eux trois, ils réussirent à en coller maladroitement une pellicule sur ce qui avait été la baie vitrée. C'était l'idée de Ricky. Worth se demandait si cela changerait quelque chose, mais il prit malgré tout le sèche-cheveux pour le faire rétrécir et emprisonner l'isolant des deux côtés. Quand il eut terminé, la température dans le salon avait déjà, semblait-il, monté de quatre ou cinq degrés.

Les chasse-neige étaient passés deux fois pendant qu'ils travaillaient. Tandis que les frères Modell mettaient un peu d'ordre dans la maison, Worth fila chercher quelques pizzas et un paquet de douze cannettes de Budweiser à l'HyVee de Center Street.

Cela lui faisait du bien d'aller ailleurs qu'au Save-More, pour une fois.

Il était sur le chemin du retour avec le repas quand son portable vibra. Worth regarda la provenance de l'appel et décrocha.

– Y a un os, dit son frère.

15

La route qui allait vers les promontoires était praticable, grâce à l'épaisse barrière que constituaient les chênes et les ormes. Worth n'eut à s'arrêter que deux fois : une fois pour pelleter une congère, une autre pour laisser passer une petite harde de cerfs de Virginie.

À 17 h 15, il remontait la petite route menant à Junk Monkey, Ferraille et Récup, pour la seconde fois en deux jours.

Vince l'attendait à la petite porte du hangar à machines, un fusil de chasse au bout du bras.

– Bon Dieu, dit Worth, tu attends quelqu'un d'autre ?

– Comment je saurais, moi ? répondit Vince.

Il avait le regard un peu vague, mais pas perdu. Même dans le froid, son haleine empestait l'alcool.

– Qu'est-ce qui se passe ?

Sans dire un mot, Vince tourna les talons et entra dans l'atelier.

Worth le suivit jusqu'à la Pontiac, découverte et suspendue par des chaînes. Le coffre était ouvert. Par terre, à côté de la voiture, il y avait un morceau de moquette.

Dans le coffre, Worth vit un plus petit couvercle dans le fond. Lui aussi ouvert.

– Le bouton d'ouverture était caché sous le tableau de bord, expliqua Vince. Serrure commandée électriquement, gonds invisibles. Il m'a fallu une demi-heure pour trouver le truc.

L'espace sous le double-fond était de la largeur du coffre, et d'une profondeur de vingt centimètres environ. Worth restait figé sur place, se contentant de regarder.

Il avait déjà vu plein de faux planchers, dans plein de voitures, mais celui-ci paraissait être d'excellente facture, nettement au-dessus de la moyenne. Son esprit commença à s'emballer tous azimuts, sans succès.

– Tu m'as dit que tu pensais qu'il était impliqué dans quelque chose. (Vince sortit une flasque et dévissa le bouchon.) Tu l'avais bien repéré, celui-là.

Worth se pencha dans le coffre. Il en sortit un paquet rectangulaire emballé dans du plastique noir et du scotch marron.

Il déchira un coin du plastique, et découvrit un paquet de billets froissés, toutes coupures mélangées : des billets de cent, de cinquante, de vingt et de dix dollars. Le double-fond du coffre était rempli de paquets semblables.

– La bourse ou la vie, dit Vince, et il versa ce qui restait de la flasque dans un trou au milieu de sa barbe.

~

– Bon, ce mec est foireux, dit Tony Briggs. Ça, on le sait.

– Ça, on l'a compris, dit Ray.

– Il fait les patrouilles de nuit dans un supermarché. (Tony regarda son équipier.) Dans un putain de Save-More, mec.

Ray rigola.

– Le magasin est même pas dans son secteur. Tu savais ?

– J'ai pigé.

– Et son ex se fait sauter par un autre flic. De la Criminelle, en plus.

– Au moins, il lui a flanqué une dérouillée.

– Et il s'est retrouvé rétrogradé et en évaluation psy à cause de ça ?

Tony hocha la tête.

– Pas possible. Le commandant de notre bonhomme pense qu'il est un peu fêlé. En plus, il y a un mec au Central à qui j'ai parlé, qui m'a dit que Vargas l'avait pas raté.

– Bref, c'est la merde.

– La grosse merde. Mais là, notre mec s'acoquine avec la caissière.

– Dont le jules bosse pour ton oncle.

– Et il la tabasse, dit Tony. C'est pas un secret, tout le monde le sait.

– Et ensuite, il se passe quoi ?

– Supposons qu'elle soit au courant du boulot de son mec. Soit il est idiot et il lui en parle, soit elle est intelligente et elle devine. D'une manière ou d'une autre, elle est au courant de ses plans.

– Et elle sait quand il est sur un gros coup.

– Alors, elle déballe tout, met notre Worth au parfum. Il voit bien l'aubaine. Pourquoi pas, après tout ? Il est dans la merde. Au moins, comme ça, il a une nana à sauter. (Plus ils en parlaient, et plus Tony aimait leur histoire.) Ils mettent tout au point. La fille connaît toutes les faiblesses de son mec. Forcément. Mais maintenant, elle veut en jouer. Alors elle le pousse. Elle encaisse les coups sans moufter.

Ray enchaîna.

– Bon, elle a un alibi. Quand Worth prend la plainte, elle est à l'hosto. Le jules a disparu.

– Et les tourtereaux ont récupéré le quart de million que le jules était censé livrer à Chicago, dit Tony. Entre-temps, l'Oncle Eddie distribue des tronçonneuses, en se demandant où a bien pu passer le fric.

Ray s'abîma dans sa réflexion. Tony mit ses pieds sur la table de cuisine de Matthew Worth et but une bière qu'il avait prise dans le bac du frigo. Son passe-montagne lui grattait la tête, alors il l'enleva. Il ne quitta pas ses gants.

Ray finit sa bière.

– Et Eddie ?

– Comment ça, Eddie ?

– Il doit toujours deux cent cinquante bâtons aux types de Chicago. Si on en croit ce qu'il nous a dit tout à l'heure.

– On va pas pleurer sur l'Oncle Eddie, dit Tony. Il pèse au moins deux ou trois millions. Il peut bien faire une croix sur quelques centaines de milliers de dollars.

– T'es vraiment dur de dire ça.

– Dur ? (Tony secoua la tête.) Non, mec, tu vois, dur, c'est quand tu donnes à une mule une télé plus grosse qu'à ton neveu préféré.

Ray éclata de rire.

Tony reprit.

– Merde, quoi. Tu trouves pas ?

– Je suppose qu'il va pas se demander comment ça se fait que son neveu favori a tellement de moyens, tout d'un coup ?

– Tu crois que je suis idiot, c'est ça ?

– Peut-être que Caddie Man ne se laissera pas faire si facilement.

– Là, tu nous insultes tous les deux.

Ray rit à nouveau et prit une gorgée de bière.

– Caddie Man n'aura pas son mot à dire, sur rien, dit Tony. Eddie couvrira Chicago en payant de sa poche, parce que c'est ce qu'il ferait si on n'était pas là, de toute manière. Et retour à la case départ. Y a pas d'âge pour apprendre. (Il étendit les mains.) Briggs et Salcedo bénéficient d'un généreux Thanksgiving.

– Généreux, hein ?

– À nous la grosse dinde.

Bien sûr. Ç'aurait été sympa de trouver un sac avec le fric d'Eddie planqué sous le lit de Caddie Man, de rentrer tôt à la maison, de s'ouvrir une petite bière et de se faire une partie de Madden 360. Rapide, net, bouclé en un tournemain. Et retour au rayon soupe pour Caddie Man.

Mais même Tony se disait qu'ils ne pouvaient pas s'attendre à ce que ce soit aussi simple. Fallait bien rendre à César ce qui était à César.

– Alors ?

– Alors quoi ?

– Alors, tu penses quoi ? (Ray secoua la tête, le sourire aux lèvres.) C'est ton oncle, mec.

Tony avait encore un peu envie de retourner la maison de fond en comble, pour être sûr qu'ils n'avaient rien laissé passer. Mais ses tripes lui disaient que le butin n'était pas caché là.

Leur mec avait été jusqu'à tracer les contours des outils rangés sur le panneau perforé dans le garage, pour retrouver leur place à chaque fois. À part le salon avec sa planche de contreplaqué, la maison était nickel chrome, chaque chose à sa place et une place pour chaque chose. Ils n'avaient rien trouvé, même pas une planque à magazines porno.

Quand un mec comme ça décidait de cacher quelque chose, il faisait ça bien. Pas possible que le fric d'Eddie soit là, Tony en était certain. Et s'ils retournaient la baraque, ça ferait que donner à Caddie Man l'indication que quelqu'un cherchait le butin.

Pas de raison de lui faire peur. Pas encore.

Ray termina sa bière, et jeta un regard dur à Tony. *T'as entendu ?* La porte de derrière fit du bruit en s'ouvrant, et Ray bondit de sa chaise en abaissant son passe-montagne.

Tony n'avait pas entendu de voiture se garer. N'avait pas vu de phares balayer les fenêtres. Il était juste derrière Ray ; ils sortirent de la cuisine et battirent en retraite dans la pénombre du salon.

Caddie Man rentrait à la maison.

16

– Salut !

Une voix d'homme. Assez grave.

– Y a quelqu'un ?

Tony se dit qu'il leur arrivait trop souvent, ces derniers temps, de se faire surprendre en plein cambriolage. Il regarda Ray, posté de l'autre côté de la porte.

Ray pointa son index ganté sur sa tête, puis en direction de la tête de Tony. *Réfléchis vite, mon vieux. C'est ton plan.*

– C'est moi, John, dit la voix, j'entre.

Tony se rappela qu'il y avait quatre ou cinq marches entre le porche de la porte de derrière et la cuisine. Ils entendirent la porte se fermer, et les marches se mirent à craquer. Lentement.

Un couinement de caoutchouc se fit entendre en haut du palier, puis une série rythmée de sons lourds. Le bruit traversait lentement la cuisine et s'approchait d'eux.

Ray fit un pas en arrière pour se tapir dans l'ombre.

Tony n'arrivait pas à identifier ce qu'il entendait. Ça ne ressemblait pas à un bruit normal de pas. C'était presque mécanique, comme bruit : lent, régulier, ponctué d'une respiration difficile, comme un piston.

Des béquilles. C'était le bruit de quelqu'un qui marchait avec des béquilles.

Sur un signal de Ray, Tony se pencha en avant et risqua un œil.

Un type en manteau de flanelle et pantalon de survêtement avançait péniblement vers le téléphone fixé au mur de la cuisine contigu au salon. Un Blanc, âge plus que moyen. À son pied valide, il portait une chaussure de chantier miteuse. L'autre jambe était munie d'une attelle rembourrée et d'un impressionnant appareil orthopédique en métal qui apparaissaient sous le pantalon coupé au niveau du genou.

Le type s'appuya sur ses béquilles pour composer le numéro de téléphone, encore essoufflé par l'effort qu'il venait de faire, mais sans paraître avoir trop chaud. De temps à autre, il appuyait sur une touche. Il choisissait des options dans un menu, se dit Tony.

– Oui, bonjour, finit-il par dire, mon nom est John Pospisil. C'est ça. P-O-S…

Il finit d'épeler son nom, donna son adresse. Autorisa quelqu'un à accéder à son compte en banque.

Tony repéra mentalement l'adresse. C'était probablement juste de l'autre côté de la rue.

Il remarqua les flaques de neige sale qui s'étendaient autour des embouts en caoutchouc des béquilles et comprit pourquoi ils n'avaient pas entendu de voiture remonter l'allée. M. Pospisil ici présent avait traversé la rue à pied. Sur un pied, pour être précis.

– Ouais, dit-il. La tempête m'a coupé le courant. Ouais, c'est clair. J'imagine bien. Bref, ça fait plusieurs semaines que je suis cloué à la maison et je ne peux pas vraiment aller ailleurs en voiture. Alors, je me chauffe en allumant le four toutes les deux ou trois heures. Comment ? Oui, le four à gaz. (Il soupira.) Oui, je sais. Je comprends bien que ce n'est pas une chose à faire, mademoiselle. Je vous explique juste la situation.

Tony essaya de réfléchir. Avaient-ils donc, lui et Ray, laissé la porte de derrière ouverte après avoir été au garage ? Ils n'étaient pas aussi négligents, quand même. Le type devait savoir où trouver une clé.

– Oui, c'est exactement le problème, dit-il. La maison tout entière puait le gaz avant que je réalise que la veilleuse s'était éteinte. (Une pause.) Oui, c'est la première chose que j'ai faite. Mais j'entends toujours le gaz siffler. (Pause.) Oui, c'est une vieille cuisinière, j'imagine qu'il doit y avoir un défaut dans… non, j'appelle de chez un voisin. J'me suis dit que si le courant revenait tout d'un coup, je risquais de me retrouver dans l'autre monde.

La conversation se poursuivit. Le type donna des informations de facturation et confirma son adresse.

– Merci, mademoiselle, finit-il par dire. Je vais guetter leur arrivée. À vous aussi. Merci encore. Tandis que Pospisil raccrochait le téléphone, Tony recula dans l'ombre et réfléchit.

Il s'était préparé à sauter à la gorge de Worth, ici et maintenant. Ce n'était pas ce qui était prévu, mais puisqu'ils étaient là, autant le faire tout de suite.

Et tout d'un coup, voilà que ce type débarquait. Vu le froid qui régnait dehors, et l'effort qu'il lui avait fallu faire pour venir jusqu'ici, il y avait fort à parier que Monsieur Fuite de Gaz n'allait pas bouger tant que le véhicule de dépannage ne se garerait pas devant chez lui.

Tony fit un signe à Ray, lui montra la porte d'entrée.

Il entendit quelque chose craquer sous le pied de Ray, dans le noir.

Une voix se fit entendre, depuis la cuisine :

– Hé-ho ?

Long silence.

– Il y a quelqu'un ?

Tony entendit un bruit étouffé de verre entrechoqué et se rappela qu'ils avaient laissé leurs bouteilles de bière sur la table. L'une était vide, l'autre, à moitié pleine, et les deux étaient encore probablement couvertes de givre.

– Ohé, il y a quelqu'un ?

Poum – un pas – poum.

Merde. Tony se planqua et se gratta le nez.

Ce n'est que lorsqu'il se gratta le nez qu'il comprit qu'il avait mal interprété le geste de son équipier tout à l'heure. Ray avait tapoté sa tête et pointé la sienne du doigt. Ce n'était pas pour lui dire de prendre l'initiative.

Il lui disait : *T'as oublié de remettre ton passe-montagne, crétin.*

Et voilà que Monsieur Fuite de Gaz arrivait, clopinant jusqu'à l'embrasure de la porte, le passe-montagne de Tony accroché à une poignée de sa béquille. Il quitta la cuisine éclairée et entra dans le salon assombri par la fenêtre condamnée.

– Qui est là ?

Bon sang. Et maintenant ?

Pas le temps de réfléchir. Tony suivit son instinct.

– Derrière toi, dit-il.

Tandis que John Pospisil se retournait, Tony Briggs fit un pas en avant et le flanqua par terre d'un direct du droit bien envoyé.

Enfin, pas trop bien. Il portait une nouvelle paire de gants techniques, des Subduer G5 : doigts résistants aux entailles, paumes renforcées, deux cent vingt-cinq grammes de billes de plomb cousues au niveau des jointures.

Tony voulait juste neutraliser le type, pas l'envoyer dans le coma. Alors, il se retint à vingt pour cent. Pospisil laissa échapper un grognement et tomba comme un sac de sable.

Au même moment, et à son immense surprise, Tony sentit quelque chose de dur le frapper sur le côté de la tête. Un flash éclata derrière son œil, et il ne vit plus rien pendant un moment. Il vacilla, un peu sonné. C'était comme s'il venait de se prendre un coup de barre à mine.

– Fils de pute.

La béquille du mec tomba par terre avec un bruit métallique. Tony ne l'avait même pas vu la brandir.

Putain. Il entendit quelqu'un rire.

– Je t'emmerde, dit-il à son interlocuteur invisible.

Ray sortit de l'ombre, remontant son passe-montagne jusqu'au front. Il mit ses poings sur ses hanches, baissa les yeux sur le tas immobile par terre, et dit :

– Bien envoyé.

– Lâche-moi.

– Et en cas de rappel, tu fais quoi ? Tu pousses une petite vieille dans l'escalier ?

– Enculé.

– Tu saignes.

Tony porta la main à sa tête.

– Bon Dieu.

– Hey, dit Ray. (Maintenant, il s'agissait d'être sérieux.) Je viens de penser à quelque chose.

– Quoi ?

– Il vient d'attaquer un officier de police. (Il regarda Tony.) On l'emmène en ville ? Ou tu veux que je te le tienne en respect, pour que tu puisses lui flanquer quelques coups de pied ?

Tony soupira et s'agenouilla. Il ramassa les béquilles, les jeta loin et examina le type.

Il respirait encore. Il aurait probablement un gros œuf sur le crâne demain matin. Mais ça irait.

– Tiens, fit Ray en ramassant un coussin parmi les débris dans le salon et en l'envoyant à Tony. Mets-lui ça sous la jambe.

Tony étendit le type plus ou moins bien à plat. Il installa le coussin, récupéra son passe-montagne et se remit debout. Il sentait le sang chaud lui dégouliner derrière l'oreille.

– Et maintenant, on fait quoi ? demanda Ray.

– Ce type, Worth, commence à me taper sur les nerfs.

– Et celui-là, dit Ray en désignant le voisin inconscient. On peut pas le laisser là, comme ça.

– Et qu'est-ce que tu veux qu'on fasse de lui ?

– OK.

Tony devait lui reconnaître le mérite de réagir vite, pour un vieux. Et dans le noir, en plus. Et avec seulement une jambe valide. Il porta à nouveau sa main à sa tête ; les doigts de sa main gantée étaient tout poisseux. Bon Dieu.

Il récupéra sa cannette de bière entamée en passant dans la cuisine et la vida en chemin. Dans le genre simple, on faisait mieux.

Sur ses talons, Ray dit :

– Fais gaffe ! Il est armé : il a une compresse chauffante !

Connard.

17

Worth était encore à quatre rues de chez lui quand il vit les lumières rouges et bleues des véhicules d'urgence se refléter sur les toits couverts de neige.

À deux rues de la maison, sa poitrine se serra. Arrivé au coin, il sentit qu'il commençait à avoir la tête qui tourne.

Pendant une minute, il resta assis dans son pick-up sans bouger, le pied écrasé sur le frein, les deux mains crispées sur le volant. Il se força à respirer calmement.

Bon Dieu. Voilà ce qu'il s'était dit en premier. *John a fait un infarctus.* Il dénombra trois voitures de patrouille et un véhicule de secours, tous garés dans la rue entre sa maison et celle de John.

Mais celle de John était plongée dans l'obscurité.

Et toutes les lumières dans la sienne étaient allumées.

Et il y avait une voiture banalisée garée devant chez lui.

Merde.

Tandis qu'il restait de l'autre côté de l'intersection, arrêté au stop comme un badaud, un flic en uniforme sortit par la porte de derrière et balaya le sol de sa lampe de poche. De loin, on aurait dit Dan Wesson, de l'unité B.

Un autre flic sortit du garage de Worth.

Bon, on y était. Worth se surprit à laisser son esprit errer, s'envoler comme les volutes de gaz d'échappement émises par son pick-up.

Un jour, il avait surpris une conversation entre son père et Kelly. Ils étaient assis en bas, à la table de la cuisine, et buvaient des bières, tard un soir de semaine. Kelly était une jeune recrue au commissariat du nord-est à cette époque-là ; il s'était arrêté à la maison en rentrant après le service. Worth finissait son lycée. Au lieu de descendre les rejoindre, il était resté au premier et avait écouté par la conduite d'aération, avec la même excitation que lorsqu'il était enfant.

Fils, faut qu't'apprennes à penser comme les méchants, disait son père. Par le conduit, il entendit le clic du zippo de son père, puis la longue expiration. *Les méchants, ils savent déjà penser comme toi.*

Worth n'avait jamais appris à penser comme un méchant. Il n'avait jamais vraiment appris à penser comme un flic. Il finissait sa licence d'anglais quand Kelly avait été tué.

Qui avait-il pensé pouvoir aider ?

Un autre véhicule arriva chez lui, un minivan vert foncé qu'il ne reconnaissait pas. Le minivan dérapa avant de s'arrêter contre le talus de neige qui bordait le trottoir.

Une femme sortit avec difficulté du côté du conducteur. Elle se précipita dans l'allée, pas vraiment hystérique, mais pas loin. Un des uniformes l'intercepta.

Quelqu'un lié à Gwen ?

Quelqu'un lié à Russell James ?

Worth s'apprêta à démarrer. Il ne savait pas où aller, ni ce qu'il ferait quand il serait ailleurs, mais il avait besoin de réfléchir.

Soudain, il entendit un coup sec frappé à sa vitre. Une lumière crue l'éblouit.

Merde.

De l'autre côté de la vitre, une voix étouffée lui parvint :

– Matt ?

Le faisceau lumineux se détourna. À mesure que les taches noires disparaissaient devant ses yeux, Worth sentit son cœur battre de plus en plus fort. Il comprit qu'il retenait sa respiration. Il expira profondément et descendit la vitre.

– Hé, dit un troisième uniforme. (Worth ne l'avait même pas vu approcher de la voiture.) Ça fait un moment qu'on te cherche.

La voix lui paraissait familière. Worth cligna des yeux.

– Pardon pour la lumière.

– Ken ?

– Heureusement pour toi, chuis pas un voleur de bagnoles, dit Ken Bailer. Ça va ? Comment ça se fait que t'es planté là ?

– J'essaie de trouver un moyen d'arriver jusqu'à chez moi, dit Worth. Qu'est-ce qui se passe, bon Dieu ?

Ken Bailer hocha la tête. Il rangea sa lampe torche.

– Mec, vaudrait mieux que tu viennes avec moi.

Le responsable sur le terrain était un type appelé Sheppard. Dans les quarante-cinq ans, cheveux blonds-roux, des yeux très doux. Sheppard était envoyé par l'unité d'enquête du quartier sud ; Worth se souvenait de lui ; ils avaient travaillé ensemble sur un cambriolage au Livestock Exchange Building, deux ou trois ans auparavant.

Il n'eut pas l'impression que l'autre se rappelait de lui, mais Sheppard lui avait paru sympa cette fois-là, et il le trouvait sympa maintenant aussi.

– M. Pospisil dit qu'il est venu utiliser le téléphone après avoir découvert une fuite de gaz chez lui, expliqua Sheppard. Il dit qu'il a sonné mais que personne n'a ouvert.

– La sonnette ne marche pas, dit Worth.

Il avait l'intention de la réparer depuis le début de l'été.

– Ouais, on s'en est aperçu.

Sheppard consulta son bloc-notes.

– Alors M. Pospisil a fait le tour et il est entré avec une clé que vous lui avez donnée. Je suppose que vous confirmez cette histoire de clé ?

– Oui, dit Worth. La maison est restée vide quelques mois l'an dernier. John la surveillait un peu pour moi.

– C'est ce qu'il nous a dit.

– Avez-vous pu localiser l'endroit par où ils sont entrés ?

– La même porte, probablement, dit Sheppard. Pas de trace d'effraction.

Worth réfléchit. Il se souvint avoir fermé la porte à clé quand il était parti. Après avoir oublié, samedi, de verrouiller le garage avec la Pontiac à l'intérieur, il était deux fois plus attentif aux serrures.

La maison n'était pas équipée d'un système de sécurité. Ceux qui étaient venus ici savaient crocheter une serrure courante. Ce n'était pas bien difficile, mais cela dénotait plus de sophistication et de ruse qu'une effraction classique. D'après Sheppard, il s'agissait de pillards qui essayaient de profiter de la tempête.

– On a relevé deux séries d'empreintes différentes, dit Sheppard, en plus de celles de M. Pospisil.

Si John avait eu besoin de sa clé pour entrer, cela voulait dire qu'ils avaient verrouillé derrière eux après être entrés. Ce qui signifiait qu'ils avaient prévu de rester un certain temps dans la maison.

Le détective Sheppard sourit.

– Et voici la partie que j'aime bien.

Il conduisit Worth vers le salon et s'arrêta sur le seuil. Worth vit une goutte de sang très rouge sur le dernier carreau du sol de la cuisine. L'éclaboussure avait déjà été entourée au crayon gras.

– M. Pospisil a décoché un swing en direction d'une voix, dit Sheppard. Puisque ce n'est pas lui qui saigne, je suppose qu'il a atteint sa cible.

– Comment ça, un swing ?

– Béquille droite, dit Sheppard.

Sans bouger du seuil, il mima le geste, balançant une béquille imaginaire vers la tête de Worth. Il souriait toujours.

– Et vlan, fit un secouriste.

Dans le salon, John était assis dans le fauteuil bleu, la jambe posée sur un tabouret, tenant un pack de gel plaqué contre le côté gauche de son visage. Le secouriste se tenait à côté de lui et changeait les piles de sa mini-torche. Son partenaire était en train de rouler le brassard d'un tensiomètre, qu'il rangea ensuite dans un sac.

La femme qui était arrivée dans le minivan était agenouillée à côté du fauteuil, la main posée sur l'épaule de John. La fille de John, se dit Worth. Elizabeth.

– J'ai pas vu son visage, marmonna John.

– Mon Dieu, John, fit Worth en s'approchant.

Il désigna le pack de gel.

– Je peux voir ?

John découvrit son visage. Worth vit une boule violacée de la taille d'une balle de tennis au-dessus de l'œil gauche de son voisin.

– J'crois pas qu'il y ait de fracture, dit le secouriste numéro 1.

– Mais il y a une belle commotion, dit la fille de John. Ils l'ont frappé tellement fort qu'il a perdu connaissance. Complètement.

John soupira et lui tapota la main. Liz, comme il l'appelait toujours. Worth savait qu'elle habitait à Plattsmouth, avec son mari et ses enfants, mais il ne l'avait jamais rencontrée avant ce soir. Son front était plissé par l'inquiétude.

– J'pense qu'il m'a moins loupé que moi je l'ai loupé.

John essayait de plaisanter mais on voyait bien qu'il souffrait. Son teint avait pris la couleur d'un fromage avarié, et de grosses gouttes de sueur perlaient sur son front. Worth se tourna vers les secouristes et leur demanda :

– Et sa jambe, ça va comment ?

– Il n'est pas tombé dessus, dit le secouriste numéro 2. Mais on ne sait pas si quelque chose a vrillé dans la chute…

– Elle va bien, dit John.

– Il faut que son chirurgien orthopédiste y jette un œil. Là, tout de suite, il a mal.

John bougonna :

– Ça, c'est pas nouveau.

– Ça fait un moment que j'essaie de le convaincre de

venir habiter chez nous, dit Elizabeth. (Elle secoua la tête et frotta le bras de son père.) Quel entêté.

Le secouriste numéro 1 intervint :

– En tout cas, au moins un cambrioleur dans cette ville qui ne reviendra pas. Vous ne croyez pas, John ?

– Johnny-la-Béquille, ajouta le secouriste numéro 2, voilà comment on va l'appeler.

– Si vous pouviez éviter de l'encourager…, dit Elizabeth.

Sheppard croisa le regard de Worth. Worth mit la main sur l'épaule de John, puis alla rejoindre le détective qui retournait dans la cuisine. Il prit bien soin d'enjamber la tache de sang.

De temps en temps, le faisceau d'une lampe torche passait devant la fenêtre ; les flics fouillaient le périmètre. Worth avait une impression d'irréalité totale.

– Les gars du labo ne devraient pas tarder, dit Sheppard. On sait qu'il y a deux types qui écument les baraques vers Field Club, peut-être… peut-être qu'il y a un lien.

Worth hocha la tête comme s'il acquiesçait, ne se donnant même pas la peine de souligner ce que Sheppard avait omis de dire. Sa maison n'était pas dans le coin de Field Club, elle n'en était même pas proche.

Quelqu'un en avait après lui ; c'est juste que c'était pas les bons. Pas encore. Worth n'arrivait pas à savoir s'il en était soulagé ou pas.

– Que puis-je faire ?

– Ben, la première chose, c'est examiner les lieux, dit Sheppard. Voir s'il manque quelque chose.

Il ne manquerait rien, Worth en était sûr. Ceux qui étaient entrés ici cherchaient une chose précise, et ils ne pouvaient pas la trouver.

– Vous avez subi des dégâts à la suite de la tempête, à ce que je vois ?

– Une grosse branche est passée par la baie vitrée, dit Worth. J'avais à peine commencé à mettre de l'ordre.

– À part cette pièce, il ne semble pas y avoir de désordre ailleurs, ajouta Sheppard. (Il baissa la voix.) Je suppose que M. Pospisil a interrompu quelque chose, mais juste histoire de couvrir toutes les hypothèses, vous souvenez-vous d'arrestations remarquables récemment ? Des méchants qui auraient proféré des menaces dans la rue ?

Des méchants.

Dans la rue, les seuls gentils, les vrais gentils, c'étaient vos collègues flics. Dans cette situation, Worth ne savait pas si c'était le cas de Sheppard. Ni si c'était son cas à lui.

– Je vais y réfléchir, dit-il.

18

Au lycée, Gwen Mullen était allée au bal de promotion accompagnée du quart-arrière de l'équipe de foot. Il avait trop bu après le bal, et ils avaient eu un accident de voiture en rentrant.

Il n'y avait pas grand-chose à en dire. Il n'y avait qu'eux et un lampadaire, qu'ils avaient pris de face. Keith était tombé de la voiture avec une éraflure sur la joue, son cadeau de fin d'année complètement bousillé, et sa première condamnation pour conduite en état d'ébriété. Gwen avait passé deux jours à l'hôpital : commotion, côtes cassées, perforation du poumon.

– Je me sens à peu près pareil, dit-elle.

Le Dr Mandekar sourit.

– Alors, c'est que vous êtes en train de guérir.

– Bientôt, je serai toute neuve.

– Je veux que vous restiez allongée encore plusieurs jours, que vous vous reposiez.

– Vous me ferez un mot d'excuse pour mes examens de fac ?

Le médecin dressa un index sentencieux pour donner plus de poids à ce qu'il venait de dire.

– Et si vous avez l'un des symptômes dont nous avons parlé, vous appelez les infirmières.

– Manque d'énergie, épuisement, rétention d'eau,

dit Gwen, qui égrena tous les autres points de la liste de mémoire. Pigé.

Le Dr Mandekar lui tapota le tibia à travers la couverture.

– Vous êtes une bonne élève. Je voudrais vous revoir dans une semaine.

– OK.

– On fera une nouvelle urographie, on examinera le rein. Et ensuite, on verra.

Gwen hocha la tête en signe d'assentiment. Elle avait assisté à quelques opérations chirurgicales lors des travaux pratiques ce semestre, mais l'idée de passer sur le billard elle-même lui faisait encore un peu peur. Ses craintes durent se lire sur son visage.

– Mais je suis très optimiste, ajouta le médecin, imaginant la question qu'elle n'avait pas osé poser à haute voix. Vous suivrez mes instructions ?

– Juré, craché.

Le Dr Mandekar hocha la tête et lui tapota à nouveau la jambe. En sortant, il s'arrêta et se retourna.

– Miss Mullen ?

– Oui ?

Pour la première fois depuis qu'il était entré, le médecin regarda Marly Kenna, qui était assise de l'autre côté de la table à roulettes, près du lit. Kenna portait un col roulé et une salopette, ce jour-là, et son badge autour du cou.

– Je vous prie de considérer tout ce que vous dira la détective Kenna comme étant un ordre de la part de votre médecin.

Et le sérieux index se dressa encore une fois.

Gwen répondit :

– Oui, docteur.

Le médecin ne se départit pas de son expression sévère, mais il lui fit un clin d'œil avant de tourner les talons et de quitter la chambre.

Après son départ, la détective Kenna – Marly – dit :

– Le quart-arrière de l'équipe de foot, donc ?

C'était comme si elle avait tout pigé depuis le début. Gwen baissa les yeux, se sentit rougir. Pas parce qu'elle était gênée.

– Je suis donc si facile à lire ?

– J'ai un peu d'entraînement.

– Il était pas quart-arrière, admit-elle.

– Keith ?

– C'était l'adjoint du conseiller d'orientation.

Marly laissa échapper un sourire.

– C'est l'adjoint du conseiller d'orientation qui était votre cavalier au bal de promotion ?

– Il m'a emmenée dans un hôtel Super 8.

– Classe !

– Sa femme était partie en voyage. J'étais idiote.

– Pas idiote. Jeune.

– Il a menti comme un arracheur de dents, raconta Gwen. Mais il s'est quand même fait virer.

Elle omit de parler de la manière dont tout le monde la regardait, après. Les autres profs hommes, en particulier.

– Et la femme ? J'espère qu'elle a divorcé de ce salopard.

– Je ne sais pas.

Elles se turent un moment, dans un silence confortable, comme si elles étaient amies de cœur. Puis la détective Kenna posa une question à laquelle Gwen ne s'attendait pas.

– Et pourquoi vous l'avez transformé en quart-arrière ?

– Pourquoi quoi ?

– Quand vous racontez cette histoire, dit Marly, pourquoi dites-vous qu'il est quart-arrière dans l'équipe de foot ?

– Oh. (Gwen laissa sa tête retomber sur l'oreiller.) Parfois, j'en fais un lutteur, parce qu'il y en avait un que je trouvais mignon.

– Ah oui ?

– Ou un musicien, d'un groupe que j'aimais bien.

– Mais pourquoi le transformer en ceci ou cela ?

Parce que si tu te fais prendre à mentir sur quelque chose de petit, il est beaucoup plus facile ensuite de mentir sur un gros truc. Les gens pensaient toujours qu'ils voyaient clair dans votre jeu.

– Je ne sais pas trop, fit Gwen en haussant les épaules. Peut-être parce que la vérité est tellement dégueulasse…

– Je comprends.

Et il semblait qu'elle comprenait, pour de vrai. Après un silence, la détective ajouta :

– Tant que tu sais qui est le salaud dans cette histoire… Tu le sais, j'espère…

– Je sais.

– Ce n'est pas la lycéenne.

– Bref, conclut Gwen, de toute manière, j'en parle pas souvent.

La porte s'ouvrit et l'infirmière du matin entra. Sharon. Elle sourit à Gwen tout en prenant le relevé de températures.

– Salut, ma jolie. Comment vous sentez-vous ?

– Mieux, dit Gwen. Il paraît qu'ils me libèrent aujourd'hui.

– C'est ce qu'on m'a dit. Ahhh.

Gwen ouvrit la bouche. Sharon y fourra le thermomètre. Marly Kenna vérifia le pager accroché à sa ceinture. Le thermomètre sonna.

– 36°8. (Sharon jeta l'embout en plastique du thermomètre dans la poubelle biologique.) Maintenant, on va vous enlever les perfusions.

– Chouette.

– Je vais couper l'arrivée des produits et vous déperfuser. (Sharon approcha le goutte-à-goutte pour que Gwen voie mieux ce qui se passe.) D'abord, je prends le tube principal et je le clampe, comme ça.

Elle continua de la même manière, en décrivant d'une façon automatique chacune des étapes du processus. Gwen avait posé tellement de questions cliniques sur le programme de seconde année que la plupart des infirmières avaient tout simplement pris l'habitude d'expliquer leurs gestes à voix haute.

Pour la plupart, cela ne semblait pas être une corvée. Quelques-unes râlaient. Gwen écoutait attentivement tout le monde, essayant d'absorber autant d'informations que possible.

– OK, dit Sharon, je reviens dans un petit moment vous parler de votre traitement.

Marly Kenna attendit qu'elle sorte. Quand la porte se referma, son comportement changea. La détective Kenna était de retour.

Elle brandit un téléphone portable.

– Je veux que vous ayez toujours ça à portée de main, dit-elle. Tout le temps. Il est programmé pour composer automatiquement le 911 quelle que soit la touche que vous mainteniez enfoncée.

– Heu… OK.

– Ce n'est pas un téléphone pour la famille et les potes, donc pas question de donner le numéro à qui que ce soit. Mon numéro de portable est mémorisé dedans. Ainsi que la ligne d'urgence dont je vous ai parlé.

– OK.

– C'est sérieux, Gwen. Ne vous en séparez pas.

Elle posa le portable sur la table. Gwen acquiesça.

– Compris.

Ensuite, la détective Kenna lui tendit un dossier bleu.

– Ça aussi, vous le gardez à portée de main.

– Qu'est-ce que c'est ?

– Des informations, répondit la détective Kenna, tout ce dont nous avons parlé. Il y a une feuille avec encore d'autres numéros de téléphone. Je vous l'ai dit, vous avez le mien, et je vous promets que vous ne me dérangerez jamais. Mais je veux que vous vous trouviez aussi un avocat. (Elle brandit le dossier.) Il y a une liste, là-dedans. J'ai entouré quelques noms de types que je trouve bien.

– OK, dit Gwen.

La réponse lui parut insuffisante, alors elle ajouta :

– Merci.

– Soyons claires. Il ne s'agit pas pour moi de vous refiler à quelqu'un d'autre. Il s'agit d'ajouter des gens à l'équipe.

– L'équipe ?

– Je vous fais peur ?

– Peut-être un peu.

Gwen sourit. Tout cela n'avait pas l'air vrai, et en même temps, elle n'avait pas l'impression de jouer un rôle. Installée là, à écouter tout ce que la détective Kenna lui disait, elle arrivait presque à croire que Russell était vraiment quelque part dans la nature, furieux qu'elle soit allée trouver la police et attendant son heure.

– N'ayez pas peur. (Marly Kenna tendit le bras et lui serra la main.) La peur, c'est fini. Cela fait un moment que l'épisode peur est terminé pour vous.

– Je suis désolée. (Le sourire suivant vint un peu plus naturellement.) Peut-être que je suis plus tendue à l'idée de partir d'ici que je ne le croyais.

– Vous n'avez pas à être désolée. (Marly secoua la tête.) Pas du tout. Pour le reste… regardez les choses du bon côté. Vous avez fait le plus dur. Quant à partir d'ici, il faut que vous sachiez que, d'après les statistiques, le risque chute de manière significative après quarante-huit heures. (Elle sourit.) Vous avez passé ce cap depuis longtemps.

Gwen avait déjà décidé qu'elle n'aimait pas mentir à Marly Kenna. Elle prit une inspiration, retint son souffle un instant, et expira. Elle nota que sa respiration était plus ample aujourd'hui qu'hier. Elle progressait chaque jour.

– OK, dit-elle, tout va bien.

– Vous êtes sûre ?

– Absolument sûre.

Ensuite, juste parce qu'elle avait envie de dire quelque chose d'honnête, elle ajouta :

– Vos cheveux sont magnifiques aujourd'hui.

– Oh, bon sang. (La détective Kenna fit une grimace, chassant une mèche rebelle qui lui était tombée sur le front.) Pourtant, c'est un temps à frisottis.

– Non, c'est vrai. Ils sont toujours tellement brillants.

– Eh bien, merci. (Marly sourit.) Et moi, j'adorerais avoir vos yeux.

Gwen ne savait pas quoi répondre, alors elle ne dit rien. La détective Kenna se pencha et lui serra fort la main à nouveau.

– Gardez-les bien ouverts jusqu'à ce qu'on coince ce salaud, c'est tout. Tout va bien se passer.

~

Le lundi matin, Tony Briggs avait une belle entaille sur le côté de la tête ; elle lui causait des élancements et ne cessait de suinter, quoi qu'il fasse.

Le voisin ne l'avait pas loupé. C'était plus un coup qu'une coupure, aux bords déchiquetés et en forme d'étoile. Et c'était probablement infecté, maintenant.

Tony avait oublié à quel point une ouverture du cuir chevelu pouvait être chiante. Ce n'était pas un truc sur lequel il suffisait de coller un bout de sparadrap. Et en plus, ça pissait le sang. Sa blessure n'était pas assez nette pour pouvoir y mettre de la Super Glue, et comme elle était enflée, elle était encore plus béante.

Il avait fini par s'enturbanner la tête dans de la gaze, avant de se coucher. Quand il se réveilla, il ressemblait au joueur de pipeau de ce fameux tableau de la guerre de Sécession. Il appela Ray.

– Alors, le grand blessé ? dit Ray.

– Fous-toi de moi. Mais il me faut des points de suture.

– Je te l'ai dit hier soir, qu'il te fallait des points. Mais tu te la jouais gros dur, tu te souviens ?

– Ouais, bon. Descends me chercher.

– Mec, on prend notre service à 15 heures. Je dors.

– Allez, ça ne prendra qu'une heure.

– Ça, t'en sais rien. (Ray lâcha un bâillement dans le téléphone.) Rase la zone et mets des strips.

– Laisse tomber. Je rase rien du tout.

– T'as qu'à y aller tout seul.

– Hé, mec, j'ai une blessure à la tête.

Ray fit son apparition une demi-heure plus tard, le manteau posé sur le bras, l'air contrarié. Il n'avait pas rentré sa chemise dans son pantalon. Tony reconnut le manteau de l'hiver dernier. Pour Ray Salcedo, c'était une sacrée négligence.

– Tu sais, ils vont devoir te raser une partie de la tête aux urgences, lui dit Ray.

– C'est des conneries.

Tony ferma la porte et la verrouilla.

– Ils peuvent recoudre comme ça, j'ai déjà vu faire.

– Vingt dollars.

– Vingt dollars que quoi ?

– Vingt dollars que ça va prendre trois heures, et que quand on revient, ta tête ressemble à un trou de balle de chat.

– Depuis combien de temps tu te fais des chats ?

Sur la route, Ray prit la mauvaise direction. Tony, assis à côté de lui, maintenant une nouvelle compresse de gaze sur la plaie, regardait la route.

– Va à la clinique sur Dodge Street, c'est plus près.

Ray se contenta de hocher la tête lentement. Il continua vers l'est, vers le centre-ville.

– Mais tu vas où, là ?

– Dans un hôpital, dit Ray. On a une raison tout à fait

légitime d'aller à l'hôpital. Alors je t'emmène à l'hôpital.

Ça n'arrivait pas souvent. Presque jamais, en fait. Mais en de rares occasions, de temps en (très long) temps, Tony Briggs se sentait idiot.

La fille. Il avait été tellement préoccupé avec tout le merdier de la nuit dernière qu'il l'avait complètement oubliée.

Ray pourrait se balader dans l'hôpital pendant qu'on le recousait. Ce mec savait y faire avec les infirmières, de toute manière. Il y en avait au moins un qui se servait de sa tête pour autre chose qu'arrêter des coups de béquille.

– Et un point pour Salcedo, dit Tony. S'ils ne l'ont pas encore laissée sortir.

– Hé, dit Ray. Alerte.

– Quoi ?

– À deux heures.

– Où ?

Ray fit un signe de la tête.

– Maison en brique. Jardin devant.

Tony plissa les yeux pour y voir quelque chose dans la lumière éblouissante du matin, et il repéra un groupe de petits gamins en train de faire un bonhomme de neige.

– C'est quoi, le problème ?

– Celle avec les couettes.

– Et alors ?

– Tu trouves pas qu'elle est louche ?

– Mec, mais qu'est-ce que tu… ?

Tony s'arrêta avant même d'avoir fini sa phrase. Il regarda Ray, la mâchoire serrée. Il vérifia que la compresse tiendrait jusqu'à l'hôpital. Il la replia. L'appuya de nouveau sur la plaie.

– Celle en manteau Care Bears, dit Ray. Vraiment.

– T'es pas bien, répondit Tony, vraiment.

– Descends et fous-lui un pain avant qu'elle voie notre visage.

– Conduis, et t'arrête pas.

19

Worth était dans l'ascenseur. Un jeune homme chargé de paquets cadeaux descendit à l'étage de la maternité. Il donnait l'impression que tout son univers s'était ouvert. Un étage plus haut, une femme entre deux âges monta et appuya sur le bouton du laboratoire de cancérologie. Elle donnait l'impression que tout son monde s'était effondré.

Worth poursuivit son voyage en silence, comptant les heures dans sa tête : si on incluait ce qu'il avait grappillé hier soir, après que les enquêteurs avaient quitté sa maison, il avait dormi un total de huit heures sur les trois derniers jours.

Il se sentait alerte et lucide, mais il savait que c'était une illusion. Ce n'était que son corps qui le lui faisait croire à coups d'adrénaline. Le plus facile serait de forcer, de tenir jusqu'à son tour de garde ce soir.

Mais ce serait aussi une mauvaise idée. Il pensait avoir besoin d'au moins deux ou trois heures de sommeil supplémentaires aujourd'hui, juste pour empêcher ses réserves de se vider complètement. Il refusait cette éventualité.

Worth gratifia la femme d'un sourire lorsqu'il sortit de l'ascenseur à l'étage où se trouvait Gwen. Elle ne sembla pas remarquer la présence de qui que ce soit.

– Toc toc !

Le visage de Gwen s'éclaira dès qu'elle le vit.

– Salut.

– Salut. (Il sourit lui aussi.) Comment tu te sens ?

– Mieux. Beaucoup mieux.

Le temps de cet échange, Worth prit conscience que, ces derniers jours, il avait cessé de penser à elle comme à une personne. Gwen était devenue une situation.

Quand il vit son sourire, le nouveau départ qui se lisait dans son regard, il se souvint pourquoi il avait fait tout ça.

– Tu es superbe.

– Ouais, tu trouves ? (Elle eut un mouvement pour arranger les plis de sa chemise, puis renonça à cet effort.) Est-ce que vous vous connaissez ?

Worth fit un signe de tête en direction de la détective de la Brigade de la répression des violences conjugales, à qui il avait parlé très tôt, samedi matin. Kendrick. Ou bien était-ce Kendall ?

– Salut, dit-il. Pardonnez-moi de vous avoir interrompues.

– Pas de souci. Nous parlions cheveux.

Kenna. Elle se leva, prit son sac à main et attrapa son manteau et son écharpe. Elle tapota les orteils de Gwen à travers le drap et dit :

– On reste en contact. Appelez si vous avez besoin de moi. OK ?

– D'accord.

La détective Kenna croisa le regard de Worth. Elle jeta un œil vers la porte. Worth regarda Gwen – *je reviens dans une minute* – et la suivit.

Une fois dans le couloir, Kenna referma la porte derrière eux.

– Votre nom est Matt, c'est ça ?

– Bonne mémoire, Marly.

– La vôtre n'est pas mauvaise non plus.

Il n'y avait rien d'impressionnant pourtant. Autrefois, quand Sondra et lui essayaient encore, un test de grossesse acheté dans le commerce leur avait donné un résultat positif – mais erroné ; quelques jours avant le début des règles de sa femme, avec presque deux mois de retard, ils avaient passé une longue soirée à choisir des prénoms pour le bébé. Marly était le premier choix de Sondra dans la colonne des prénoms féminins.

Il n'en parla pas.

– Je n'ai pas l'intention de vous marcher sur les pieds. J'étais dans le coin, je suis passé prendre des nouvelles.

– Bon Dieu, mes pieds ? (Elle éclata d'un rire sympathique.) N'hésitez pas à marcher dessus, ça me ferait des vacances !

– Quelles sont les nouvelles ?

– Ils la laissent sortir aujourd'hui. Le mandat contre James a été délivré ce matin. (Elle jeta un œil par-dessus son épaule, et ils laissèrent tous deux passer une infirmière qui poussait un chariot d'ECG.) Il y a un studio libre dans un immeuble, près de Creighton University.

– Bien, dit-il, c'est bien.

Depuis dix ans, c'est-à-dire depuis l'affaire Tiffany Pine, la Brigade de la répression des violences conjugales, la Coordination contre la violence conjugale et les refuges de la ville collaboraient pour créer un réseau d'appartements sécurisés dispersés dans la ville, financé par le comté. Les gens que la brigade estimait en danger étaient logés temporairement dans des habitations individuelles. C'était exactement ce que Worth voulait entendre.

– J'ai eu du mal à la convaincre, dit Kenna. Mais, vous savez, cela fait un moment que je fais ce boulot, et je n'ai pas l'impression qu'elle veuille retourner à son appartement.

– Je peux imaginer qu'elle n'y tienne pas.

– Pour être honnête, poursuivit Kenna, je n'aime pas bien la tournure de cette affaire.

– Quelque chose de particulier qui vous fait dire ça ?

– J'ai juste un mauvais pressentiment, vous voyez le genre ?

– Je vois très bien, dit-il, tout en pensant : *Vous n'avez pas idée à quel point.*

– En gros, voici où nous en sommes : la fille est à peine remise sur pieds, le salopard est dans la nature, et moi, j'ai des dossiers de cas sociaux jusqu'aux nichons.

Worth sentit ses yeux descendre subrepticement jusqu'au devant du pull de la détective Kenna. Quand il s'en rendit compte, il était trop tard. Si elle remarqua quelque chose, elle n'en fit pas une affaire.

– En plus, la moitié des habitants de cette ville est bloquée chez elle sans électricité ni gaz depuis, voyons… (Elle regarda sa montre.) Quarante-huit heures ? Et c'est pas fini.

– J'imagine que le nombre d'appels a monté en flèche.

– On se croirait à Noël.

Attention, restons calme.

– Y a-t-il quoi que ce soit que je puisse faire ?

– Ben, puisque vous en parlez… quand prenez-vous votre service ?

– Ce soir, dit-il. Je viens d'en sauter deux, donc je suis sur les quatre prochains.

– Si la radio met du temps à répondre, vous croyez que vous pourriez passer par chez elle, au cas où ? (Son visage s'assombrit à peine sa phrase terminée. Contrit.) Oh, mais vous n'êtes pas sur le terrain, c'est vrai. Pardon, j'avais oublié.

– Pas grave.

– Hé, dit-elle. (Elle lui effleura le bras. Worth sentit que ce geste les embarrassait tous les deux.) Il faut que vous sachiez, j'ai entendu parler de sacrées injustices dans les décisions de mises à pied.

Il eut un geste désinvolte de la main.

– Ça arrive.

– Ceci dit, c'est une chance pour Gwen qu'elle ait su tout de suite où trouver un flic en qui elle pouvait avoir confiance.

– Donnez-moi le numéro, je la surveillerai, dit-il. Et s'il y a le moindre souci, je passe un appel radio et je fais envoyer une patrouille.

– J'apprécierais beaucoup, dit Kenna. Je dirai aux gars du secteur nord-est de noter l'adresse, aussi. Mais vous savez comment ça se passe.

– Ces trous du'c du nord-est, dit une autre voix. Tout ce qu'ils veulent, c'est courir après les vieilles bagnoles. Trouver des armes à feu, par exemple.

Le type qui s'avançait vers eux tenait ses gants dans une main et portait un manteau en velours sur le bras. Grand, chouettes vêtements. Un sourire franc.

Quand Marly Kenna le vit, elle cligna des yeux, et son regard se durcit un peu. Mais seulement un peu.

Elle grimaça un sourire.

– Ça c'est bien des paroles de trou du'c.

– Marly Kenna ! Tu es resplendissante.

– Je sais.

– C'est qui, la mise à pied bidon ?

Kenna lança un coup d'œil à Worth. Il vit à l'expression de son visage qu'elle ne voulait pas le gêner encore plus, sans savoir vraiment ce qu'il souhaitait qu'elle réponde. Il tendit une main et lui évita tout embarras :

– Matt Worth, dit-il.

– Salut. (Le type avait une poignée de main sympathique.) Ray Salcedo.

– Enchanté, Ray.

Ray acquiesça d'un signe de tête.

– Worth ?

– C'est ça.

– Vous êtes parent avec…

– Kelly ? demanda Worth. C'était mon frère.

– Sans blague. (Ray Salcedo eut une moue respectueuse.) Notre sergent parle souvent de lui. En excellents termes.

– Merci, répondit Worth. C'est sympa de me le dire. Qui est votre sergent ?

– Levon Williams.

Le superviseur de Kelly. Un type bien.

– Saluez-le pour moi.

Marly Kenna jeta un œil sur l'écran de son pager, puis se mit à farfouiller dans son sac.

– Personne n'est malade, j'espère, Ray ?

– C'est pas ça, répondit Ray. Mon équipier est en bas, il se fait recoudre la tête.

– Ah ouais ?

– On a un indic avec une blessure au couteau ici. (Salcedo fit un grand geste pour englober l'étage tout entier.) Je me suis dit que j'passerais le voir, puisque j'étais là à attendre.

– C'est le même type ?

– Qui ça ?

– Celui qui a poignardé ton informateur, dit Kenna, c'est le même que celui qui a fracassé la tête de ton équipier ?

Ray Salcedo éclata de rire.

– L'indic a été poignardé par une fille. Tony a juste oublié que la glace, ça glisse.

– Oups.

– Maintenant, il s'en souviendra. (Salcedo montra la porte de Gwen.) Et le vôtre, c'est qui ?

Marly Kenna lui fit un exposé rapide de l'affaire Gwen, du mandat lancé contre Russell James. Sa voix était décidément encore un peu plus froide que tout à l'heure, se dit Worth.

Tout en parlant, elle griffonna une adresse et un numéro de téléphone au dos d'une carte de visite. Elle tendit la carte à Worth.

– C'est l'appartement, dit-elle. Mes coordonnées sont au dos.

– OK, dit Worth.

– Tu sais, on est de service ce soir, dit Ray Salcedo. Donne-moi l'adresse, si tu veux, on peut garder un œil dessus.

À ces mots, Kenna leva un sourcil interrogateur. Puis, elle secoua la tête, un peu moins froide, mais sans vouloir le montrer. Elle gribouilla une autre carte, puis la tendit à Ray.

Celui-ci se tourna vers Worth et dit :

– Le code, c'est Baker 35, si vous voulez nous avoir directement. À quelle heure vous prenez votre service ?

– À 23 heures.

– Vous avez un signalement pour le véhicule du mec ?

Tout en décrivant la Pontiac série limitée de Russell James, Worth réalisa qu'il n'avait pas particulièrement envie de donner des informations à Salcedo.

Peut-être qu'il reprenait le comportement initial de Kenna et l'adoptait instinctivement. Ou peut-être ressentait-il soudain autre chose que la paranoïa générale qu'il se trimbalait depuis trois jours, maintenant. Peut-être même autre chose que le simple besoin impérieux de protéger Gwen, devenu encore plus pressant depuis le cambriolage de sa maison.

Mais son sentiment était un peu différent ; il avait changé au moment précis où Salcedo était apparu. Tout d'un coup, c'était comme s'il craignait les intrusions dans ce qu'il considérait comme son espace privé.

Une infirmière portant un plateau couvert de médicaments se présenta à la porte de la chambre de Gwen. Ils s'écartèrent pour la laisser passer. Quand la porte s'ouvrit, Worth aperçut Gwen, assise dans son lit, les yeux fixés sur la fenêtre. Elle vit l'infirmière et sourit. Même quand son sourire s'adressait à quelqu'un d'autre, il en ressentait l'effet jusque-là où il se trouvait, dans le couloir.

Dès que la porte se fut refermée, Worth fut obligé de reconnaître ce que Vince avait su d'instinct : il en pinçait pour cette fille.

Reprends-toi, bon sang. Les enjeux étaient trop importants ; il ne pouvait pas se permettre un béguin d'adolescent pour une étudiante aux jolis yeux. Ce serait exactement le genre de connerie qui finirait par tout foutre par terre. Worth le savait. Quoi qu'il ait cru être en train de faire, quoi qu'il eût espéré accomplir, ce serait pour rien, au final.

En fait, Salcedo semblait être un type bien. Worth ne pouvait pas être tout le temps collé à Gwen, et même s'il le pouvait, ça paraîtrait louche.

Et clairement, Gwen s'était très bien débrouillée jusqu'à maintenant. Étant donné la situation actuelle, franchement, plus il y avait de flics sur le coup, mieux c'était.

– Merci, les gars, dit la détective Kenna. Cette fille est facile à aimer. OK ? J'aimerais assez que cette histoire finisse bien.

– D'accord, fit Worth.

– Absolument, ajouta Ray.

– Messieurs, conclut Kenna.

Elle leur tourna le dos et partit vers l'ascenseur ; ses talons claquaient sur le sol. Elle enfilait son manteau tout en marchant. Ray Salcedo salua Worth d'un signe de tête et la rattrapa.

Avant de se retourner, Worth vit Salcedo saisir le manteau de Marly Kenna pour l'aider à enfiler la seconde manche. Il vit la détective hausser les épaules, le repousser d'un geste de la main. Ensuite elle lui donna une tape sur le bras, juste pour faire bonne mesure.

Mais pas trop forte, la tape.

Tu avais dit que tu m'appellerais.

Ray Salcedo brandissait la carte de visite qu'elle lui avait donnée. Worth ne pouvait pas entendre ce qu'il disait. Mais elle rit.

Ils montèrent dans l'ascenseur, où se trouvaient déjà un homme du service d'entretien, une infirmière qui convoyait un vieillard en chaise roulante et un médecin en tenue de travail qui avait l'air fatigué et pressé.

Worth regarda les portes se refermer sur tout ce petit monde.

Puis il se dirigea vers la chambre de Gwen, ouvrit la porte et entra.

20

Le décor pour le nouveau spot télévisé consistait en un panneau de papier au grain fin tendu sur un cadre d'aluminium de deux mètres de côté.

Le panneau était un agrandissement de la publicité qu'Eddie avait fait paraître dans le journal du dimanche. Au centre, il y avait une photo d'une tronçonneuse Homelite entourée de bosquets de pins enneigés, prise de façon à ce qu'on ait l'impression qu'elle allait sortir de la page.

La partie avec les branches de pin était l'idée de Darla. Elle avait aussi utilisé son ordinateur pour dessiner les lettres de la *Promotion de la Tempête du Siècle !* comme si elles avaient été sculptées dans des blocs de glace. Elle avait saupoudré de neige le sommet des lettres, et elle avait même donné au point d'exclamation la forme d'une stalactite. Cette femme avait du talent, voilà tout. Eddie se demandait parfois combien de temps encore il pourrait la rendre heureuse dans l'arrière-boutique d'un magasin de meubles.

– OK, dit Wade Benson, à la tronçonneuse !

Derrière l'écran de papier, on entendit un machiniste tirer sur une corde de démarrage. Quelques tentatives infructueuses plus tard, une tronçonneuse rugit avant de s'installer dans un ronronnement régulier.

Eddie haussa les épaules et répéta une dernière fois

son texte dans sa tête. Tout son corps le démangeait, et il suait comme un phoque.

Wade fit le truc des trois, deux, un avec ses doigts. Puis il désigna le caméraman.

Ça tourne.

Wade pointa son index sur le type qui faisait la voix.

– *Ne vous laissez pas surprendre par le froid*, dit le type.

Il était assis sous la perche du micro, dans le coin, mais il était juste là pour le timing ; Wade avait dit qu'ils referaient la voix ensuite, au montage, pour être sûrs de ne pas entendre le boucan de la tronçonneuse en arrière-plan avant le bon moment.

– *Venez donc à la Promotion de la Tempête du Siècle chez Tice is Nice, Meubles de Qualité, Discount et Occasions, où les prix sont...*

Le moteur de la tronçonneuse s'emballa et la machine fit irruption en déchirant l'écran de papier, interrompant le type au beau milieu de sa phrase. L'acteur franchit la déchirure d'un bond, en brandissant la tronçonneuse au-dessus de sa tête. Il portait la combinaison et le casque d'un hockeyeur. Bref, toute la panoplie.

Wade désigna Eddie.

– Raaarrrrr, fit Eddie Tice.

Il avança péniblement jusqu'à se trouver dans le champ de la caméra, en montrant ses effroyables griffes. C'était le même costume d'abominable homme des neiges que l'acteur qui incarnait le maniaque de la tronçonneuse avait porté pour le premier spot pour la Promotion de la Tempête du Siècle tourné la veille. Quand Eddie l'avait enfilé, l'humidité que la sueur de l'autre avait laissée était encore perceptible.

Après avoir poursuivi le maniaque à la tronçonneuse jusqu'à ce qu'il s'enfuie du plateau, Eddie enleva la grosse tête blanche aux longs poils hirsutes. Il la jeta dans un coin, pointa un doigt vers la caméra et dit :

– Oubliez le froid ! Ne laissez pas l'hiver précoce gâcher *votre* Halloween ! Venez chez Tice is Nice demain soir pour notre exceptionnelle et ensorcelante opération d'un jour ! Nous vampiriserons nos prix jusqu'à des niveaux atrocement bas.

À ce moment-là, le spot allait passer directement aux nouveaux graphismes que Darla avait arrangés : des chauves-souris, des squelettes et des superaffaires.

– Et n'oubliez pas d'amener vos enfants ! Le défilé pour les bonbons en sécurité, au chaud, et à l'intérieur commencera ici même à 18 heures. Nous resterons ouverts jusqu'à l'heure des sorcières. Brisez la glace chez Tice is Nice !

– Coupez ! cria Wade Benson, avec un hochement de tête satisfait. C'est nickel, Eddie. Je crois qu'on est bons, cette fois.

– Merci, mon Dieu ! Je cuis dans ce putain de costume.

Wade dressa ses deux pouces à l'intention du type de la voix.

– Super, Otis.

Le type en question avait coincé une cigarette entre ses lèvres, sans l'allumer. Il fit une petite courbette.

– Hé, Wade ? (Le maniaque à la tronçonneuse enleva son masque.) Je viens juste de penser à quelque chose.

– Vas-y, dit Wade Benson.

– Est-ce que ça ne devrait pas être le contraire ?

– Qu'est-ce qui devrait être le contraire ?

– Ben…, fit le jeune acteur. Le script dit « ne laissez pas l'hiver vous gâcher Halloween ». C'est bien ça ?

– C'est ça.

– Alors, est-ce que ce n'est pas le maniaque de la tronçonneuse qui doit faire fuir le monstre ?

– Je ne suis pas sûr de comprendre.

L'acteur posa la tronçonneuse et mima les mouvements du spot télé avec ses mains.

– Tu vois, genre, si c'est le monstre des neiges qui pourchasse le maniaque de la tronçonneuse, ben, c'est Halloween qui perd.

– Je vois ce que tu veux dire. (Wade jeta un œil pardessus son épaule vers Eddie, et leva les yeux, l'air désespéré.) Mais c'est pas un vrai monstre des neiges, tu vois ? C'est Eddie dans un costume de monstre des neiges. Costume, Halloween, et voilà.

– Donc, c'est genre Halloween contre Halloween ?

– Je crois que tu sur-analyses le truc, dit Wade. Les gens vont piger l'idée.

– OK. (L'acteur haussa les épaules.) Bon, c'est dans la boîte ? Parce que j'ai un truc à 15 heures à l'autre bout de la ville.

– Oui, on a fini. Merci, Andy. C'était du bon boulot.

Andy le maniaque à la tronçonneuse esquissa un petit salut, laissa le masque de hockeyeur et la tronçonneuse, et se grouilla de rejoindre les vestiaires.

Eddie se précipita sur le distributeur d'eau minérale. Wade le rejoignit, hilare.

– Bon sang, dit-il.

– Où tu trouves des enculeurs de mouches pareils ? (Eddie se remplit un gobelet en carton et le vida d'un trait.) J'te jure.

– En fait, le gamin n'a pas complètement tort. Tout ceci n'a pas grand sens.

– Si, c'est très bien.

– Assez bien pour une ville de la taille de la nôtre. (Wade marqua une pause.) Hé, Ed. Ça va ?

– Ça va. (Il engloutit un autre verre d'eau.) Pourquoi ?

– T'as l'air pas bien du tout.

– Merci.

– Déjà hier, je trouvais que t'avais pas l'air bien du tout, mais j'ai rien dit. Aujourd'hui, c'est encore pire.

– Je porte un putain de costume de gorille, Wade. Lâche-moi, tu veux ?

– Ouais, c'est un peu c'que j'veux dire, fit Wade. Deux spots en deux jours…

– Ahhh, répondit Eddie, OK.

Benson était un vieux pote de la fac ; il faisait tout le boulot de production pour Eddie en échange d'une remise à prix coûtant au magasin et, parfois, de quelques grammes de coke.

– Pas la peine d'en dire plus. Je te paierai pour le temps que t'y as passé, si c'est un problème.

– Sois pas con, dit Wade. Je demandais, juste. Pourquoi cette frénésie soudaine ?

– J'ai un cancer du cerveau, répondit Eddie. Le médecin dit que je vais crever avant Noël. Ça te va ?

– Très drôle, répliqua Wade. Tu devrais pas faire ce genre de plaisanteries, mon vieux.

Que pouvait bien répondre Eddie ? Qu'il préférait s'occuper plutôt que de rester planté à penser au fait que dans deux jours il allait se délester d'un quart de million de dollars ? Et ce serait dix fois plus, en comptant le chiffre de l'an prochain, si ses amis de Chicago décidaient qu'il était finalement incapable de faire partie de leur réseau.

Il n'y avait aucun avenir dans le meuble. Pas dans cette ville. Pas avec la mafia de Furniture Mart qui tenait toute la ville et cet enculé de Rod Kush qui drainait à lui tout seul la totalité du chiffre d'affaires de la rue. Ce connard avait eu la même idée qu'Eddie pour sa promo-tempête, sauf qu'il bradait des Stihls 16 pouces au lieu de ces foutues Homelites 14 pouces.

Pour tout dire, Eddie Tice pouvait tourner des pubs télé jusqu'à ce que mort s'ensuive, ça ne changerait strictement rien.

Quelque part dehors, Russ rigolait bien. Le petit salopard. Un gamin de vingt-cinq ans sans grande ambition, cramponné à son coffre de bagnole et au pognon facile planqué dedans. À cette seule pensée, Eddie avait envie d'attraper la putain de tronçonneuse, là-bas, et de…

– Je vais bien, dit-il, OK ? J'apprécie que tu t'inquiètes. Maintenant, file terminer ma pub Halloween avant qu'on soit à Thanksgiving, d'accord ?

Wade haussa les épaules et tourna les talons. Pardessus son épaule, il lança :

– Tu devrais t'accorder une journée de repos.

Comme un fait exprès, le portable d'Eddie se mit à bourdonner dans la poche du costume.

Bon Dieu. Il trouva la fermeture Éclair enfouie dans la fourrure et farfouilla dans la poche. Wade avait rejoint l'acteur qui faisait la voix off et le caméraman. Ils disparurent tous les trois dans le studio de montage.

Andy, le maniaque à la tronçonneuse, réapparut en civil. Il jeta un sac marin sur son épaule et sortit précipitamment par la porte du fond.

Eddie Tice se retrouva donc seul, toujours engoncé dans son ridicule costume d'abominable homme des neiges ; la sueur lui dégoulinait sur le visage et son téléphone vibrait dans son énorme paume poilue.

L'écran n'affichait pas de numéro. Seulement le nom du correspondant tel qu'il était stocké dans le répertoire. *Chicago*.

À ce moment-là, il comprit.

Ils ont raison, ces deux-là. Cette pub ridicule est complètement débile.

Il ne décrocha pas le téléphone.

L'appartement était petit mais propre ; deux pièces et une kitchenette, quelques meubles basiques. Il y avait une télé couleur, un téléphone sans fil et une plante araignée accrochée à la porte vitrée qui donnait sur le balcon. Lydia House avait fourni quelques vêtements et un sac en plastique Walgreen avec un nécessaire de toilette.

– Home sweet home, dit Gwen.

Worth passa l'appartement en revue tout en sachant que c'était parfaitement inutile. Les bénévoles de la YMCA avaient une check-list ; l'officier de l'Unité d'assistance aux victimes qui avait été chercher Gwen à l'hôpital s'était certainement assuré que tout était prévu.

En fait, il n'y avait aucune bonne raison qui justifiait sa présence. Worth le savait. Il était censé être au rassemblement dans quarante minutes, et filer directement au boulot après.

– C'est bon, tu es installée ?

– Autant que je ne le serai jamais. (Elle lâcha un petit sourire gêné.) Mais c'est joli.

– Avec un peu de chance, tu ne resteras pas longtemps.

L'immeuble était sécurisé grâce au réseau téléphonique. Il décrocha le combiné, s'assura qu'il y avait bien une tonalité.

– Est-ce que quelqu'un est venu voir si tout allait bien ?

– Seulement la dame du refuge, répondit Gwen. Elle m'a même apporté mes affaires de cours qu'elle est allée chercher à l'appartement.

– OK.

Ray Salcedo et son équipier Tony Briggs patrouillaient cette nuit. Worth annonça à Gwen qu'ils risquaient de passer, à un moment ou à un autre.

Elle acquiesça d'un signe de tête et coinça une mèche de cheveux rebelles derrière son oreille. Elle était plus ou moins en tenue de nuit : un T-shirt de coton qui s'arrêtait au-dessus de son nombril et un jogging en coton taille basse. Worth essaya de ne pas la regarder.

Gwen baissa les yeux et enroula ses bras minces autour de sa taille.

– Est-ce que tu es très en colère contre moi ?

– Bien sûr que non, dit-il. Pourquoi serais-je en colère contre toi ?

– Tu te comportes différemment avec moi.

– Je ne le fais pas exprès.

– Mais c'est la vérité.

– Je veux juste m'assurer que tout est sécurisé.

– Pourquoi ? Qui donc pourrait venir ?

Worth comprit au ton de sa voix ce qu'elle sous-entendait, mais il ne savait pas quoi répondre.

Il ne lui avait pas parlé de l'argent qu'il avait trouvé dans le coffre de la voiture. Il ne lui avait pas dit non plus que celui à qui appartenait cet argent s'était apparemment déjà mis à sa recherche.

Il avait pris cette décision parce qu'il fallait que Gwen Mullen continue à agir exactement de la même manière que maintenant. Jusqu'à ce qu'il ait plus de grain à moudre, il ne voyait pas l'intérêt de la laisser seule, morte d'inquiétude, dans cet appartement.

Plus tôt, elle lui avait dit que deux potes de Russell étaient venus la harceler à l'hôpital, dimanche après-midi. Un type appelé Troy Mather et un autre du nom de Derek Price. Ils travaillaient avec Russell dans l'entrepôt d'un magasin de meubles du coin.

Quand ils s'étaient retrouvés nez à nez avec une femme policier revêche qui revenait de la machine à café, Mather et Price avaient prétendu ne pas savoir où Russell se trouvait. Worth se demanda – pour des raisons indéniablement différentes de celles qui motivaient la détective Kenna – si ces deux-là avaient menti ou dit la vérité.

Quoi qu'il en soit, Gwen serait en sécurité ici, pour l'instant. Il en saurait plus très bientôt.

– Tu ne me regardes plus de la même façon, dit-elle, doucement.

– Je ne le fais pas exprès, Gwen.

– En fait, tu ne me regardes plus du tout.

Quand il la regarda enfin, il en eut le cœur chaviré. Ce n'était pas le visage qu'il avait vu plus tôt ce matin dans la chambre d'hôpital ; c'était plutôt celui qu'il avait vu trois jours auparavant, dans le bureau de Sorensen, au magasin.

– S'il te plaît, ne me regarde pas différemment. (Ses yeux brillaient.) S'il te plaît…

Une force inconnue le poussa vers elle. Une force

indépendante de sa volonté. Ce n'était pas de son fait, s'il s'approchait d'elle, la prenait dans ses bras.

Tout d'un coup, il se sentit hébété. Deux secondes, à tout casser.

L'instant d'après, elle était pelotonnée dans ses bras, tout contre lui.

– Je sais ce que j'ai fait, murmura-t-elle dans son cou. Je ne sais pas comment ça s'est passé. Je m'en souviens à peine maintenant. C'est comme un gros brouillard rouge.

– Gwen, chuuttt…

– J'avais trop peur de partir, mais je ne pouvais plus le laisser me frapper.

Elle colla son visage contre le sien. Il avait l'impression que la chaleur de ses larmes lui brûlait le cou.

– J'avais l'intention de me rendre. C'était ce que je pensais faire, quand je suis venue au magasin.

– Je sais.

– S'il te plaît, crois-moi.

– Je te crois, répondit Worth.

– Je suis paumée, Matthew, tu n'as pas idée à quel point. Mais je t'en prie, ne me regarde pas différemment.

Il ouvrit la bouche pour lui dire qu'il n'en avait pas l'intention, mais sans qu'il comprenne comment, ses lèvres se retrouvèrent posées sur celles de Gwen. Ses doigts s'agrippaient très fort au dos de sa veste, mais sa bouche était douce comme un voile soyeux.

Il voulut la repousser, mais il n'y parvint pas. Tout d'un coup, il prit conscience de son corps, collé contre le sien. À travers le coton de ses vêtements, il sentit ses seins, son ventre, ses hanches. Elle écarta les lèvres et il sentit le doux contact de velours de sa langue.

Son esprit le ramena au baiser de Sondra dans la cuisine, samedi. Il n'avait rien à voir avec celui-ci. Il se rappela qu'il n'avait pas vraiment touché une femme depuis plus d'un an.

Mais ce qui était en train de se passer n'était pas du tout à l'ordre du jour. Les blessures de Gwen n'étaient même pas encore guéries.

Elle soupira, sa bouche toujours collée à la sienne, et il resta de marbre. Il s'en voulait de laisser cela arriver, tout en étant complètement submergé.

– Merci, dit-elle, dans un murmure. (Elle lui effleura le visage.) Merci.

Il l'attira tout contre lui en se répétant qu'il devait se détacher d'elle.

Tony Briggs s'arrêta aux toilettes en allant au rassemblement. Il examina le côté de sa tête dans le miroir tout en se lavant les mains.

Ils lui avaient rasé toute une zone, à l'hôpital.

Il avait fallu onze points de suture. Il se retrouvait avec une tache foncée de la taille d'un quarter au milieu de la tonsure.

En quittant l'hôpital, Tony avait dit à Ray :

– Allez, vas-y, qu'on en finisse.

Ray s'était contenté de sourire intérieurement. Il n'avait pas dit un mot.

Tony s'essuya les mains et descendit à la salle de conférences. Tout le monde était déjà là, assis autour de la table, à papoter. Ils s'interrompirent tous quand il entra.

Il jeta un regard circulaire :

– Quoi ?

– Miaou…

Tony ne saisit pas d'où venait le miaulement.

Carla Billup commença à ronronner comme un chat. Elle fit semblant de se lécher une main, avant de se la passer derrière l'oreille.

Rapidement, tout le monde suivit le mouvement.

– Miaou…

– Rrrrononon…

– Miaououou.

À l'autre bout de la table, Ray Salcedo souriait de toutes ses dents. Tony lui lança un regard furieux. Ray se contenta de hausser les épaules : *Pas la peine de me regarder comme ça.* Même le sergent Williams souriait.

Pathétique. On aurait dit qu'une armée de chats de gouttière avait envahi la pièce.

– Ça va, les gars, j'ai compris, dit Tony Briggs, vous n'êtes qu'une bande de pauv' chattes en chaleur.

Carla Billup mima un chat toutes griffes dehors et donna un coup de patte à un ennemi invisible, en crachant.

– Cccrrrrr.

Là-dessus, l'assemblée éclata de rire.

Hilarant.

21

La femme reprit sa carte de crédit et éclata de rire.

– Je croyais qu'Halloween, c'était demain.

Quand Worth réussit à croiser son regard, le sourire de la femme vacilla avant de se décomposer complètement. Il suivit ses yeux qui s'attardèrent sur sa plaque, puis descendirent jusqu'à son arme, s'écarquillant à mesure qu'elle se rendait compte qu'il ne s'agissait pas de faux accessoires. Apparemment, le sourire qu'il lui adressait n'avait pas la moindre importance. Tout comme le fait qu'il lui avait parlé de manière tout à fait aimable.

– Oh, zut, dit-elle, en détournant les yeux. Heu… plastique, s'il vous plaît.

Mais que pensaient donc les gens ? Worth se rappela son père qui rapportait à la maison des plats que lui avaient donnés les voisins. C'était donc pareil en ce temps-là ? Tendez la main à un citoyen sans histoires, et une fois sur deux, il agit comme si vous alliez lui tirer dessus ou le mettre en prison.

Worth fourra pour au moins huit dollars de shampooing et de vitamines dans un sac très fin. Il tendit le sac à la femme et dit :

– Gare à vos fesses.

La femme inspira d'un air pincé.

Puis elle rentra le menton et déguerpit.

Tout en la regardant s'éloigner, Worth sentait les yeux de LaTonya rivés sur lui. Il se retourna :

– Quoi ?

LaTonya se contenta de lever les mains.

– Hé, chéri, j'ai rien dit, rien du tout.

Cette nuit-là, les minutes parurent durer des heures. Worth vit un vieil homme au teint cireux piquer deux paquets de piles rondes. Au lieu de le coincer, Worth lui tendit un billet de dix dollars. L'homme le gratifia d'un Dieu te bénisse, mon frère. Et sortit sans payer les piles.

Normalement, à 2 heures du matin, Worth effectuait une ronde autour du bâtiment. Ce soir-là, il préféra aller à la salle du personnel prendre un café. Ricky et Curtis y étaient ; ils mangeaient des Snickers et lisaient le journal.

– Hé, Superflic, lui lança Curtis. Ça gaze ?

– Salut les gars. (Worth se versa un café dans un gobelet en polystyrène.) Merci encore pour le coup de main, hier, j'ai une sacrée dette envers vous.

Curtis balaya l'air d'un revers de main.

– T'as payé la bière. Hé, on est passé voir Gwennie aujourd'hui. Ils l'ont laissée sortir, alors ?

– Oui, cet après-midi.

– Et tu crois qu'elle revient quand au boulot ?

– Peut-être dans quelques jours. (Worth haussa les épaules.) Elle est encore assez sonnée.

– Et vous avez toujours pas retrouvé l'autre taré ?

Worth sirota son café sans répondre.

Curtis hocha la tête.

– Vous l'aurez, un jour ou l'autre, c'est ça ?

Worth répondit :

– Je suppose que oui.

Ricky se leva. Il jeta son papier de Snicker dans la poubelle, refit le nœud de son tablier et alla jusqu'à la pointeuse. Il glissa son badge dans la machine et retourna travailler après avoir fait un signe de tête à Worth.

Depuis le début de son exil au SaveMore, il y avait quelques semaines, il était rare que Ricky ne saisisse pas la moindre occasion de lui balancer une vanne bon enfant. Le récent changement d'humeur du gamin commençait à tarabuster Worth.

Il était sur le point d'aborder à nouveau le sujet avec Curtis quand son portable se mit à vibrer à sa ceinture.

Worth ne reconnut pas le numéro qui s'affichait sur l'écran. Il sortit de la salle du personnel avant de répondre.

– Matthew ?

La ligne sécurisée. Worth sentit son cœur battre la chamade.

– Tout va bien ?

– Je… ouais, dit Gwen. Enfin, pas vraiment. Enfin, je ne sais pas.

– Dis-moi, qu'est-ce qui se passe ?

– Est-ce que tu peux venir ?

– Je ne suis pas sûr que ce soit une bonne…

– Je t'en prie, viens, dit Gwen.

Elle répondit à la troisième ou quatrième sonnerie et lui ouvrit la porte de l'immeuble.

Ray Salcedo ouvrit la porte de l'appartement.

Il était 2 h 35 du matin. Salcedo et son partenaire auraient dû avoir terminé leur service plus de deux heures auparavant, mais Ray portait toujours son uniforme de patrouille : manches longues, col roulé, radio accrochée à l'épaule, pantalon rentré dans les bottes. Il avait dû arriver à l'appartement peu de temps avant Worth. Il n'avait pas encore enlevé ses gants.

– Que s'est-il passé ?

– Huit-huit, dit Salcedo.

Situation sous contrôle. Worth était resté à l'écoute du canal n° 2 toute la nuit ; cette adresse n'avait pas été transmise par radio.

– Je croyais que vous finissiez à minuit.

– On remplace les collègues malades, dit Salcedo.

Il tint la porte et fit un pas de côté. Worth entra dans l'appartement, un fourmillement au creux de l'estomac.

Un autre flic apparut dans le couloir qui menait à la chambre à coucher. Le coéquipier de Salcedo, Tony Briggs. Worth voyait les points de suture qui lui barraient le crâne depuis l'autre bout de la pièce.

– Bon sang, dit-il en rajustant sa ceinture. (Il portait des gants, tout comme Salcedo.) Cette salope est une pro de la sucette.

Worth se demanda s'il avait bien entendu.

Par contre, pas d'erreur possible sur le bruit de la porte de l'appartement qu'on refermait. Il regarda par-dessus son épaule et vit Salcedo donner un tour de verrou. *Clic.*

Tous ses sens étaient en éveil. Il devint tout à coup ultraconscient de l'espace dans lequel ils se trouvaient, de la taille de la pièce, de sa position, entre Salcedo et Briggs.

Briggs vint droit sur lui.

– Matt Worth dans la place.

Worth recula d'un pas et se plaça de manière à voir à

la fois Briggs et Salcedo. Briggs continua à avancer. Salcedo, lui, s'adossa contre la porte.

Worth fit mine de prendre sa radio de sa main droite.

– Où est Gwen ?

– En train de se rincer la bouche, j'imagine, dit Briggs, dans un grand éclat de rire. Tu sais quoi, Ray ? J'ai les couilles plus légères.

Worth sentit quelque chose exploser dans sa tête. Comme la poudre noire au moment où le percuteur frappe l'amorce. Au fond du couloir, la porte de la salle de bains était fermée. Un rai de lumière filtrait sous la porte.

– Hé, mec, faut que tu me dises, commença Briggs. (Il s'approcha tout près et tapota la poitrine de Worth du dos de son gant.) Est-ce qu'elle t'a jamais…

Worth repoussa sa main brutalement.

Briggs sourit et le gifla.

Worth vit arriver la gifle du coin de l'œil et réagit une fraction de seconde trop tard. Il sentit le cuir lui frapper la joue. Le coup était bien plus lourd qu'il ne l'aurait cru et l'empêcha de riposter.

La pièce vacilla, devint floue.

À partir de là, rien ne resta clairement inscrit dans sa mémoire. À un moment, il intervint fort, avec un uppercut du gauche dans la mâchoire de Briggs. Puis une grenade explosa dans son plexus solaire et il se retrouva à genoux, la respiration coupée.

Worth se mit à quatre pattes, et le temps s'arrêta. Il essaya d'inspirer ; impossible. Les motifs du tapis se brouillèrent, et des alarmes se déclenchèrent partout dans son système nerveux. Worth s'efforça de ne pas céder à la panique, sachant que l'affolement lui ferait perdre connaissance d'autant plus rapidement.

Enfin, il parvint à faire rentrer un peu d'air dans ses poumons. Encore un peu. Il bascula sur ses talons et leva la tête, pour se retrouver nez à nez avec l'arme de service de Briggs. Neuf millimètres.

Il n'avait jamais été bon au combat. Il n'avait pas d'instinct dans ce domaine, et il l'avait su dès sa sortie de l'académie de police. Sur le terrain, il s'était toujours appuyé sur son entraînement, plus intensif, et son cerveau, plus gros. Quand un scénario tournait mal, il avait appris à ses dépens comment prendre un peu d'avantage quand il le pouvait, et comment repérer les situations où il ne le pouvait pas.

Mais depuis presque dix ans qu'il était flic, et même avec tous les mauvais choix qu'il avait faits, en ajoutant encore les combats qu'il avait complètement perdus, il ne s'était jamais retrouvé en aussi mauvaise posture.

– Debout.

Worth se leva.

– Enlève ton ceinturon et avance de deux pas vers moi.

Worth détacha sa radio, défit son ceinturon et déposa le tout en tas sur le tapis.

N'abandonne jamais ton arme. C'était comme un verset de la Bible. *Quoi qu'il arrive. Quelles que soient les circonstances. Jamais, au grand jamais, tu ne dois laisser l'autre se saisir de ton arme.*

Tony Briggs pointa son revolver sur le visage de Worth et posa son doigt sur la gâchette. Worth remarqua enfin ses gants de combat. Du matériel à l'ancienne, qui n'était plus réglementaire aujourd'hui ; il avait dû les acheter sur Internet ou par correspondance. De l'acier ou du plomb cousu aux jointures

– impossible à remarquer, à moins d'en avoir porté soi-même ou d'avoir déjà été frappé avec un de ces gants.

Il pensa à la bosse que John Pospisil avait au-dessus de l'œil. Et aux points de suture sur le crâne de Briggs.

Une glissade sur une plaque de verglas, avait dit Ray Salcedo.

Debout, les yeux plantés dans le canon noir de l'arme de Briggs, Worth comprit tout, d'un coup : John dans l'embrasure de la porte du salon, Briggs planqué dans la pénombre, à sa gauche. Il pouvait très exactement reconstituer la chorégraphie de l'échange rien qu'à partir des endroits où les plaies étaient localisées.

– Allez, sors, lança Briggs par-dessus son épaule. Tout le monde il est beau, tout le monde il est gentil.

La porte de la salle de bains s'ouvrit et Gwen apparut, menottée. Ses yeux gris lançaient des éclairs ; ils avaient presque pris une teinte verte.

– Je ne l'ai pas touché.

Tony Briggs gloussa :

– Comme c'est mignon !

– Matthew, je n'ai rien fait.

– Il sait que tu n'as rien fait, ma jolie.

Briggs regarda Worth et rangea son arme dans son étui, juste pour montrer qu'il n'en avait pas besoin.

– Il sait aussi qui est le chef de meute. Pas vrai ?

Worth lui tourna le dos, se pencha et ramassa son ceinturon. Il prit son temps pour le remettre. Briggs restait debout, à le regarder. Il avait l'air amusé.

– Donc, c'est toi, Tony ?

– Ouais, c'est moi.

– J'ai entendu dire que tu t'es fait ouvrir la tête par un unijambiste, dit Worth, c'est vrai ?

Derrière lui, Ray Salcedo laissa échapper un petit rire.

Tony Briggs sourit et hocha la tête.

– Allez, ça suffit. Rappelle-moi où est ton flingue, Monsieur l'Humoriste.

– Qu'est-ce que vous voulez ?

Briggs secoua la tête.

– Attention à ce que tu vas dire.

Worth s'approcha de Gwen. Il utilisa sa propre clé pour défaire ses menottes, qu'il jeta sur le tapis ; puis il lui frotta les poignets.

Elle se rapprocha un peu de lui, mais son corps resta bien droit. S'il y avait eu un moment, pendant ces trois derniers jours, où elle s'était sentie en sécurité grâce à lui, ce n'était plus le cas du tout.

– Il a dit que si je n'étais pas d'accord, il te tirerait une balle dans la tête quand tu arriverais, dit-elle. Il m'a montré le revolver qu'il allait utiliser. Il l'avait apporté dans un sac en papier.

Worth vit le sac en papier froissé sur la table de la kitchenette. Il se demanda si Tony Briggs laissait toujours traîner un indice pour que l'histoire prenne la tournure qu'il voulait.

– Et si on passait aux choses sérieuses, dit Briggs. Nous savons tout ce que vous deux, espèces de filous, êtes en train de manigancer. Alors, inutile de vous prendre la tête et de faire semblant de ne pas savoir pourquoi on est là.

Ray Salcedo s'éloigna de la porte, bombant le torse, les pouces coincés dans les passants de son ceinturon. Il adressa à Worth un haussement d'épaules empathique. *Désolé, mec.*

– Voici la question que je me pose. (Briggs alla jusqu'au téléphone, qu'il décrocha.) Disons que j'ai un tuyau sur un cas d'homicide auquel se trouve potentiellement mêlé l'un des nôtres. Si j'appelais maintenant ? Tu crois que Vargas sortirait sa bite de ta femme assez longtemps pour décrocher le téléphone à cette heure de la nuit ?

Worth sentit la chaleur lui monter au visage. Cette fois, il l'ignora.

– Moi, j'le ferais pas, dit Salcedo.

– Eh ben moi non plus, dit Briggs. Si j'étais Vargas, j'aurais besoin de deux queues.

– Pour toi, ça représenterait quoi ? intervint Gwen. Une augmentation de 200 % ?

Worth lui lança un regard surpris.

Ray Salcedo éclata de rire.

– Bien envoyé.

Tony Briggs se tourna vers Gwen et lui adressa un long sourire très lent, qui partit des yeux.

– T'es un sacré numéro, toi.

– T'as encore rien vu.

– Je parie que c'est toi qui as buté ce vieux Russ, dit Briggs.

Sa radio crépita ; il attrapa son récepteur accroché à sa ceinture, écouta les échanges un moment, puis l'éteignit.

– C'est pas vrai ? Ton chéri, ici présent, il a pas les couilles de faire un truc pareil. J'le vois bien. Mais toi, t'as le grain de folie qu'il faut, non ?

Si les yeux de Gwen avaient envoyé des rayons laser, Tony Briggs se serait transformé en grosse marque de brûlure couverte de cendres au milieu du tapis. C'était comme si elle avait enclenché une vitesse que Worth ne lui connaissait pas.

Il revint à Briggs et Salcedo. Apparemment, ils savaient que Russell James était mort. Ils pensaient que lui et Gwen avaient monté ce plan ensemble. Worth se demanda ce qu'ils savaient d'autre.

– Bon, je m'en fous, dit Briggs. Le macchabée, c'est votre affaire. Nous, on juge pas.

– Ça serait pas bien de notre part, ajouta Ray.

– Putain, si un mec cogne sa nana comme ce mec te cognait dessus… Mes sources ? Chérie, je m'en fous de savoir pour qui il travaille. Ce mec, il a eu que ce qu'il méritait. (Briggs haussa les épaules.) Mettez-vous d'accord tous les deux, et contentez-vous d'accepter le fait que vous n'avez pas le droit de garder ce qui ne vous appartient pas. Je ne vois pas où est le problème entre nous quatre.

On y était.

Bien sûr, ils étaient au courant pour l'argent. Parce que c'était *leur* argent. À Briggs et Salcedo. Russell James avait dû travailler pour eux, d'une manière ou d'une autre. Et eux, ils travaillaient pour quelqu'un d'autre, plus haut placé.

Gwen regarda Worth. Il lut la question dans ses yeux. *Mais de quoi parle-t-il ?*

Il revint à Briggs et Salcedo, se demandant encore une fois quelle avance ils avaient sur lui.

Ils avaient repéré Sondra. Ils étaient entrés dans sa maison. Il ne leur faudrait pas longtemps pour ajouter Junk Monkey, Ferraille et Récup, à l'équation, si ce n'était pas déjà fait. Worth pensa à la facilité avec laquelle Ray Salcedo avait obtenu de la détective Kenna les informations dont il avait besoin.

Il passa son bras autour de la taille de Gwen comme s'ils étaient Bonnie et Clyde.

– Bon, vous avez gagné.

Tony Briggs sourit.

22

Rita loupa sa correspondance à Denver et n'arriva à la maison que tard dans la nuit de lundi.

Vince l'attendait, assis à la table de la cuisine, en lisant le journal un verre de Jim Beam à la main. Elle entra par la porte de derrière et tira sa valise avec un long soupir qui disait à quel point elle était contente de rentrer.

– Brrr…

Vince ne se retourna pas.

– Je t'avais pourtant dit de prendre un manteau.

– On n'a pas besoin de manteau dans le désert.

Elle laissa sa valise en haut des marches. Deux fois par an, elle allait voir sa mère, deux semaines chaque fois, et elle n'emportait jamais qu'une petite valise. Quelques vêtements de rechange et un ou deux blocs de papier à dessin. *Je ne pars pas longtemps*, disait-elle toujours.

Elle s'approcha de lui, plongea une main dans sa chevelure et lui gratouilla la nuque comme s'il était un chiot.

– Hé, chéri.

Vince recula sa chaise et lui donna une tape sur les fesses.

– Et si je te réchauffais un peu ?

Les cheveux de Rita avaient grisonné très tôt. Elle avait une belle masse de boucles indisciplinées ; et avant son quarante-troisième anniversaire, elles avaient toutes pris la couleur de la pierre. Alors que Vince pesait presque trente kilos de plus qu'autrefois, à cinquante et un ans, Rita avait toujours le corps d'une marathonienne de trente ans. Mince et musclé.

Elle s'occupa d'elle d'abord, et laissa échapper le même soupir que celui qu'elle avait eu en franchissant la porte. *Home sweet home.*

Juste au moment où Vince était sur le point de se lâcher, elle s'interrompit à la dernière seconde. Au dernier millimètre. Elle ne bougea plus, attrapa deux pleines poignées de poils sur la poitrine de Vince, et remonta ses genoux sur son ventre.

– Je croyais que tu ne devais pas boire pendant mon absence.

– Bon sang, répondit-il, allez…

– Alors ?

Il toussota.

– Je me suis senti seul.

Le clair de lune éclaira la grimace qui déforma le visage de Rita ; elle tira brutalement les touffes de poils. Elle lui fit presque aussi mal qu'elle l'avait voulu. Puis, elle se laissa glisser en arrière, oscillant des hanches en le serrant doucement.

Il n'en fallut pas plus.

Comme toujours. Douze ans auparavant, Rita avait attendu Vince sous un pommier sauvage en fleur sur le parking du pénitencier d'État. Elle avait souri quand ils l'avaient laissé à la grille, l'avait tendrement enlacé tandis qu'ils marchaient vers la voiture. Juste avant qu'ils se mettent en route, elle l'avait embrassé sur la joue et lui avait chuchoté au creux de l'oreille : *C'est la dernière fois*.

C'était ce jour-là qu'il avait arrêté ses conneries et comprit cette grande vérité : Rita pouvait le laisser tomber à tout moment ; il suffisait qu'elle décide que c'était le moment.

Ils s'attardèrent dans le lit. Enfin, elle se redressa et s'appuya sur son coude :

– Tu as le bonjour de Maman.

Il rit.

– Toi aussi, t'as le bonjour de quelqu'un.

– Moui…

Elle plongea la main sous les couvertures et le pinça.

– Vas-y, devine qui c'est.

– J'ai trop sommeil. (Elle bâilla et s'étira.) Tu as vu qui ?

– Matty.

Rita s'allongea à nouveau.

– Ton frère ?

– Ouais, avant-hier.

– T'es allé là-bas ?

– Non, chuis allé nulle part. C'est lui qui est venu jusqu'ici.

– Ben, ça alors. (Elle paraissait heureuse de la nouvelle.) Il était temps que vous repreniez contact, enfin. Comment va-t-il ?

– Comme nous, répondit Vince.

– Heureux ? (Elle sourit.) Fauché ?

– Plus âgé.

– Parle pour toi.

Vince replia un bras derrière sa tête. Il aurait dû prendre une douche avant le retour de Rita.

– Sondra est enceinte.

– Vraiment ?

– Pas de lui.

Rita lui donna une tape sur la poitrine.

– C'est pas drôle.

– J'ai jamais dit que ça l'était.

– Pauvre Matthew.

Rita resta silencieuse un moment, et poursuivit :

– Tu sais, à l'enterrement de ta mère, il a été le seul à venir nous voir et nous parler.

Vince le savait. Ce n'était pas la première fois qu'elle le rappelait. Ensuite, elle ajouterait que Matty avait également été le seul à attendre avec elle sous le pommier ce jour-là, à la prison.

Quel con.

Rita parut penser à quelque chose tout d'un coup. Sa voix prit un ton sérieux.

– S'agit-il de ton père ?

– Quoi, mon père ?

– Oh, bon, tant mieux. (Elle planta son coude dans l'oreiller et appuya sa tête sur sa main.) Je me disais juste que si Matthew avait fait tout le chemin pour venir jusqu'ici…

– Non, dit Vince. Notre vieux salaud de père est toujours vivant, à ce que je sais.

– Alors, c'était quoi, la raison ?

Vince haussa les épaules.

– Il m'a apporté une voiture volée avec un macchabée dans le coffre. Nous avons descendu le corps jusqu'à l'incinérateur. Et j'ai passé la journée à désosser de la voiture. J'avais prévu de la découper en petits morceaux hier, mais nous avons trouvé tout un paquet de fric en liquide planqué dedans.

Il attendit le bâillement suivant.

– Eh bien, dit Rita. (Elle tendit le bras au-dessus de lui, attrapa ses demi-lunes de mémé sur la table de nuit, et les chaussa.) On dirait que vous vous êtes bien amusés, tous les deux. Je vais faire du thé.

Vince la suivit des yeux quand elle traversa la pièce à pas feutrés, toute nue, passant ses doigts dans ses cheveux en marchant. Puis il entendit une série de bruits venant de la cuisine. Les portes de placard, le porte-casseroles. Le robinet de l'évier.

Bien sûr, elle ne l'avait pas cru. Qui le croirait ?

Il resta allongé et observa les ombres sur le plafond, se demandant comment il allait bien pouvoir y arriver. Comment il ferait pour aller jusqu'au placard, sortir le vieux sac en toile qu'il n'utilisait plus depuis des années et lui montrer l'argent qu'il y avait planqué.

Deux cent soixante-quatre mille dollars. Ils avaient tout compté ensemble, Matt et lui, et fait des piles après avoir bien lissé tous les billets froissés. C'était de l'argent sale, en route pour être blanchi dans un lieu inconnu. Il pouvait provenir de la vente de drogue, d'armes, d'escroqueries, de paris, de faux papiers, tout leur paraissait possible.

Dès qu'ils avaient terminé, Matty lui avait dit de tout brûler, comme le reste. Le type avait disparu ; il fallait que son fric disparaisse avec lui. Fallait pas laisser de traces.

Debout, à moitié bourré, avec tous ces billets sordides sous le nez, Vince avait acquiescé. Ils avaient fourré l'argent dans un grand sac-poubelle qu'ils avaient emporté jusqu'au hangar où se trouvait l'incinérateur.

En chemin, Vince avait un peu dessaoulé.

Faire disparaître le cadavre d'un salopard, c'était une

chose. Dépecer la voiture, c'en était une autre. Les deux tâches avaient donné une sacrée nausée à Vince, mais pour une raison quelconque, une raison merdique, pour Matthew, il avait réussi à le faire.

Mais réduire en cendres deux cent soixante-quatre mille dollars en billets verts, c'était autre chose.

Lui et Rita vivaient dans les collines. Entre son affaire de casse automobile et ce que Rita rapportait de temps en temps en commissions sur des œuvres d'art public, ou grâce à la vente de ses décorations de jardin délirantes en ferraille, ils arrivaient à payer toutes leurs factures et ils auraient du rab pour quand ils seraient vieux.

Il avait pris du retard dans l'évacuation des déchets pendant l'absence de Rita. En fait, dans le hangar se trouvait une pile de sacs-poubelle qui attendaient d'être brûlés. Et ils se ressemblaient tous, plus ou moins.

Matty avait la tête ailleurs, à Omaha ; il réfléchissait à tout ce que cet argent pouvait signifier par rapport à la situation dans laquelle il s'était mis. Il n'avait pas vu Vince échanger les sacs.

Vince écouta Rita dans la cuisine. Peu de temps après, la bouilloire se mit à siffler, de plus en plus fort, jusqu'à hurler et cliqueter sur la cuisinière.

Worth refit les comptes.

Même avec l'offre relativement basse qu'ils avaient déjà acceptée, lui et Sondra feraient un bénéfice considérable sur la vente de la maison. S'il prenait sa part, y ajoutait ses économies et ses investissements, retirait le maximum avec sa carte Visa, et s'il vendait son 4×4, il pouvait probablement réunir un peu moins de la moitié de ce que lui et Vince avaient trouvé dans la GTO.

S'il dévalisait le compte bloqué qui payait l'entretien de son père, il pourrait peut-être bien y arriver. Tout juste.

Il avait débité à toute allure quelque chose qu'il avait vu dans un film. Il avait dit à Tony Briggs et Ray Salcedo qu'il avait planqué l'argent dans une consigne. À six heures de route d'Omaha.

Alors, va le chercher, avait dit Tony Briggs. *On te donne vingt-quatre heures.*

Entre-temps, Briggs et Salcedo appelleraient de façon aléatoire en utilisant un portable que Briggs avait piqué à un dealer dans les quartiers nord. Si Gwen ratait un appel sur la ligne sécurisée, ils arrêteraient le dealer, consigneraient son portable comme indice et enverraient les gars du labo examiner l'appartement que Russell et Gwen avaient partagé.

Worth voyait bien où ils voulaient en venir. Sur les relevés téléphoniques du dealer, on trouverait toute une série d'appels vers le lieu sécurisé où Gwen était censée être cachée. Cela donnerait probablement à Briggs et Salcedo assez d'éléments pour faire fouiller l'appartement où Russell James avait été tué. Worth avait neutralisé de son mieux la scène de crime, mais les apparences étaient une chose. Sans compter toutes les preuves que Briggs et Salcedo pourraient décider d'y mettre eux-mêmes, une expertise par les gars du labo lèverait des tas de lièvres.

Il n'en faudrait pas beaucoup pour que quelqu'un se mette à recouper tous les liens qu'on trouverait en grattant la surface.

En attendant, Briggs et Salcedo avaient toutes les cartes en main. Ils pouvaient donner aux faits les contours qu'ils voulaient.

On te dira où effectuer la livraison.

Worth alla jusqu'au téléviseur et reprit son arme de service là où Salcedo l'avait déposée en sortant. Il la rangea dans son étui.

Gwen était à quelques pas de lui, le regard distant, les bras collés au corps. Elle ne le regardait toujours pas.

– Je suis désolé, dit-il.

Elle frissonna au son de sa voix.

Worth ne se rappelait pas s'être senti aussi mal. Même pas quand Sondra lui avait annoncé qu'elle le quittait. Même pas quand le gars pour qui elle l'avait quitté lui avait cassé la gueule devant la moitié des collègues. Peut-être même pas quand il avait porté le cercueil de Kelly vers ce trou dans la terre.

Mais cette fois, c'était différent. Crade.

Il regarda sa montre ; il avait quitté son poste trente-cinq minutes auparavant.

Gwen demanda :

– Y a combien d'argent ?

– Assez.

– Combien ?

– C'est pas important, Gwen.

Elle leva les yeux ; ils lançaient des éclairs.

– Ne dis pas ça.

Worth ne sut pas quoi ajouter. Comment lui dire qu'il n'y avait pas d'argent ? Plus d'argent. Il avait regardé Vince mettre en route l'incinérateur et y balancer le sac.

Vingt-quatre heures.

– Tout va bien se passer, dit-il.

– Comment ça ?

Excellente question.

– Je m'en occupe, s'entendit-il répondre.

23

Le mardi matin, la température était remontée au-dessus de zéro, même s'il y avait un demi-mètre de neige sur le sol. Quand vint l'après-midi, l'eau ruisselait dans les rues et, sous les grilles d'égout, on entendait des torrents gazouiller.

Vous n'aimez pas le temps qu'il fait ? Attendez cinq minutes et vous verrez. Les gens du coin adoraient dire des conneries aussi bateau que celles-là. Eddie Tice n'en sortait pas.

– T'inquiète pas, lui dit Darla. On fera mieux ce soir.

Mais ils ne firent pas mieux. Pour un mardi, ils ne travaillaient guère, et encore moins pour une « ensorcelante » opération d'un jour.

Eddie envoya Troy Mather et Derek Price dans le magasin de meubles de Rod Kush, en reconnaissance. À leur retour, Troy dit :

– T'en fais pas, chef. C'est encore plus mort là-bas.

Mais Eddie était certain, rien qu'à voir la tête de Derek, que c'était un putain de gros mensonge.

Vers 21 heures, un groupe de lycéens entra. Ils essayèrent tous les fauteuils de relaxation, tripotèrent les boutons des chaînes stéréo et avalèrent à peu près cinquante kilos de bonbons. Finalement, Eddie les chassa du magasin. La moitié de ces petits cons n'étaient même pas déguisés.

À partir de là, la conclusion était inéluctable : la nuit de Halloween chez Tice is Nice, Meubles de Qualité, Discount et Occasions, était un fiasco d'envergure.

Eddie en tira les conséquences. À 22 h 30, il ferma le magasin – plus tôt que prévu – et renvoya chez eux tous les employés. Certaine que personne ne pouvait plus les voir, Darla lui frotta le dos à travers la cape de Dracula ridicule qu'il portait et dit :

– Ça va aller. Après tout, ça nous laisse juste plus de temps.

Eddie ne put s'empêcher d'esquisser un sourire, malgré son humeur sombre. Cela lui fit du bien de la regarder :

– Blanche-Neige, alors ?

Darla recula d'un pas et fit une courbette. Elle avait choisi ce costume parce que c'était le DVD que ses filles regardaient en ce moment.

– Plus pour longtemps…

Eddie ne méritait pas cette femme. Y avait pas à tortiller. Elle avait travaillé toute la matinée pour que le magasin soit bien décoré : du papier crépon orange et noir, des lanternes citrouilles posées sur des lits de paille à différents endroits, des fantômes et des chauves-souris suspendus au plafond. Quel gâchis.

Une fois que tout le monde fut parti, il verrouilla les portes et éteignit les lumières. Il essuya le faux sang qu'il avait aux coins de la bouche avec un pan de sa cape, en fit une grosse boule qu'il jeta à la poubelle.

Dans son bureau, il sortit la bouteille de bourbon du deuxième tiroir de son bureau et s'en versa un verre plein à ras bord.

Eddie était déjà à moitié bourré quand il comprit qu'il n'était pas seul.

– Bon Dieu, fit-il.

Il se redressa trop vite sur son fauteuil et s'aspergea le dos de la main de très bon whisky du Kentucky. Il tendit la main vers la lampe qui trônait sur son bureau et tira la chaînette.

L'homme venu de Chicago était assis sur une fausse chaise Queen Anne dans le coin de la pièce. Il se leva. Il sortit de la pénombre et apparut dans la faible lumière jaune.

Eddie demanda :

– Quand êtes-vous arrivé ?

– Il y a un moment, répondit l'homme.

– Vous avez pris une chambre en ville ? J'avais dit à Plaski que j'enverrais quelqu'un.

– Ce n'est pas un souci.

– Bon Dieu, dit Eddie avec un sourire accueillant. Vous m'avez fait une de ces peurs…

– Mes excuses, dit l'homme de Chicago.

Worth en était à plus de vingt Spiderman.

Où qu'on regarde, on voyait soit un Harry Potter, soit un des Quatre Fantastiques. Apparemment, les danseuses étoiles revenaient à la mode, tandis que les anges et les pirates paraissaient avoir perdu du terrain. Tout le long de la rue, des sabres laser dansaient comme des tubes de néon en goguette dans la nuit tombante.

Il se gara contre le trottoir et regarda le défilé des gamins costumés jusque bien après le crépuscule. Ils se déplaçaient en nuées jacassantes, emmitouflés dans leur costume, encadrés par des adultes à pied ou suivis par des 4×4 qui roulaient au pas. Il vit des pompiers et des chirurgiens, des menuisiers et des joueurs de base-ball, même une cow-girl. Jusque-là, il n'avait pas vu un seul môme déguisé en policier.

À 19 h 30, la température avait tellement baissé que les fêtards s'étaient réfugiés dans les centres commerciaux à Westroads et Oak View. Rapidement, les habitants commencèrent à sortir de chez eux et à parcourir l'allée devant leur maison en éteignant les lanternes en papier qui diffusaient une lumière orange dans tout le quartier.

Tu ne peux pas rester planté là. C'était un miracle qu'il n'y ait pas eu une âme vigilante pour le dénoncer aux autorités. Worth savait que c'était idiot, mais il ne pouvait se résoudre à agir.

Avec tous les événements de ces derniers jours, il avait en fait oublié que cette nuit, c'était Halloween. D'une certaine manière, l'innocence du calendrier le clouait sur place.

Plus tard, des jeunes désœuvrés sortiraient en meutes faussement sanguinolentes pour décorer ce qui restait des arbres avec des guirlandes de papier toilette. On allait tirer des coups de feu, lacérer des pneus. Et la liste des recours aux assurances s'allongerait de plusieurs lignes.

Mais pour l'instant il n'était encore question que de petits gamins jouant à faire semblant, habillés comme leurs héros, animés par leur foi dans un système qui ne vous jouerait pas de tour si vous suiviez les règles.

Worth ne se rendit compte qu'il s'était assoupi que lorsqu'il fut réveillé en sursaut par quelqu'un qui tapait à sa fenêtre.

– Je croyais qu'on en avait fini avec ce genre de comportement, dit Mark Vargas.

La rue s'était vidée et il faisait froid dans le pick-up.

Worth mit son poignet dans le halo du lampadaire pour lire l'heure : 21 h 15.

C'était de la folie. Il n'aurait pas dû venir ici. Mais il l'avait fait, et voilà. Il respira un grand coup, tourna la clé de contact d'un cran et fit descendre la vitre.

Vargas n'avait pas enfilé de manteau pour sortir. Il était là, en jean et pull, crachant de petits nuages de buée. Rien qu'à voir son visage, Worth en eut un nœud à l'estomac.

– Elle est terrorisée. (De la tête, Vargas désigna la maison au beau jardin paysager, avec le grand garage attenant.) Ça te fait plaisir ?

– Non, répondit Worth, je ne suis pas…

– Posté devant chez moi ? (Vargas paraissait prêt à tout.) Franchement, on n'en a pas encore fini avec ça ?

Formulé de cette manière, cela ne paraissait pas juste. Tout ça s'était terminé des mois auparavant.

– Je ne suis pas…

– Je lui ai dit qu'elle avait fait une erreur, qu'elle n'aurait pas dû aller te parler.

– Écoute, ce n'est pas…

– Mets tes mains là où je peux les voir.

Bon Dieu. Ce mec pensait vraiment qu'il était venu pour faire du mal à quelqu'un.

Worth posa ses mains sur le volant et dit :

– Je suis venu te parler.

– Nous avons déjà parlé.

– Il ne s'agit pas de ça.

– Mais alors, qu'est-ce que tu fous ici ?

Un peu plus loin sur le trottoir, un type tout droit sorti d'un catalogue Eddie Bauer se redressa et regarda dans leur direction, bien droit. Vargas leva une main vers lui. *T'inquiète pas. Tout est sous contrôle.* Le type jeta un long regard au pick-up, avant de retourner à ses lanternes.

Worth se rendit compte qu'il avait les doigts crispés sur le volant.

Il se reprit, regarda Mark Vargas et ravala les quelques onces de fierté qui lui restaient.

– J'ai besoin de ton aide, dit-il.

C'était douloureux, indéniablement. Mais il ne souffrit pas autant qu'il l'aurait cru.

Eddie finit de compter les trois cent mille dollars qu'il avait sortis du coffre-fort et les déposa dans la mallette marron ouverte sur son bureau. De belles liasses toutes neuves, toutes de billets de vingt.

À vrai dire, le message en provenance de Chicago était plus douloureux que l'argent. On pouvait faire confiance à Eddie ; il n'y avait aucune raison d'envoyer un percepteur jusqu'ici. Mais M. Plaski y tenait. Enfoirés de Polacks.

– Comment vous trouvez le temps chez nous ? demanda Eddie.

L'homme de Chicago ne paraissait pas intéressé par une conversation sur le temps, ni sur quoi que ce soit d'autre, d'ailleurs. Il voulait juste l'argent de son patron. L'argent que Russell était censé avoir apporté plusieurs jours auparavant. Il se tenait de l'autre côté du bureau, un long manteau de laine posé sur le bras ; costume très cher, pull foncé à col roulé, montre classe au poignet.

Eddie était surpris que les Polonais aient envoyé un Noir. Pour une raison quelconque, il aurait pensé que les gens de la vieille Europe avaient des préjugés.

– J'espère que M. Plaski comprend que ce n'est pas

de cette manière qu'Eddie Tice fait normalement des affaires.

Il tourna la mallette ouverte et la poussa vers l'homme. Il y avait au moins quarante bâtons de plus que ce que Russell avait volé, mais Eddie voulait montrer à quel point il regrettait cette situation merdique, vraiment, désolante, quelle merde.

Tony lui avait déconseillé de le faire. *Il ne faut jamais proposer de payer une somme plus élevée que celle que tu dois, Oncle Eddie. En faisant ça, tu n'envoies pas les bons signaux.*

Mais Tony n'était pas homme d'affaires. Et Eddie n'était pas en train d'essayer de mettre une pétasse dans son lit. Il faisait un investissement de bonne foi dans un partenariat d'affaires. Un partenariat entre hommes raisonnables.

L'homme de Chicago avança d'un pas. Il ferma la mallette d'une main et rabattit les attaches l'une après l'autre.

– Je suis navré que vous ayez dû faire le voyage, dit Eddie. Il s'agit d'un ajustement qui ne se reproduira pas, je vous assure. J'ai réglé le problème, je vous le promets.

L'homme acquiesça.

– Vous avez réglé le problème ?

– M. Plaski peut en être assuré.

– Quel est le problème, d'après vous ?

– Ben, apparemment, il y a eu…

– Comment l'avez-vous réglé ?

Eddie ne desserra plus les lèvres.

– M. Plaski se fait du souci, dit l'homme.

– Je peux comprendre ça. (Eddie hocha la tête pour

montrer qu'il comprenait très très bien.) Si je peux faire quoi que ce soit pour le rassurer…

Tandis qu'Eddie parlait, l'homme de Chicago glissa sa main sous son pardessus et dégaina, l'air de rien, un automatique. Eddie était tellement occupé à organiser ce qu'il allait dire ensuite qu'il ne remarqua pas l'arme tout de suite.

Tout d'un coup, la situation changea complètement. C'était comme si le bureau se mettait à bourdonner tout autour de lui. Eddie regarda l'arme pointée sur son ventre et sentit ses testicules se ratatiner.

– Hé, non, attendez, écoutez.

– Lequel des deux ?

– Bon Dieu, dit Eddie, lequel des deux quoi ?

– Vous voulez que j'attende ? Ou vous voulez que j'écoute ?

– Je veux juste… Bon Dieu, attendez.

– Attendre ? Vous êtes indécis, monsieur Tice.

Le revolver avait un gros cylindre long attaché au canon. Eddie avait vu ce genre de trucs dans les films. Les tueurs professionnels s'en servaient quand ils voulaient vous descendre en étant certains que personne n'entendrait.

– Attendez. (Eddie leva les mains.) Je crois que je peux…

Il entendit un crépitement rapide, et quelque chose explosa dans sa jambe. Une fraction de seconde, il eut l'impression qu'il avait reçu un coup de marteau dans le genou. Toute sa jambe s'engourdit.

Ensuite vint la douleur.

Une énorme, monstrueuse explosion de douleur.

Eddie ne comprit que ses sphincters avaient lâché que lorsqu'il se retrouva assis sur sa chaise. Il entendit un cri. Un instant, étant donné le grondement qui lui envahissait la tête, il pensa que c'était lui qui avait crié.

Puis il vit Darla. Elle se tenait dans l'embrasure de la porte, un plumeau à la main, les yeux écarquillés par la peur. Elle colla ses mains contre sa bouche ; le plumeau tomba par terre.

Non.

Mais que faisait-elle ici ? Ils s'étaient pourtant mis d'accord pour se retrouver à l'hôtel. Elle était partie une heure auparavant, avec les autres employés.

Mais maintenant, elle se trouvait là, à nouveau. Elle s'était transformée, de Blanche-Neige en bonniche sexy, un peu vulgaire. Porte-jarretelles, bas, décolleté et dentelles, et un petit tablier à fanfreluches de la taille d'un mouchoir.

Eddie chuchota :

– S'il vous plaît, non…

L'homme de Chicago s'était déjà retourné. Eddie entendit le même bruit une seconde fois – une petite bouffée d'air. Comme un chuchotement.

Un petit trou apparut sur l'arête du nez de Darla. Quelque chose éclaboussa l'encadrement de la porte à la hauteur de sa nuque. Ses yeux devinrent vitreux, et elle resta immobile un instant, à moitié nue, paraissant désorientée.

Puis elle s'écroula.

Oh non.

Non, non, non.

Les mains d'Eddie étaient moites. Ses jambes de pantalon étaient couvertes de sang. Mais que se passait-il ? Que s'était-il passé ici ?

– S'il vous plaît, supplia-t-il. (Il regarda l'homme de Chicago. Que voulait-il de plus ? Tout était dans la mallette, tout le paquet. Avec intérêts, en plus.) Dites-moi ce que je… Bon Dieu, pourquoi faites-vous ça ?

L'homme enfila son manteau. Il prit l'attaché-case sur le bureau. La mallette dans une main, le revolver dans l'autre, il regarda Eddie.

Il dit :

– « Mets-lui une balle dans le genou. S'il te crache à la gueule et te dit d'aller te faire enculer, fais-lui prendre le téléphone et je lui parlerai. » Voilà ce que m'a dit M. Plaski.

Mais comment tout ceci était-il possible ? Eddie regretta de ne pas pouvoir tout recommencer. Procéder autrement. Il ne trouvait rien à dire.

– « S'il supplie ou essaie de marchander, fais-lui sauter sa cervelle de débile et rentre. » (L'homme venu de Chicago haussa les épaules.) C'est M. Plaski qui l'a dit, pas moi.

Eddie avait l'impression que son genou était broyé dans un étau. La douleur lui remontait jusque dans les côtes ; une sueur froide lui dégoulinait le long de la colonne vertébrale.

Il regarda l'homme droit dans les yeux.

– Mais *pourquoi* ?

– C'était la pagaille. (L'homme de Chicago jeta un coup d'œil à sa montre.) Une petite pagaille, tout compte fait. Mais même une petite pagaille crée un problème de confiance. Et les problèmes de confiance créent des dettes. Et M. Plaski ne croit pas aux dettes. Je suis désolé pour votre soubrette.

Eddie regarda Darla allongée sur le sol. Elle était tombée sur les genoux, puis face contre terre, sur la moquette, les bras repliés sous elle, la croupe à l'air, et en l'air. Elle s'était habillée comme ça exprès pour lui. Juste pour le fun. Cela ne correspondait pas du tout à la personnalité de Darla.

– S'il vous plaît, chuchota-t-il, s'il vous plaît, laissez-moi…

L'homme de Chicago dit :

– Et voilà que vous recommencez.

Eddie vit la petite bouffée sortir du canon, mais cette fois, il n'entendit rien.

III

Protéger et servir

24

Vargas avait un bureau au rez-de-chaussée de la maison. Murs de couleur sombre, tapis de haute laine, des clubs de golf dans un coin et une boîte à cigares sur le bureau. Mobilier de cuir noir, et un téléviseur. Même avec la tension et l'hostilité qui y régnaient, Worth constata qu'il restait assez de place pour un putter de bureau, un punching-ball et un vélo d'appartement.

– Rien n'a été volé, dit Worth.

Vargas était assis, bras croisés, et l'écoutait.

– Télévision, chaîne stéréo, rien n'a été touché. J'avais quatre cents dollars en liquide dans une enveloppe à en-tête de la banque, dans le premier tiroir de la table de nuit. Ils y sont toujours.

– Rien n'a été volé, dit Vargas. Autrement dit, ton voisin les a interrompus et s'est pris un coup sur la tête. J'ai pigé.

Worth sortit une pochette plastique zippée de l'enveloppe marron en papier kraft qu'il avait apportée. Il la tendit à Vargas.

Un coup de génie. Ou alors, la chose la plus crétine qu'il ait jamais faite. L'un ou l'autre, mais de toute façon, c'était trop tard. Plus moyen de revenir en arrière.

Worth poursuivit :

– J'ai trouvé ça sous mon lit, ce matin.

Vargas regarda le sac de plus près et examina le portefeuille de Russel James à travers le plastique transparent.

Au départ, Worth avait pensé utiliser ses cartes de crédit pour créer une piste ; dans quelques jours, il aurait réservé une chambre dans un motel, quelque part. Personne ne se présenterait, mais les autorités réagiraient. Au moins, la version de Gwen – leur version – s'en trouverait consolidée.

– Vendredi dernier, j'ai pris un appel concernant des voies de faits commises sur une employée du magasin, dit-il. Le suspect, le petit ami, n'était plus là quand je suis arrivé à l'appartement. La fille a passé le week-end à Clarkson ; elle est sortie hier et s'est installée dans un appartement sécurisé de la Brigade de la répression des violences conjugales, près de Creighton University. Le petit ami n'a pas été localisé.

– Quel rapport entre ces deux faits ?

– Ce portefeuille, répondit Worth.

Il plongea la main dans l'enveloppe et en tira un gant en latex. Vargas décida de lui faire plaisir. Il enfila le gant et sortit le portefeuille du sac en plastique. Il l'ouvrit en le tenant par les coins et regarda le permis de conduire.

– Russell T. James.

– Le juge a délivré le mandat d'arrêt hier matin.

– C'est le petit ami ?

– C'est lui.

Vargas eut un petit sourire narquois.

– Donc, ce salopard est entré par effraction chez toi, a agressé ton voisin, et a laissé son portefeuille. (Il remit le portefeuille dans le sac, qu'il posa sur la table basse.)

– Qui est sur l'affaire ?

– Roger Sheppard, du secteur sud.

– Pourquoi ne vas-tu pas lui parler, à lui ?

– Je vais y aller, répondit Worth, mais j'ai besoin de te parler avant.

– Écoute, ne le prends pas mal, mais bon, étant donné la situation merdique…

Vargas laissa sa phrase en suspens. Ils savaient tous les deux que Sondra n'était pas loin et qu'elle écoutait. Elle avait paru plus tendue que jamais lorsque Worth était entré sur les pas de son nouveau fiancé.

– Vu nos implications personnelles, je ne vois pas quel est ton intérêt à venir ici.

– Ce n'est pas vraiment facile pour moi non plus.

– Alors ?

Worth sortit un second sac et le posa sur la table à côté du premier. Un objet en plastique rigide cogna contre le verre de la table avec un bruit sourd.

– J'ai appelé ce matin, et j'ai pris un jour de congé, dit-il. J'ai passé la journée à retourner ma maison de fond en comble. J'ai trouvé ça dans le tiroir de la commode, dans une chaussette. Tout au fond du tiroir. Je ne l'avais jamais vu avant.

Le portable de Russell. Il avait eu l'intention, pendant le week-end, d'écouter les messages, mais le téléphone était aussi mort que son propriétaire, lorsqu'il l'avait découvert. Ensuite, avec les événements qui s'étaient enchaînés – la tempête, les trajets jusqu'à chez Vince, l'effraction chez lui, Gwen –, il avait oublié.

En se levant ce matin, après la rencontre surprise avec Briggs et Salcedo à l'appartement sécurisé, Worth avait acheté, en payant en liquide, un chargeur de batteries et il avait découvert que la messagerie de Russell était pleine. Presque tous les nouveaux messages avaient pour origine le même numéro : Tice is Nice, sur L Street, où Russell James avait travaillé. Worth avait effacé tous les messages datant d'avant vendredi soir, laissant le reste à Vargas.

– Reprenons, dit Vargas. Quelqu'un entre par effraction chez toi. Tu trouves un portefeuille. Au lieu de rapporter les faits à celui qui est chargé de l'affaire, tu retournes toute ta maison ? C'est ça, ta première réaction ?

– Ce n'est pas tout, dit Worth.

– Je m'en doute…

Il était difficile de définir précisément le sentiment qu'éprouvait Worth, assis là, dans l'antre de Mark Vargas, à manipuler le contenu de l'enveloppe, à l'étaler devant lui, en pleine lumière.

Écœurant. Irresponsable. Super-explosif. Autant essayer de désamorcer une bombe dans le noir.

Worth s'essuya les paumes des mains et prit son élan.

Il était 2 h 15 quand Tony et Ray arrivèrent au magasin de meubles. Ils se garèrent derrière, entre les bennes à ordures et le bâtiment, pour ne pas que leur véhicule soit visible depuis la rue.

Troy Mather vint leur ouvrir la porte de service. On aurait dit qu'il venait de faire trois tonneaux avec sa voiture.

Tony le saisit à la gorge, le poussa à l'intérieur et l'écrasa violemment contre le mur.

– Faut jamais m'appeler, putain, dit-il. Jamais jamais. Hoche la tête si tu piges.

Les yeux de Mather s'écarquillèrent. Il essaya d'obtempérer.

Tony relâcha son étreinte, juste assez pour que le

gamin puisse respirer un coup. Ray jeta un œil à l'extérieur avant de fermer la porte de service derrière eux.

– Et qu'est-ce que tu faisais avec le téléphone d'Eddie, d'abord ?

– Je… merde… coassa Mather. Laissez-moi parler.

Tony lui lâcha le cou, mais l'attrapa par le sweat et le poussa devant lui dans la pénombre du hall.

– Vas-y, parle.

Mather retrouva son équilibre et se redressa. Il se frotta le cou, reprit sa respiration. La dernière fois que Tony l'avait vu, il se la jouait gros dur. Mais tout de suite, on aurait dit qu'il allait éclater en sanglots.

– Putain, je… les mecs…

– Allez, détends-toi, dit Ray. Calme-toi.

– Je ne savais pas comment vous joindre, dit Mather. (Il gémissait presque.) J'ai trouvé le numéro sous « Tony » dans le téléphone de ton oncle. (Il plongea la main dans une poche profonde de son pantalon et sortit l'appareil comme s'il s'agissait d'un oisillon qu'il avait accidentellement serré trop fort.) Désolé. Merde. Je… Je ne savais pas quoi faire d'autre, merde… Moi et Derek…

– Ta gueule, l'interrompit Tony.

Il fit un pas en avant et prit le téléphone des mains de Mather. Le gamin sursauta.

– Maintenant, respire un grand coup et arrête de pleurnicher comme une femmelette.

Troy Mather regarda Ray. Puis Tony. Il secoua la tête, inspira profondément et gloussa comme s'il venait d'entendre quelque chose de terrible.

– Putain, mec, dit-il. C'est pas bon, tout ça.

Tony Briggs commença à avoir un mauvais pressentiment. Il regarda Ray.

– Hey, Troy, dit Ray. Ressaisis-toi. Ça va aller.

– Merde, mec.

– Dis-nous ce qui s'est passé.

– Venez, les mecs, venez avec moi.

– Ces gars s'étaient rencardés sur moi, dit Worth. Et ils étaient au courant de… de notre situation.

– La situation de qui ?

– Toi et moi. Sondra.

Pour la première fois depuis plusieurs minutes, Mark Vargas leva le nez de son bloc-notes.

– Qu'est-ce que ça veut dire ?

– Je ne sais pas si ça veut dire quoi que ce soit. Je te le dis, c'est tout.

– Tu dis qu'ils l'ont appelée par son prénom ?

– Pour me faire chier, dit Worth. Me faire savoir qu'ils avaient mon numéro.

– Dis-moi exactement ce qu'ils ont dit, mot pour mot.

– Briggs a décroché le téléphone comme s'il savait comment te joindre chez toi. Il m'a demandé si je pensais que tu décrocherais. (Worth leva les mains.) Écoute, je ne vais pas te répéter ce qu'il a dit mot pour mot. Ils ont échangé quelques phrases sur ce qu'ils pensaient que vous étiez en train de faire, tous les deux, à cette heure de la nuit. En gros, ça tournait autour de ça.

Vargas s'appuya au dossier de son fauteuil.

– Comme je l'ai dit, ils essayaient de m'en foutre plein la vue. (Worth haussa les épaules, comme s'il ne fallait pas chercher plus loin.) Écoute, tu sais que la moitié des flics de cette ville a entendu l'une ou l'autre version. Chaque fois que j'arrive quelque part, la moitié des gens se marrent.

– J'en ai rien à foutre.

– Moi non plus, répondit Worth. (Sur ce point, il était d'une honnêteté irréprochable.) C'est pour ça que je suis venu te voir en premier.

Vargas réfléchit à ce qu'il venait d'entendre. Worth le laissa faire. Ils entendirent tous les deux un léger bruit, comme un chiffon à poussière que l'on passerait sur une surface en bois.

Sans dire un mot, Vargas se leva, traversa le bureau et ouvrit la porte. Sondra sursauta. Elle était en robe de chambre et pantoufles à poils, face à Vargas, dans le contre-jour de l'embrasure de la porte. Le regard à la fois contrit et défiant.

Vargas la prit par l'épaule et sortit avec elle. Il tira la porte derrière lui, mais la maintint entrebâillée en tenant la poignée.

Worth n'avait pas particulièrement envie d'entendre leur conversation. Tandis qu'ils parlaient à voix basse, il se leva et fit quelques pas.

Apparemment, c'était une belle maison. Confortable. D'après ce qu'il voyait du bureau, la manière dont il était aménagé, Worth était prêt à parier que les meubles en cuir noir étaient tous dans le salon avant que Sondra n'emménage ici.

Il se demanda si, un jour, il serait capable de rire de lui-même ; il avait trouvé moyen de s'en prendre à un type qui avait un punching-ball et une paire de gants de boxe dans sa pièce de travail.

Sur le bureau, il vit le nouveau numéro de la newsletter du syndicat de la police, un catalogue SigArms et un roman de Grisham. Il prit la newsletter, jeta un œil distrait sur la première page, et la reposa là où il l'avait trouvée.

Il se trompa de quelques centimètres. La feuille fit bouger la souris de l'ordinateur et le moniteur s'alluma. Worth vit apparaître la dernière page que Vargas avait consultée sur Internet.

Du sport ? Des news ? Du porno hard ?

Non, des berceaux.

C'était un site marchand, très gai, aux couleurs pastel, ouvert sur une section qui présentait des berceaux en tous genres.

Worth eut envie de détester ce salopard plus que jamais. Mais il ne semblait pas y parvenir. Debout devant l'écran de l'ordinateur, c'était comme s'il n'arrivait plus à trouver l'énergie nécessaire. Il repensa à Sondra qui avait l'air si heureuse quand il l'avait vue, samedi.

Il avait l'impression d'être entré dans la maison d'un étranger avec de la merde sur ses semelles.

Derrière la porte entrouverte : *Oui, je te le promets. OK ?*

Worth retourna à sa place tandis que Vargas entrait à nouveau dans le bureau en refermant la porte derrière lui. Ils se rejoignirent près de la table basse.

– Ça va, elle ?

– Un peu paniquée.

– Je suis désolé, dit Worth.

Vargas planta ses yeux dans les siens. Revenons à nos moutons.

– Il y a plein de choses là-dedans qui n'ont aucun sens.

– Je suis d'accord, répondit Worth. Mais je sais que John Pospisil a flanqué un coup à celui qui l'a attaqué chez moi. Et Tony Briggs a une série de points de suture très récents sur la tête. Je suis prêt à parier que le sang trouvé sur la scène de crime prouve qu'il était chez moi.

Vargas ne fit aucun commentaire. Il alla jusqu'à une étagère et alluma un récepteur radio, modèle de base. Les diodes clignotèrent et au milieu des crachotements on entendit quelques mots.

– Tu les connais, non ? Briggs et Salcedo. Je me suis bien rendu compte que tu connaissais leur nom.

– Nous nous sommes croisés deux ou trois fois l'an dernier. (Vargas tripota un bouton et trouva le canal du district nord-est.) Ils travaillaient sous couverture à Orlando Heights.

– Mœurs ?

– Stups.

Un sentiment de triomphe envahit Worth. Comme s'il avait pris un pari sur un fil quelconque, l'avait sectionné et que la bombe n'avait pas explosé.

– Briggs et Salcedo bossaient aux Stups ?

Vargas monta le volume du récepteur ; son silence valait une réponse affirmative.

– OK, dit Worth, ça explique un certain nombre de choses.

– Peut-être, répondit Vargas, mais peut-être pas.

Il revint s'asseoir. Worth l'imita. Vargas reprit son bloc et le tapota plusieurs fois du bout de son stylo. Ils écoutèrent la radio pendant deux ou trois minutes.

Un policier poursuivait à pied un taggeur qui fuyait vers le nord, sur la 50e, en direction de Military Avenue. Un officier en patrouille prit un appel sur un code six émis par le central. Les unités Deux-Quatre et Deux-Soixante étaient en pause – code huit-zéro – au California Taco, en ville.

– Voici ma question, dit Vargas.

Worth attendait. *Tic tac, tic tac, tic tac…*

– La nuit dernière, tu dis que cette fille t'a appelé de l'appartement sécurisé ?

– C'est ça.

– Tu donnes à tout le monde ton numéro de portable ? (Vargas le regardait droit dans les yeux.) Ou bien tu le donnes seulement dans des circonstances particulières ?

Fil rouge.

Worth se concentra. Il devait faire très attention à bien séparer ce fil de l'enchevêtrement qu'il avait sous les yeux.

Il prit son élan et le saisit délicatement.

– Je suppose qu'il faut parler de circonstances particulières.

Clac.

25

Bon Dieu. Ce fut la première chose qui vint à l'esprit de Tony. *Tante Joan a buté Oncle Eddie.*

Pauvre Darla aussi, avec son p'tit cul en l'air.

Ils paraissaient tous les deux humiliés par la mort. Des giclées de sang et de cervelle constellaient l'embrasure de la porte. Le mur derrière le bureau ressemblait au sol d'un abattoir.

Tony parcourait la liste de quelques bons avocats, quand il vit le placard derrière la chaise d'Eddie. La porte du coffre-fort à l'intérieur était ouverte.

– Dehors.

Mather et Price restaient plantés là, comme deux demeurés.

– Allez, les gars, dit Ray.

Troy Mather cligna des yeux.

– Putain, c'est une erreur, c'est pas possible autrement…

– Sors une minute.

Price, le maigre couvert de tatouages, s'arracha une petite peau au bout du doigt, puis tourna les talons. Mather regarda Ray, puis Tony, ensuite il contourna précautionneusement le corps de Darla, comme s'il ne voulait pas lui faire peur.

Une fois qu'ils furent partis, Ray dit :

– Merde, j'suis désolé, mon pote.

Tony ne trouva rien, absolument rien à répondre à ça. Il n'en croyait pas ses yeux. Pauvre Oncle Eddie.

– T'as une idée ?

– La rencontre, c'était ce soir. (Tony se frotta le front.) Il m'avait dit qu'il avait la situation en main.

– Tu crois qu'il a essayé de les doubler ?

Bon sang. Ce serait plutôt le contraire. Eddie lui avait raconté qu'il allait tout arranger. Il envisageait même de donner aux types de Chicago plus que ce qu'il devait.

Putain de merde, Tony était convaincu que Ray et lui auraient dû être présents, mais non, Oncle Eddie maîtrisait la situation. *J'ai changé tes couches, gamin.* Voilà très exactement ce qu'il lui avait dit.

– Je veux pas remuer le couteau dans la plaie, dit Ray, mais ça pourrait bien nous poser problème.

– Je sais.

Tony regarda sa montre. 2 h 37 du matin.

– Hé !

Une seconde plus tard, Troy Mather passait la tête par la porte. Il essayait de ne pas regarder Darla, allongée par terre, mais il ne pouvait pas s'en empêcher.

– Reviens ici, et amène ton pote.

Ray examina les éclaboussures sur le montant de la porte et, avec son doigt, traça une ligne invisible jusqu'à l'endroit où se tenait Tony. L'arrière de la tête de Darla était complètement déchiqueté. Et le visage d'Eddie était vraiment pénible à regarder.

Price et Mather entrèrent dans le bureau. Tony demanda :

– Est-ce qu'il garde quelque chose d'habitude, ici ?

Mather écarquilla les yeux.

– Espèce de crétin ! Est-ce qu'Eddie garde quelque chose ici ?

Price se lança.

– Nan, mec. Le matos va toujours ailleurs.

L'unité de stockage à Florence. Tony avait aidé son oncle à la mettre en place sous une fausse identité.

Quelle merde. Eddie était un charlatan-né. Il mettait beaucoup trop de fringues Tommy Bahama, et clairement, il n'était pas assez intelligent pour se rendre compte qu'il était dans la merde jusqu'aux oreilles quand c'était le cas. Mais c'était plutôt un bon bougre. Le frère que maman préférait.

Le meurtrier lui avait fait sauter la rotule avant de le descendre.

– Hé, dit Ray d'une voix calme. Garde ton sang-froid. Réfléchissons.

Ça serait pas bon qu'un paquet d'autres flics viennent fourrer leur nez dans les affaires d'Oncle Eddie. Qui savait où il avait commis une négligence ? Une fois qu'ils commenceraient à fouiner, il ne serait pas bien difficile pour un connard d'enquêteur de s'apercevoir que l'une des deux victimes de ce double homicide de Halloween, l'homme d'affaires bien connu dans la région, avait un flic des Stups pour neveu.

Tony s'adressa à Price, et non plus à Mather.

– Tu connais les équipements de sécurité ?

Price secoua la tête.

– Y en a pas, dit Troy Mather. Eddie avait des mecs de la société Wackenhut qui passaient parfois la nuit ici, mais…

– Je t'ai pas sonné, connard.

Mather la ferma.

Ray examina le plafond en détail. Eddie n'avait pas

installé de caméra dans les bureaux. Tony ne bougea pas, mais se tourna ; l'assassin se tenait probablement de ce côté du bureau quand Darla était entrée. Bang.

Eddie était-il déjà mort ? Ou le mec l'avait-il obligé à regarder ?

– Darla, elle a d'autres mecs ? demanda Tony, aux deux cette fois. Et son ex-mari ? Vous savez quelque chose, l'un ou l'autre ?

Price haussa les épaules.

Mather demanda :

– J'peux parler, maintenant ?

– Calmement, conseilla Ray.

– Son ex, il habite à Ralston. Elle et Eddie, ils se voyaient chaque fois que les filles allaient là-bas.

Tony regarda Ray et devina ses pensées. *On se calme, Serpico. Pas question de faire des orphelins.*

Mais Ray allait devoir être réaliste. La scène était parfaite, et ils n'avaient pas besoin de grand-chose. Il suffisait d'en ajouter juste assez pour impliquer l'ex dans l'affaire. Peut-être quelques gouttes du sang d'Eddie dans une voiture. Le tableau serait nickel, jusqu'aux dénégations du gars. Y aurait pas d'enquête approfondie.

– Vous deux, restez ici, dit-il.

– Rester où ?

– Toi, le tatoué. Price. C'est quoi, ton prénom ?

– Derek.

– OK, Derek. Il va falloir que t'assures. Va là où les gens qui font le ménage mettent leur matos, et dégote-moi une paire de gants. Ensuite, va à l'endroit où se trouvent les caméras et récupère toutes les bandes. C'est bon, tu suis ?

Price haussa les épaules :

– Des gants, les bandes. Ouais.

– Colle-moi tout ça dans un sac, et tu bouges plus. Toi. FUBU. (Tony pointa son index sur Mather.) Toi, tu touches à rien.

Ce crétin avait eu la bonne idée de les appeler – OK, il marquait un point. Mais malgré tout, Troy Mather agaçait prodigieusement Tony. Il avait une grande gueule, un visage d'abruti, et se prenait pour un dur. Quel que soit le sens dans lequel on la prenait, la combinaison était mauvaise.

– Vous partez, les mecs ?

– On va revenir.

– Hé, pas question, mec. (Mather leva les mains.) Pas question que je reste dans le coin.

– Écoute-moi bien, trou du'c. Tu vas faire ce que je te dis, quand je le dis, et fermer ta gueule. Vu ?

– Non. Tu peux aller te faire mettre. J'ai fait c'que j'avais à faire. J'suis nickel, comme Gandhi.

Tony glissa une main dans son dos et sortit le petit Colt qu'il gardait dans un holster sous sa veste. Absolument pas réglementaire. Il tira le chien et pointa le canon sur Mather.

– C'est là que tu bouges plus, et que tu réfléchis, dit-il.

Mather écarquilla les yeux. Il tendit ses deux paumes en signe d'apaisement, et secoua la tête.

– Hé, mec, merde, j'veux dire, putain…

Tandis que le gamin était planté là, à bavasser, Tony se mit à mouliner à toute vitesse. Il réfléchit à la scène. Il pensa à l'endroit où il se trouvait. Évalua les chances que ce crétin de Mather garde la tête sur les épaules plus de vingt-quatre heures.

Il appuya sur la gâchette et tira, visant en haut et à

droite – un joli tir à cinquante points, en plein dans le deuxième cercle.

Tony avait tiré de trop près, même avec le petit calibre qu'il utilisait. La balle traversa Mather à un endroit très irrigué et s'en alla étoiler le panneau en verre Securit sans tain qui donnait sur le magasin, plongé dans le noir. Le bruit de la détonation dans le petit espace du bureau résonna tellement fort que Tony en prit plein les oreilles.

Troy Mather pencha sur la droite et descendit à reculons deux ou trois marches. Le choc avait rendu son visage complètement livide.

– Enculé. (Ses traits se déformèrent et il attrapa son épaule. En quelques secondes, son sweat-shirt fut trempé de sang.) Tu m'as tiré dessus.

– Ouais, répondit Tony. (Il avait dû lui toucher l'artère brachiale, à en croire la vitesse à laquelle le gamin se vidait de son sang.) Pourquoi tu restes planté là ?

– Je…

– Tu fous du sang partout, dit Tony. Si j'étais toi, je me casserais. Mais ce n'est que mon avis personnel.

Mather ne paraissait pas bien du tout. Il regardait Tony comme s'il venait d'être trahi par un frère.

Il fallut beaucoup d'énergie pour obtenir une réaction de la part de Derek Price. Il était debout, un peu penché en arrière, en appui sur les talons, l'expression de son visage à mi-chemin entre la surprise et l'amusement.

Tout d'un coup, Troy toussa et sortit du bureau en trébuchant, laissant une longue traînée de sang derrière lui.

– Derek, dit Tony. Ça te dirait, un passeport gratuit pour une vie sans emmerdes ?

Il fallut deux ou trois secondes à Price pour répondre :

– Cool.

– Emmène-le aux urgences, dit Tony. Prends la route la plus longue. Fais en sorte qu'il soit dans les vapes avant d'arriver là-bas. Tu piges ?

– Ouais. (Une pause.) Et qu'est-ce que je dis ?

Tony réfléchit.

– Il a un portable sur lui ?

– J'crois bien, ouais.

– Une fois qu'il est clamsé, prends son téléphone et appelle-toi. Comme ça y a une trace. À l'hôpital, dis-leur qu'il t'a appelé d'ici et qu'il t'a dit de venir le chercher. Pigé ?

– Il m'a appelé depuis ici.

– Je peux compter sur toi ?

Derek Price haussa les épaules.

– Sûr.

– Vas-y.

Price quitta le bureau précipitamment, à la suite de son pote, en faisant attention de ne pas marcher dans les traces de sang. *Bon p'tit gars*, se dit Tony.

Il regarda Derek disparaître dans les ombres du magasin. Ensuite, il passa derrière le bureau et installa le .45 dans la main refroidie de l'Oncle Eddie.

Il leva le bras de son oncle et tira deux coups supplémentaires, tous les deux dans le coin où se trouvait Troy Mather, une minute auparavant. Il faudrait des traces de poudre sur la main d'Eddie pour le labo. Il abaissa le bras d'Eddie pour qu'il pende exactement comme avant. Il laissa le revolver tomber par terre.

Juste avant de repartir, Tony parut se rappeler quelque chose. Il ouvrit le tiroir à whisky.

Ouais.

Il y prit le .38 d'Eddie et le fourra dans l'étui qu'il avait dans le dos. Il laissa le tiroir ouvert.

Ray l'observait.

– Quoi ?

– C'est bon, t'as fini ?

– Presque. (Tony se redressa, jeta un dernier regard à la scène.) Qu'est-ce que t'en penses ?

– J'en pense qu'on devrait se tirer d'ici, dit Ray.

26

Neuf femmes assassinées sur dix sont tuées par des hommes, disait la note d'information.

Gwen l'avait trouvée dans le dossier bleu que la détective Kenna lui avait donné. Elle avait déjà vu ce papier. C'était un prospectus édité par un groupe d'action local qui s'appelait « La Vérité sur la Violence Conjugale ». Un de ses professeurs le leur avait distribué lors d'un séminaire sur l'aide sociale, le semestre dernier.

La moitié de ces femmes sont assassinées par leur mari ou leur compagnon.

En fait, elle avait vu le prospectus encore avant. Deux ou trois fois dans l'année, une représentante de la YMCA venait dans les locaux des associations étudiantes pour en laisser une pile sur chaque table et en afficher sur les panneaux.

La première fois qu'elle avait jeté un œil à ce stupide bout de papier, elle était en cours. Elle était assise dans l'amphithéâtre avec une centaine d'autres filles et quelques types qui paraissaient tellement mal à l'aise que c'en était drôle.

Et maintenant, elle se retrouvait à lire les mêmes numéros de téléphone dans une planque mise à sa disposition par l'association qui avait édité le prospectus.

– Gwen, tu m'écoutes ?

Elle referma le dossier et regarda Matthew, assis en face d'elle à la table de la kitchenette. Il était 6 heures, le jour n'était pas encore levé. Elle avait laissé les lumières de l'appartement allumées toute la nuit.

– Est-ce que tu as compris ce que nous devons dire ?

– Nous couchons ensemble, dit-elle, depuis presque trois semaines.

– Depuis début octobre. (Il paraissait tellement fatigué.) Russell a tout découvert, il y a environ une semaine, et c'est la raison pour laquelle il… pour laquelle ç'a été tellement violent cette fois-ci.

Quelque chose dans la tenue de Matthew, en civil et pas en uniforme, lui rappela ce qu'elle avait trouvé de si charmant, de si attirant chez lui. Elle avait eu de plus en plus de mal à s'en souvenir, ces derniers jours.

– Je crois que je ne comprends pas, admit-elle.

– Il faut dire qu'il est venu au magasin pour te faire avouer, et que je suis intervenu. C'est ce qui l'a mis hors de lui. (Matthew se frotta les yeux des deux mains.) Les caméras du parking confirmeront.

Elle ne lui avait jamais dit à quel point il était près de la vérité, sur cet épisode.

– Ce que j'veux dire, c'est que je ne comprends pas pourquoi tu veux raconter qu'on couche ensemble, fit-elle. Ça donne l'impression que… que tu es impliqué.

– C'est exactement ce qu'il faut, maintenant.

Parce qu'il leur fallait un moyen d'expliquer, comprit Gwen. Aux gens. Il leur fallait une explication plausible sur le fait que Tony Briggs et Ray Salcedo étaient après *eux*, et pas seulement après elle.

Sinon, cela n'avait aucun sens. Pourquoi Briggs et Salcedo penseraient-ils que Matthew savait quelque chose sur l'argent que Russell convoyait ? Après tout, il n'était que l'officier de police qui l'avait emmenée à l'hôpital et avait écrit le rapport.

À moins qu'ils n'aient une liaison, tous les deux. Toute la différence était là.

– Mais nous modifions notre histoire, dit Gwen.

Il acquiesça.

– En fait, ça nous aide. On dirait que nous avons essayé de cacher un tout petit truc.

Parce que si tu te fais surprendre à mentir sur quelque chose de petit, il est beaucoup plus facile ensuite de mentir sur un gros truc.

Il était flic ; il savait forcément de quoi ça devait avoir l'air. Gwen se dit qu'il avait probablement croisé toutes sortes de menteurs dans sa carrière.

Pourtant…

– On a toutes les pièces, dit-il. Il faut juste les éclairer avec la bonne lumière. Et il faut que nous soyons les premiers à le faire.

– Personne n'aura de soupçons ?

– Tout le monde en aura, répondit-il. Mais il y a plus de preuves en faveur de notre histoire qu'en faveur de la leur.

– D'après ce que tu sais.

Il ne sut pas quoi répondre à cela.

Ils laissèrent le silence s'installer pendant quelques minutes.

Gwen demanda :

– Je peux te demander quelque chose ?

– Bien sûr.

– Que s'est-il passé entre ta femme et toi ?

Il la regarda comme s'il ne comprenait pas la question.

– Que veux-tu dire ?

– Pourquoi avez-vous divorcé ?

Silence.

– Elle n'était pas heureuse, dit-il.

– Et pourquoi elle n'était pas heureuse ?

– Probablement parce que je n'étais pas heureux.

– Pourquoi tu n'étais pas heureux ?

Il soupira.

– Je ne sais pas.

– L'as-tu jamais frappée ?

– Mon Dieu !

À voir l'expression que prit le visage de Matthew, on aurait dit qu'elle venait de lui demander s'il avait pas un intérêt tout particulier pour les jeunes garçons. Il s'appuya au dossier de sa chaise.

– Non.

– Vraiment ?

– Bien sûr que non, dit-il. Pourquoi tu me demandes ça ?

– C'est juste que je n'arrête pas de penser. Je suis là, dans cet appartement, et j'arrête pas de penser. Même quand j'essaie de pas le faire.

– Gwen…

– Et je n'arrive pas à comprendre. (Elle marqua une pause, semblant hésiter sur la manière de dire ce qu'elle voulait dire.) Je réfléchis, et je me dis, peut-être que ce mec il a accidentellement giflé sa femme une fois, et maintenant, il essaie de se racheter ?

– Écoute, et si on…

– Ou si cette histoire qu'on raconte maintenant était vraie ? Si on baisait vraiment ensemble du matin au soir et du soir au matin ? Peut-être que je comprendrais. Mais je n'y arrive pas…

Matthew se pencha vers elle et la regarda enfin, pour la première fois depuis de longues minutes.

– Je pense que tu as fait ce que tu devais faire, dit-il. C'est tout.

– Mais tu ne me connais même pas.

– J'en sais assez sur toi.

Tu n'as pas fait ça pour moi. Voilà ce qu'elle pensait, mais elle n'arrivait pas à le dire. De toute manière, quelle importance ?

Alors elle dit :

– La dernière fois qu'ils ont appelé, il était minuit.

Matthew ne dit rien.

– Toutes les deux ou trois heures, l'un ou l'autre appelait. Maintenant, ça fait six heures, tout d'un coup.

– T'inquiète pas.

– Ça veut dire quoi, à ton avis ?

Il haussa les épaules.

– Ils pensent qu'ils nous tiennent. Dans cette situation, ne pas appeler te maintient autant aux aguets que s'ils appelaient effectivement. Peut-être même plus.

L'individu utilise un schéma de comportement abusif – physique, psychologique, ou même économique – pour asseoir son pouvoir sur son partenaire. Elle avait pratiquement mémorisé la « vérité », maintenant. Selon le prospectus.

Mais Matthew avait raison. Elle n'avait pas dormi de la nuit, attendant que le téléphone sonne. En fait, elle attendait qu'il sonne depuis qu'il était là.

L'auteur de sévices maintient son emprise par la peur et l'intimidation.

Si Matthew avait raison sur ce point, peut-être qu'il avait raison sur tous les points. Peut-être qu'il pouvait vraiment tout arranger, si elle lui faisait confiance.

Il méritait bien qu'elle lui fasse confiance, non ?

Pourquoi ne lui avait-il pas parlé de l'argent ?

Avait-elle confiance en lui ?

Juste à ce moment-là, comme si elle l'avait provoqué, le téléphone sonna.

La sonnerie déchira le silence de l'appartement comme une sirène. Gwen fit un bond sur sa chaise. Matthew tendit le bras calmement, et lui saisit la main. *Tout va bien.*

Elle aspira une grande bouffée d'air, prit le combiné sans fil et répondit.

– Oui.

– Kenna, dit une voix posée. Je suis en bas, à la porte.

Gwen ferma les yeux et expira. Marly.

– Je vous ouvre, dit-elle.

Une fois qu'elle eut raccroché, Matthew contourna la table, se pencha et déposa un baiser sur le sommet de sa tête.

– Ne t'inquiète pas, dit-il, tout ira bien.

– Tu t'en vas ?

– Il faut que je mette au point mon histoire. (Il lui caressa le bras du dos de la main.) Ce sera bientôt fini.

– Redis-le.

– Quoi ?

– Que tout va bien se passer.

Matthew prit le visage de Gwen entre ses mains et planta ses yeux dans les siens :

– Tout va bien se passer.

Il mentait tellement mal. Comment comptait-il s'en sortir ?

Pourquoi avait-elle tant besoin qu'il lui dise toutes ces choses ?

On frappa. Matthew alla défaire les verrous et ouvrit la porte.

Marly Kenna était là, le sac à l'épaule, le manteau ouvert, les joues légèrement rosies. Ses cheveux ressemblaient à des plumes.

Elle gratifia Worth d'un petit sourire narquois et hocha lentement la tête :

– Lieutenant Worth.

– Détective Kenna, répondit-il. Content de vous revoir.

Elle ignora cette dernière phrase, entra dans l'appartement et pointa un doigt en direction de Gwen.

– J'ai un compte à régler avec vous, jeune fille.

Tony et Ray descendirent jusqu'au fleuve, deux heures et demie avant l'aube.

Dimanche matin, après la chute de neige, Oncle Eddie avait râlé tout ce qu'il pouvait à propos de son bateau. Il ne l'avait pas encore hiverné. Mais bon Dieu, qui aurait pensé qu'il tomberait un demi-mètre de neige avant Halloween ?

Ils garèrent le 4×4 de Ray sur la 8e et marchèrent jusqu'au ponton. Il y avait trois autres bateaux amarrés dans la marina : deux petits hors-bords et le yacht de treize mètres d'Eddie. *L'Arc de Jeanne*.

Le niveau de l'eau était bien au-dessus de la ligne de flottaison des petites embarcations, tellement la bâche qui les recouvrait était alourdie par l'épaisse couche de neige. En ville, il ne faisait pas très froid, mais l'air au bord du fleuve était tellement glacé qu'on en avait les poils du nez tout givrés. Au-delà du ponton, au large, la lune aux trois quarts pleine dansait sur place, ondulant sur la surface liquide.

Ils montèrent sur le bateau d'Eddie et débarrassèrent avec leurs pieds le pont arrière de toute la neige qui l'encombrait. Des paquets de neige et des mottes détrempées tombèrent à grand bruit dans l'eau. Tony ouvrit la cabine avec la clé qu'il avait prise dans le bureau d'Eddie et la fouilla ; Ray inspecta la barre et tous les coffres de rangement.

Au bout d'une heure, ils étaient d'accord.

À part une petite réserve personnelle – deux ou trois grammes de coke dans une petite boîte en ivoire, planquée derrière la tapisserie, au-dessus de la couchette –, il n'y avait rien à bord. Ni came, ni arme, ni réserve en liquide. Pas de carnet d'adresses plein de codes bizarres. Rien qui pousserait les enquêteurs à chercher plus loin que la scène qu'ils avaient mise en place au magasin de meubles.

De retour sur le ponton, Tony prit le sac contenant les cassettes VHS des caméras de sécurité qu'il avait mises en pièces et le vida par-dessus la rambarde. Des éclats de plastique et de longs rubans noirs voletèrent jusqu'à l'eau.

Le courant emporta tout. Il était plus rapide qu'il n'en avait l'air.

Ils restèrent un moment, de plus en plus frigorifiés, en s'échangeant une pinte de Bushmills. Le fleuve qui coulait devant eux leur donnait l'impression que c'était le ponton qui bougeait, pas l'eau.

Petit à petit, le ciel commença à s'éclairer au-dessus des arbres qui bordaient l'autre rive. Ils auraient dû être partis depuis longtemps, mais Ray ne disait rien. Il se contentait de boire sa ration de whisky et de patienter.

Tony avala la dernière gorgée. Quand il n'y eut plus rien dans la bouteille, il la reboucha, tira son bras en arrière et la balança le plus loin possible. La bouteille toucha l'eau avec un petit clapotis, s'enfonça, puis réapparut à la surface quelques mètres plus bas.

Ils restèrent là dans l'aube naissante, à la regarder danser et se faire ballotter entre les morceaux de glace, flottant sur l'eau gelée. Bientôt, elle disparut.

Ray dit :

– Prêt à décoller ?

Une minute plus tard, Tony acquiesça d'un signe de tête.

Ils retournèrent à la voiture.

27

Il n'y avait que cinq minutes de voiture entre l'appartement sécurisé et le Commissariat Central sur Howard.

Worth arriva juste avant 7 heures. Il n'y avait pas beaucoup de circulation et les rues étaient couvertes de givre. Le centre-ville paraissait rayonner dans les premières lueurs du jour.

Il se servit de son badge pour entrer dans le parking, laissa son revolver à l'armurerie en arrivant. Il éprouva le besoin de se justifier. *Normalement, je n'ai pas mon arme de service en dehors de mes heures.* Mais l'employé leva à peine les yeux.

Worth entra.

Mark Vargas l'attendait à la sortie des ascenseurs, au troisième étage. Il avait un paquet de dossiers sous le bras, et de l'autre main il tenait un gobelet de café en papier. Son badge était accroché à sa ceinture.

– Viens par ici, dit-il.

L'étage était étrangement silencieux ; pas de sonneries de téléphone, pas de fax en train de couiner, pas de gargouillis de fontaines à eau. Une pause, à la frontière entre la nuit et le jour.

Worth défit la fermeture Éclair de son blouson et suivit Vargas. Ils passèrent devant des box et des bureaux ouverts, attirant quelques regards. À côté des salles d'interrogatoires, il vit un détective, debout près d'une imprimante, qui ne les quittait pas des yeux.

Le type lui paraissait familier, mais Worth ne parvenait pas à se rappeler son nom. La quarantaine, une calvitie naissante. Il portait un holster vide à l'épaule et souriait vaguement. Quand Worth réussit à attraper son regard, le type leva les poings, mimant un combat de boxe.

Un autre type assis à un bureau voisin mit sa main devant sa bouche. Il resta penché sur les documents qu'il était en train d'examiner.

Vargas regardait droit devant lui ; il continuait à avancer, ignorant tout le monde. Worth ne savait pas ce qui était le pire : le connard près de l'imprimante, ou le fait que Mark Vargas ne cessait de lui apparaître comme un type bien, finalement.

Leur échange devenu célèbre avait eu lieu à peu près à cette heure-ci. Mi-juillet. Les nuits avaient été chaudes, poisseuses, et c'était la fin d'une garde longue et pénible ; Worth était allé apporter un formulaire LD-512 qu'il avait oublié d'ajouter à son rapport sur un cambriolage aggravé, deux semaines auparavant.

Vargas retournait vers son bureau en lisant un document qu'il venait d'imprimer et en mangeant un beignet à la cannelle.

Worth ne se rappelait pas avoir prémédité quoi que ce soit. Il ne se rappelait même pas avoir décoché un coup de poing. Mais il avait vu Vargas arriver au moins trois secondes avant que celui-ci ne lève les yeux et ne le voie, lui.

Il n'avait jamais balancé un coup de poing aussi naturellement. C'était presque comme s'il avait regardé quelqu'un d'autre le faire. *Pop.*

Il se souvenait que le beignet avait volé. Que ses jointures avaient heurté des dents. Quand il avait raconté l'histoire aux frères Modell dans la réserve, Vargas s'était retrouvé les quatre fers en l'air, à se demander ce qu'il venait de se prendre dans la figure.

Mais ce n'était pas tout à fait comme cela que ça s'était passé. Vargas avait reculé d'un pas, c'était à peu près tout. Worth ne vit jamais arriver la riposte.

Plus tard, quelqu'un avait prétendu qu'il l'avait vu porter la main à son holster après que Vargas l'avait flanqué par terre. Son arme de service était sous clé, en bas ; en fait d'étui, il n'avait qu'un trou à la ceinture. Mais quelqu'un avait certifié qu'il avait bien fait le mouvement.

C'étaient des conneries. Worth se souvenait avoir les mains couvertes de son propre sang et ne plus rien y voir.

Ils avaient enregistré le commentaire au moment du rapport, simple formalité, mais personne d'autre n'avait pu corroborer la déclaration du gars. Pas même Vargas, qui se tenait pourtant juste au-dessus de lui, à ce moment-là.

Parce que c'étaient des conneries. Même s'il était à la masse depuis quelque temps déjà, Worth le savait, au plus profond de lui : il n'avait pas essayé de prendre son arme.

Ce n'était tellement pas quelque chose qu'il ferait.

Vargas déposa les dossiers sur son bureau et ils continuèrent à avancer. Ils croisèrent un policier en tenue qui allait dans l'autre sens et un groupe de détectives rassemblés dans un autre bureau. La salle de conférences était tout au fond, à l'extrémité nord-est du bâtiment, entre le coin café et la salle des archives.

Pas mal de gens les attendaient, là-bas.

Le cœur de Worth palpita un peu quand il entra dans la pièce, sur les talons de Vargas. Il reconnut certains visages ; les gens étaient tous assis du même côté de la table, tous face à la porte.

Son commissaire. Son délégué syndical. Regina Torres, le capitaine de Vargas. Roger Sheppard, de l'unité sud. Le sergent de Briggs et Salcedo, Levon Williams, du district nord-est.

À un bout de la table se trouvait le sous-directeur des Affaires criminelles. Et le sous-directeur des Unités de Voie publique.

Et il y avait d'autres gens qu'il ne reconnaissait pas.

Vargas ferma la porte derrière lui.

– OK, je ne sais pas qui se connaît, alors…

– Allons-y, directement, dit le sous-directeur Riley. (Il fit un signe de tête à Vargas.) On fera les présentations au fur et à mesure.

Le sous-directeur Pullman était assis à côté de Riley. Pullman était à la tête des Unités de Voie publique depuis cinq ans, et Worth n'avait jamais été beaucoup en contact avec lui. La quarantaine, des cheveux poivre et sel, une voix de gros fumeur. Il montra une chaise vide de l'autre côté de la table.

– Asseyez-vous, lieutenant.

Gina Torres avait des galons de capitaine, maintenant.

Elle et Worth étaient dans la même promotion à l'école de police. Ils avaient toujours partagé de grands éclats de rire tous les deux. Ils s'étaient perdus de vue, mais il avait souvent entendu dire du bien d'elle, ces dernières années. Et il en avait toujours été ravi.

L'an passé, elle avait fait les gros titres. Le plus jeune capitaine du département. Il avait eu l'intention de lui envoyer un mot, mais ne l'avait jamais fait. Et maintenant, le moment ne paraissait pas des plus appropriés pour lui présenter ses félicitations.

Elle dit :

– Quand avez-vous rencontré Miss Mullen ?

Worth répéta :

– En août, quand j'ai été détaché. Nous n'avons commencé à nous… voir que récemment.

Gina – pardon, le capitaine Torres – hocha la tête :

– Il y a cinq, six semaines, c'est ça ?

– Plutôt trois, rectifia Worth. C'était début octobre.

– Quelle raison aviez-vous d'omettre ce fait jusqu'à aujourd'hui ?

Le gars barbu à la chemise en jean, assis à côté d'elle, appartenait aux Stups. Le type à la cravate venait des Affaires internes. Aucun n'était intervenu jusque-là.

– Rétrospectivement, je me dis que j'aurais dû suivre ma première impulsion et appeler une autre unité par radio, dit Worth. J'ai laissé mon implication émotionnelle interférer avec mon jugement.

– Je ne vous ai pas demandé ce que vous pensiez que vous auriez dû faire rétrospectivement, lieutenant. (Torres leva le menton. *Je ne vais pas te lâcher sur ce coup-là, Matt.*) J'ai demandé pourquoi vous aviez choisi de ne pas informer votre supérieur de votre implication personnelle avec Miss Mullen et le sujet.

Worth jeta un œil en direction de son commissaire et obtint en retour un regard plein d'intérêt. Il se tourna vers l'autre côté de la table. Les visages étaient nombreux, les expressions se ressemblaient toutes.

– Je suis temporairement suspendu, en attendant ma réhabilitation, dit-il.

Le soupir qu'il ajouta était sincère. Décidément, cette partie était toujours très pathétique.

– Je suppose que je me suis dit que ce genre de choses n'était guère susceptible de plaider en ma faveur.

Il faillit ajouter une phrase. Quelque chose sur la réputation de la famille dans la police, la cérémonie de commémoration qui allait arriver. Sur l'ombre qui viendrait ternir le souvenir de son frère.

Mais il s'arrêta à temps. Avec toutes les limites qu'il avait franchies ces derniers jours – des limites qu'il ne se serait jamais cru capable d'approcher –, il n'allait pas exploiter la mort de son frère pour sauver sa peau. Worth prit cette décision irrévocable à cet instant précis.

Mark Vargas décrocha son pager de sa ceinture et regarda l'écran. Il lança un regard vers le capitaine Torres.

– Excusez-moi, dit-il.

Une fois qu'il eut quitté la pièce, Roger Sheppard intervint :

– Pour que ce soit versé au rapport, après l'effraction au domicile du lieutenant Worth, dimanche soir, j'ai demandé s'il avait une idée sur les possibles coupables. M. James a été cité.

Le sous-directeur Riley commenta :

– Concentrons-nous sur le récit du lieutenant Worth pour le moment. Nous ferons les comparaisons et les confrontations à mesure que les faits seront détaillés.

Le sens de cette phrase était très clair. *Gardons ce que nous savons de ce côté-ci de la table.* Les mêmes fondamentaux que Worth avait appris à appliquer sur le terrain s'appliquaient à lui aujourd'hui.

Neuf menteurs sur dix se tirent une balle dans le pied si vous vous écartez de leur chemin et les laissez faire.

Le barbu des Stups s'était présenté comme le détective Neil Granger. Il lança un regard à Riley, le sourcil interrogateur. Riley répondit par un signe d'assentiment.

– Et si on laissait de côté l'aspect… euh, l'aspect relation triangulaire ? dit Granger. À combien s'élève la livraison ?

– Je ne sais pas, répondit Worth.

– Comment est-ce possible ?

Il leur dit que Briggs et Salcedo paraissaient croire que lui et Gwen étaient en possession d'argent liquide. D'argent que Russell James, semblait-il, leur devait ou avait l'intention de livrer à quelqu'un d'autre.

Il leur raconta que ça avait apparemment mal fini pour Russell James. Il faisait cette supposition parce que Briggs et Salcedo avaient menacé de les faire accuser de meurtre s'ils ne leur donnaient pas le fric. Ce fric dont ni lui ni Gwen ne savaient quoi que ce soit.

– Ils n'ont jamais mentionné de montant.

Il passa le reste sous silence. *Puisque, personnellement, je n'ai pas connaissance d'argent volé, je n'ai aucun moyen de savoir de quel montant il s'agit.*

– Où et quand ?

– Je ne sais pas non plus. Ils nous ont dit qu'ils nous le feraient savoir.

– Quand ?

– Avant maintenant. (Worth tapota son poignet, histoire de dramatiser un peu la chose, mais il se rendit compte qu'il avait oublié de mettre sa montre.) Le délai de vingt-quatre heures est déjà dépassé.

– Dites-moi, intervint le détective Granger, en croisant les bras et en s'appuyant à son dossier. Qui est-ce qui parle, Tony ou Ray ?

– C'est surtout Briggs, dit Worth. Salcedo reste assez silencieux.

– Mais vous avez dit que c'est Salcedo qui a trouvé le moyen d'obtenir l'adresse de l'appartement.

– C'est exact.

– Lequel des deux appelle à l'appartement ?

– L'un ou l'autre, d'après Gwen. Je n'ai jamais été moi-même présent lors d'un appel.

L'enquêteur des Affaires internes prit enfin la parole.

– Vingt-quatre heures ?

Worth hocha la tête.

– C'est bien le délai qu'a donné Briggs.

– D'accord, poursuivit l'enquêteur, et le compte à rebours a commencé au moment où vous quittiez votre service hier matin.

– C'est exact.

– Vous êtes allé voir le détective Vargas hier soir à 21 heures, c'est bien cela ? (L'enquêteur se pencha en avant.) En faisant abstraction de votre manquement à tout respect de la procédure hiérarchique, dites-moi, lieutenant Worth, dites-moi avec vos mots à vous, qu'est-ce qui a pris quatorze heures de votre temps ?

Toute cette discussion autour de la chronologie avait déclenché la bombe invisible dans la tête de Worth ; les tic-tac résonnaient de plus en plus fort.

– Si on enlève les huit heures que j'ai passées à fouiller ma maison de fond en comble, répondit Worth.

(Il planta ses yeux dans ceux de l'enquêteur.) Je suppose qu'il m'a fallu une demi-journée pour décider de la manière dont je mettrais fin à ma carrière.

– Ressentez-vous le besoin d'user de sarcasmes, lieutenant ?

– Non, pas du tout… Fiston.

Du coin de l'œil, Worth vit Ginna baisser les yeux. Roger Sheppard garda les siens rivés sur le mur.

Le type n'avait que quelques années de moins que Worth. La repartie avait été facile. Il n'y avait pas un flic dans la pièce, gradé ou pas, qui appréciait particulièrement les Affaires internes. Surtout quand elles étaient représentées par des jeunes en début de carrière. Worth se sentait un peu minable d'user de cette ficelle ; il savait ce que c'était que d'être méprisé par ses collègues flics, et ce jeune gars ne faisait que son boulot. Mais Worth avait besoin de tous les points qu'il pouvait gagner.

Avant que Granger ne pose sa question suivante, la porte s'ouvrit à nouveau. Vargas passa la tête dans l'embrasure :

– Capitaine ?

Torres regarda derrière Worth. Puis elle se leva en disant :

– Continuez, je reviens tout de suite.

Par-dessus son épaule, Worth intercepta le regard que lui lançait Vargas. Quelque chose était en train de se passer.

Quelques minutes plus tard, le capitaine Torres réapparut. Il y eut à nouveau quelques échanges silencieux entre les huiles. Les chefs-adjoints et le commissaire de Worth se levèrent à leur tour et la suivirent.

Le détective Granger les regarda partir.

Il jeta un regard circulaire autour de la table, décida que clairement, l'action se déroulait ailleurs et leur emboîta le pas.

Le type des Affaires internes arriva à la porte tout juste après lui.

Pendant quelques secondes, il ne se passa plus rien.

Enfin, à l'autre extrémité de la table, le sergent Williams poussa un soupir. Il se leva lentement, s'étira consciencieusement et s'apprêta lui aussi à quitter la pièce.

En passant près de Worth, il lui posa une main sur l'épaule.

– Hé, Matty.

– Salut, sergent. Ça fait un bail.

Le sergent Williams portait un survêtement bleu foncé et des baskets blanches toutes propres. Worth ne l'avait pas vu depuis deux ou trois ans, mais Williams avait toujours une carrure de catcheur, et on aurait dit qu'il pouvait fracasser une pile de briques d'un coup de poing. Le sergent aurait dû avoir un poste de commandement, plusieurs années auparavant, mais Worth savait qu'il n'y avait rien de politique là-dedans. Levon Williams n'avait été ni doublé ni écarté. Levon Williams était heureux de faire ce qu'il faisait. C'était tout.

– Ça va, ton père ? demanda-t-il.

– Ouais, il va bien. (Worth haussa les épaules.) Toujours pareil.

Les médecins avaient pensé pendant des années que la cirrhose l'achèverait avant Alzheimer, mais ce salopard à la tête dure continuait à les faire mentir. Il patrouillait dans les couloirs d'Elmwood Manor en chaise roulante, terrorisant les infirmières. Il avait complètement perdu la boule. La moitié du temps, il prenait les infirmières pour sa femme, Matthew pour Kelly, et il était persuadé que son voisin de chambre voulait sa mort.

– T'arrives à le voir régulièrement ?

Worth hocha la tête.

– Généralement, une fois par semaine. Au minimum, tous les quinze jours.

– C'est bien.

Williams serra un peu l'épaule de Worth.

Puis il partit avec tout le monde. Il ne restait plus que Worth et son délégué syndical assis là, tout seuls, à se regarder d'un bout à l'autre de la table.

– Tu aurais pu appeler, dit le délégué syndical.

– *Papa.*

John cligna des yeux.

– Qu'est-ce qu'il y a, chérie ?

– Je t'ai demandé si tu voulais encore des toasts. (Liz fronça les sourcils, s'essuya les mains et s'approcha de lui.) Tu es complètement à l'ouest ce matin. Tu te sens bien ?

– Parfaitement bien, répondit-il. Je lis.

Elle posa la main sur son front, malgré tout.

On aurait dit qu'il venait de subir une transplantation cardiaque, à en croire la manière dont elle le maternait. Bon sang, c'était comme s'il avait au moins quatre-vingts ans. John restait là et la laissait le traiter comme un convalescent. C'était de toute manière plus facile que de discuter.

Elle jeta un œil par-dessus son épaule au journal qu'il avait étalé devant lui.

– Qu'est-ce qui t'absorbe autant ?

Il ne lisait pas vraiment ; il ne pouvait détacher son regard d'une photo.

– Juste ça. Je te raconterai quand j'aurai fini.

– Bon, est-ce que tu veux encore des toasts ?

– Non, merci.

John n'avait pas aussi bien mangé autant de jours d'affilée depuis que Jean l'avait quitté, quinze ans auparavant.

Encore quelques jours, et il s'y habituerait. Il regarda Liz contourner la table, ramasser les bols à céréales vides des filles. Elle versa dans un même récipient tout le lait qu'elles avaient laissé, empila les trois bols, et posa les trois cuillères dans le plus haut des trois. Et en route vers le lave-vaisselle, sans un pas de trop.

Au-dessus de sa tête, John entendait la cavalcade du matin. Peu importait, semblait-il, l'heure à laquelle on se levait, ça se terminait toujours par une course effrénée juste avant de partir pour l'école.

Les premiers jours après son arrivée, John était complètement à cran. Il avait l'impression de se retrouver dans la chambre d'amis d'un zoo. Et comme si cela ne suffisait pas, Liz comptait tous ses cachets et ne le laissait pas boire plus d'une bière par jour. Elle l'obligeait à garder le déambulateur à côté du lit.

Mais John commençait à sentir un certain rythme dans ce chaos. Il en était même arrivé à l'apprécier.

Le mari de Liz, Bill, était ouvrier de ligne à la compagnie d'électricité ; depuis la tempête, il faisait des journées de quatorze heures. Il partait le matin, à 5 heures, et rentrait manger un dîner que Liz lui avait laissé emballé dans le frigo. Mais il avait toujours assez d'énergie pour aider les filles à faire leurs devoirs, ou passer un peu de temps à chahuter avec elles.

John avait toujours bien aimé son gendre ; ces derniers jours, son affection pour lui avait encore grandi. Quelque part au fond de lui, il savait que s'il avait été un peu plus comme Bill au même âge, il aurait une meilleure opinion de lui-même.

Liz emmenait les filles à l'école le matin, et travaillait à mi-temps au greffe du tribunal. Depuis que John était installé chez elle, elle était allée un soir à un conseil d'administration de l'école, un autre, à l'église pour une répétition de chorale ; elle avait distribué des bonbons pendant plus de quatre heures à Halloween, et découpé environ neuf cents bons de réduction dans le supplément du journal de mercredi.

Les filles avaient treize, onze et huit ans. La triple tornade déboulait dans la salle de bains deux fois par jour.

Ces dernières nuits, John avait mieux dormi que jamais depuis trois mois. En fait, même assis là, sa jambe fracassée ne semblait pas le faire autant souffrir.

Malgré tout, il aurait bien aimé pouvoir boire plus d'une misérable bière par jour. Mais dans l'ensemble, John commençait à sentir que se dissipait l'espèce de rideau brumeux qui formait une sorte d'écran entre lui et la réalité, et dont il n'avait même pas soupçonné l'existence.

Peut-être que ce salopard qui lui avait défoncé la gueule lui avait rendu service, finalement. Peut-être qu'à force de béquiller à la maison tout seul, il avait un peu perdu les pédales. Peut-être que le fait de rester enfermé à pleurnicher sur son sort n'avait fait qu'augmenter la douleur, tout ce temps-là.

La cavalcade descendit l'escalier et s'approcha de la cuisine. Les filles entrèrent, l'une derrière l'autre :

Natalie, la plus âgée, Emma, celle du milieu, et Zoé, la petite dernière.

– À plus, grand-père.

– Salut, grand-père.

– Salut, grand-père.

Trois bisous, trois câlins à la queue leu leu.

– Je reviens cet après-midi, dit Liz, en distribuant les cartes de cantine et en poussant tout le monde vers le portemanteau. Appelle si tu as besoin de quoi que ce soit.

John fit un signe de la main.

– Sois prudente au volant, chérie. Et vous les filles, revenez moins bêtes !

– OK !

– OK !

– D'accord.

Elles disparurent.

Après que la porte du garage fut refermée, et que le bruit du moteur du minivan se fut tu, le silence se déposa partout.

Lundi matin, John avait éprouvé un soulagement intense. Mardi, il avait encore apprécié la paix, le calme. Aujourd'hui, il découvrait qu'il était déjà impatient que finisse la journée d'école.

Bon sang. John se sentait seul dans la maison vide.

Il se hissa en position debout et contourna lentement la table jusqu'au plan de travail à côté de l'évier. Il se rajouta un peu de café chaud, posa la tasse pleine sur la table et refit le tour pour aller se rasseoir sur sa chaise, un pas après l'autre.

Quand il fut enfin installé, il reprit la rubrique du journal qu'il avait étalé devant lui. Liz et Bill étaient abonnés au journal d'Omaha en plus du *Plattsmouth*

Journal. John lisait le *World Herald* en prenant son café, comme à la maison.

Il aimait bien parcourir la colonne « Appel à témoins » sur la page de la ville. Cela faisait deux ou trois ans qu'ils l'avaient créée, depuis l'arrivée du nouveau chef de la police. Ils y donnaient des informations sur des suspects dans telle ou telle affaire, avec des numéros de téléphone pour qu'on puisse communiquer des renseignements, ce genre de choses.

Toute la semaine, il avait surveillé pour voir s'ils avaient du nouveau sur le cambriolage chez Matt. Rien, jusque-là.

Mais aujourd'hui, ils publiaient autre chose qui attirait son attention.

Il s'agissait d'un jeune, recherché pour violence conjugale. Ils avaient imprimé une photo du gars et une autre de sa voiture, côte à côte. Le type avait une gueule de voyou insolent, d'après John, mais ce n'était pas son visage qui le tarabustait.

C'était sa voiture.

Il était presque certain de l'avoir déjà vue. Et récemment, en plus. Une GTO noire de 71. Grand becquet, immatriculée *BadGoat* à l'avant et à l'arrière. Cette voiture avait quelque chose de particulier, et les plaques ne lui étaient pas inconnues.

Depuis son réveil, il cherchait dans sa mémoire. Entre la mauvaise qualité de son sommeil et sa perte de connaissance, les deux trois dernières semaines n'étaient plus qu'une bouillie de souvenirs informes.

BadGoat.

À part ses déplacements chez le médecin et sa visite chez son voisin dimanche soir, il n'était allé nulle part, il n'avait pas quitté son salon depuis des semaines.

Mais il avait vu cette voiture quelque part. Plus John y pensait, plus il en était certain.

Le numéro de téléphone était imprimé juste là, en caractères gras. Il ferait son devoir, et appellerait, pour une fois, s'il parvenait à se rappeler où il avait vu ces putains de plaques. Il sirota son café et réfléchit. *Bad-Goat.* Ce nom lui avait titillé les méninges, mais maintenant, il le rongeait carrément.

Bon Dieu.

Il n'était que 7 h 45 ; personne ne serait rentré avant 16 heures. Il n'avait rien de prévu. Et la maison était plus que calme.

John se dit qu'il avait tout le temps d'y réfléchir.

28

Tony Briggs voulait un petit déjeuner.

Le temps de parcourir la courte distance entre le bord de l'eau et le 4×4 de Ray, il avait tellement faim qu'il avait envie de flanquer un coup de poing à quelqu'un. Ils s'arrêtèrent chez *Manley's*, sur Military, et s'installèrent dans un petit box au fond.

Le secteur de Connelle. La meilleure serveuse du restaurant. Connie avait un cul comme un ballon de basket et des biceps gros comme des boas bien nourris. Elle n'écrivait jamais la commande, vous servait la meilleure came et savait remplir une tasse de café à une distance de trois mètres.

Il restait quelques tables libres à leur arrivée mais la cloche accrochée à la porte d'entrée ne cessait de sonner, et petit à petit, l'endroit se remplit complètement. Tony se commanda le « Manley Man Combo » : des gaufres, des œufs, du bacon, de la saucisse et une montagne de pommes de terre sautées graisseuses qui aurait fait caler n'importe quel convive à l'appétit normal.

Ray prit un verre de jus de tomate et une assiette de fruits.

Une assiette de fruits.

Bon Dieu. Tony ne savait même pas qu'ils servaient des fruits dans ce rade.

Ils mangèrent tranquillement, sans trop parler, le soleil se levant lentement entre les lamelles des stores. À peine audible dans le vacarme ambiant des conversations et des bruits de vaisselle, la radio personnelle de Ray se mit à crépiter doucement à côté du distributeur de serviettes en papier ; elle était réglée sur la fréquence commune à tout le service.

Ils reçurent l'appel à 7 h 35.

Sud-est à central, deux congères, deux. Agents sur place, renforts demandés.

Tony engloutit une bouchée d'œufs qu'il fit descendre avec une gorgée de café chaud. Il savait que c'était Oncle Eddie avant même d'entendre l'adresse.

Deux congères, ça signifiait deux corps. L'appel aurait pu dire deux viandes ou deux buffets, le sens aurait été le même. Le protocole radio du département n'avait pas changé, mais de nombreux policiers dans la rue avaient cessé d'utiliser les codes du manuel pour « homicide » ; c'était leur dernière trouvaille pour essayer d'éviter que des radio-amateurs ne débarquent sur les lieux du crime avant la police, avides d'action, et ne souillent la scène. Sans parler des médias.

La police était passée au numérique trois ans auparavant. Les équipements personnels comme celui de Ray coûtaient quatre fois plus cher que les vieilles radios analogiques que tous les autres agents possédaient.

Mais petit à petit, les pirates des ondes avaient rattrapé leur retard technologique. D'ici peu, ils seraient rencardés sur les codes. Ça finissait toujours par arriver.

Pour le moment, aberration voulait encore dire meurtre. Renforts voulait dire officiers de la criminelle, police technique et scientifique, camion-frigo.

Ray demanda :

– Ça va ?

– Tout baigne. (Tony se coupa un morceau de saucisse et le fit descendre avec du jus d'orange.) T'as pas fini ton melon.

Ray regarda son assiette.

Connie s'approcha avec le café.

– Comment ça va ? Cool ?

– Super, répondit Tony.

Elle lui remplit sa tasse à ras bord.

– Y t'est arrivé quoi, à ta tête ?

– Il a glissé sur une plaque de verglas.

– Faut faire plus attention, chéri. (Elle ajouta un clin d'œil.) Si ça s'trouve, le coin rasé repoussera pas.

– Ouais, répondit Tony, mais même, je serai toujours beau.

– Celui-là, alors…

Elle éclata de rire et s'en alla.

Pendant les deux ou trois minutes qui suivirent, Ray resta silencieux, les coudes posés sur la table, en train d'écouter la radio.

Plus rien qui valait la peine. Tony finit par l'éteindre.

– Je me demande qui a pris l'appel.

Un sourire en coin.

– Vargas, probablement.

– Putain. (Tony versa un peu de sauce piquante sur ses pommes de terre.) J'imagine que c'est comme ça que ça devait se passer, non ?

Ray rit doucement à cette idée, mais pas comme s'il pensait vraiment que c'était drôle.

– Hé, reprit Tony. T'as entendu, la mafia polonaise est de nouveau super active à Chicago ?

– Hein ?

– C'est vrai. (Tony hocha la tête. Il plia la dernière lanière de bacon avant de la mettre dans sa bouche, et la mâcha consciencieusement.) On vient de trouver deux nouvelles victimes, attachées ensemble au niveau de la tête. Balles tirées dans les mains.

Ray resta coi, comme s'il ne pigeait pas. Une seconde plus tard, il secoua la tête.

– Eddie la sortait souvent, cette blague. (Tony reprit sa fourchette et retourna à son petit déjeuner.) Chaque fois que j'essayais de dire quelque chose, de lui donner un petit conseil, il bottait en touche comme s'il valait pas un clou. (Il piqua les dernières pommes de terre sautées.) Il trouvait cette histoire hilarante.

– Ça lui ressemble bien.

– Ouais. Je suppose qu'il ne trouverait pas ça tellement drôle, maintenant.

– Sûrement pas, confirma Ray.

– Je ne veux pas qu'un connard traîne Tante Joan là-bas pour identifier le corps.

Tony avala du café, s'essuya la bouche. Il poussa son assiette sur le côté.

– Tu vois ce que je veux dire ?

Ray soupira :

– Ouais.

– Faut que je trouve un moyen d'y aller sans éveiller les soupçons.

– On y va, et c'est tout, répondit Ray. Quand tu seras prêt.

– Genre, on a entendu qu'ils faisaient des prix sur les salles à manger ? Et on s'est dit qu'on allait se pointer pour voir ?

– Genre, on était en train de déjeuner, dit Ray, et on a entendu l'appel sur ma petite radio.

Tony sourit.

– Ça, c'est tout nous. Toujours prêts, comme les scouts.

– Hé.

Ray parlait doucement. Le ton de sa voix était nouveau.

Tony reposa sa fourchette. Il prit son café, souffla un peu. Il en but une gorgée et regarda son équipier.

Ils avaient défoncé des portes. Ils avaient poursuivi des trous du'c jusqu'au fond de ruelles sombres sans savoir ce qu'ils avaient comme armes. Ils avaient bossé dans les services d'ordre, verbalisé des gens pour avoir jeté des détritus, et avaient subi des inspections techniques après des fusillades. Une fois, c'était l'an dernier, ils avaient failli voir sauter leur couverture après deux ans d'infiltration dans une toute petite pièce remplie de jeunes types féroces armés de revolvers.

Et Ray Salcedo n'avait paru que très rarement soucieux.

– Je suis vraiment désolé pour ton oncle, dit-il.

– Merci, mec. (Tony hocha la tête.) Moi aussi.

Ray baissa les yeux. Il attendit une minute avant de regarder à nouveau Tony.

– Mais cela change les choses. Tu t'en rends compte, non ?

– Évidemment.

Ray s'apprêtait à poursuivre, mais Connelle choisit ce moment précis pour s'approcher. Elle remplit à nouveau la tasse à café de Tony, ramassa leurs assiettes et installa toute la pile en équilibre sur un seul bras.

– Comment ça va, Connie ? demanda Tony. Et les enfants ?

Elle rit.

– Leur père ne veut toujours pas me verser la pension.

– Ah ouais, lequel ?

– Parnell.

– Sans blague ? (Tony prit une gorgée de café.) Il glande toujours à Towers ?

– Autant que je sache, oui.

Tony fit un signe de tête en direction de Ray.

– Peut-être que Ray et moi, on passera dans le coin.

Parce qu'on est comme ça, poursuivit-il intérieurement. *On prend soin de nos amis.*

– Ah ouais ? Passer pour faire quoi ?

– Lui faire une petite visite, répondit Tony. Tu vois, en toute amitié. Pour lui rappeler ses obligations légales. Qu'est-ce que t'en penses ?

– Eh ben !

Connie les gratifia tous les deux d'un sourire et reprit son service. Avant de lancer par-dessus son épaule :

– Tant que ça vous empêche pas de me laisser un pourboire.

Worth ne savait pas combien de temps s'était écoulé. Il ne portait pas sa montre, et il n'y avait pas d'horloge au mur. Vingt minutes, peut-être une demi-heure.

Assis là, il surprit quelques bribes d'information échangées à mi-voix, ou émises par les radios.

Le capitaine Torres fut la première à revenir dans la salle de conférence. Elle entra, jeta un regard circulaire et dit :

– Où est ton délégué syndical ?

– Il est allé aux toilettes, répondit Worth.

Il était parti un quart d'heure plus tôt. Worth avait apprécié ce moment de solitude.

Le capitaine Torres ressortit, inspecta rapidement l'étage, revint et dit en soupirant :

– Suis-moi.

Il se leva et lui emboîta le pas.

Gina contourna les dernières cellules de garde à vue et se dirigea vers les salles d'interrogatoire qui étaient au fond, dans l'autre coin. En chemin, Worth vit Vargas, assis à son bureau, au téléphone. Deux autres détectives enfilaient leur blouson en marchant vers les ascenseurs. L'un d'entre eux était le type que Worth avait vu avant, debout près de l'imprimante.

Elle ne s'arrêta pas. Worth la suivit.

Une fois arrivée dans la pièce, elle désigna une chaise et lui dit :

– Installe-toi.

C'était une salle d'interrogatoire semblable à toutes celles qu'il avait déjà vues, sauf que la moquette était neuve et qu'une grande baie vitrée donnait sur le centre-ville. Les stores étaient ouverts ; les rayons du soleil matinal projetaient de grandes bandes lumineuses sur la table.

Dans un coin, sur un chariot à roulettes, se trouvait un détecteur de mensonges. Il savait qu'il ne lui était pas destiné. Cela viendrait quand ils organiseraient quelque chose de plus formel par l'intermédiaire de son délégué syndical et de l'avocat qu'il finirait par prendre. Mais généralement, on ne laissait pas des détecteurs de mensonges traîner dans une salle d'interrogatoire. C'était exprès pour qu'il le voie.

Worth tira la chaise mais ne s'assit pas.

Il demanda :

– Suis-je en garde à vue ?

Autre soupir.

– Là, maintenant, tu veux dire ? Si tu ne poses pas la question, nous n'aurons pas besoin d'envisager d'y répondre. Contente-toi de t'asseoir et d'attendre. OK ?

Worth s'assit.

Comme le capitaine Torres s'apprêtait à quitter la pièce, il l'interpella :

– Gina ?

Elle s'arrêta et se tourna vers lui.

– Allez, dit-il. Tu me connais.

– Vraiment ?

– À ton avis ?

Le capitaine Torres le regarda droit dans les yeux. Worth sut à ce regard qu'elle n'avait pas encore décidé de la réponse à donner à sa question.

Mais elle revint vers lui. Baissa la voix.

– Mais qu'est-ce que tu fais *ici*, Matt ? Bon Dieu, Matt, que t'est-il arrivé ?

Worth ne savait pas quoi répondre. Il dit.

– J'ai entendu les discussions là dehors. Deux macchabées, alors ?

– Si tu as entendu, alors tu sais.

Deux corps, quelque part en ville. Il ne put s'empêcher de repenser à ce que Gwen lui avait dit : *C'est l'un ou l'autre qui appelle, toutes les deux ou trois heures. Et tout d'un coup, six heures sans appel.*

Ça veut dire quoi, à ton avis ?

– Il ne s'agit pas d'eux, n'est-ce pas ?

– De qui ?

– Briggs et Salcedo.

Elle le regarda.

– Qu'est-ce qui te fait demander ça ?

– Parce que nous n'avons pas eu de leurs nouvelles.

Deux plus deux, tu vois ? (Il montra son poignet, l'endroit où aurait dû se trouver sa montre.) C'est tout.

– Non, ce n'est pas eux.

Worth demanda :

– Mais qu'est-ce qui se passe ?

Le capitaine tira la porte jusqu'à ce qu'un cliquetis se fasse entendre.

– Écoute, dit-elle. Les Stups enquêtent sur Briggs et Salcedo depuis qu'ils sont revenus chez nous. OK ? Je choisis de croire que tu ne le savais pas déjà. Pour l'instant.

– Je ne le savais pas, Gina.

C'était tout ce qu'il pouvait faire pour continuer à paraître le plus neutre possible. Chaque fois qu'il faisait un pas en avant, quelque chose s'emboîtait. C'était comme si l'archange Michel, le saint patron de la police, le protégeait et le guidait.

– Je te le jure.

– Pas la peine, dit-elle. (Elle jeta un œil à son pager.) Je ne peux rien te dire de plus. Je ne devrais même pas te dire quoi que ce soit.

– J'apprécie que tu l'aies fait.

– Il vaudrait mieux que tu ne sois pas mêlé à tout ça, Matt. Je te le jure. Tu sais ?

Elle tourna les talons et ouvrit la porte. Le délégué syndical de Worth apparut, visiblement sur le point de frapper.

Gina ne se démonta pas le moins du monde.

– Nous sommes là.

Elle faisait au moins trois centimètres de plus que le délégué. Il monta sur ses pointes de pieds et se tordit le cou pour essayer de voir par-dessus son épaule : Worth était assis sur la chaise.

Il demanda :

– Qu'est-ce qui se passe ?

– Vous étiez aux toilettes, répondit-elle. Et moi, j'avais besoin de me repoudrer le nez.

– C'est une salle d'interrogatoire, fit-il observer.

– Bien vu.

– Est-ce que le lieutenant Worth est en garde à vue ?

Le capitaine Torres leva les yeux au ciel et sortit de la pièce sans répondre.

Le délégué dut faire un pas de côté pour la laisser passer. Après son départ, il resta planté dans l'embrasure de la porte, puant la cigarette et apparemment vexé.

– On n'est pas censés poser cette question, dit Worth.

– Supposons, dit Tony. Supposons que tu aies besoin de faire disparaître quelqu'un. Et sa super bagnole aussi. Comment tu t'y prendrais ?

Ray ouvrit le couvercle d'un compartiment du tableau de bord sous le rétroviseur et en sortit ses lunettes de soleil. Il les chaussa, attendit que s'ouvre une brèche dans la circulation et se déporta sur la file qui allait vers l'ouest.

– La question ne s'est jamais posée.

– Hé, vieux, t'essaie même pas.

– Je conduis.

– OK, laisse tomber, dit Tony. Demande-moi comment je m'y prendrais.

Ray jeta un coup d'œil dans ses rétroviseurs.

– Comment tu t'y prendrais ?

– Moi ? Facile. (Tony désigna un point derrière eux, vers l'est, vers le fleuve.) Je les emporterais, tous les deux, à cent ou cent vingt kilomètres de l'autre côté de la frontière de l'État, où mon frère possède une casse auto perdue dans la cambrousse. Il a tout le matos de démolition, pas vrai ? Et puis, du terrain. Un chouette terrain, loin de tout.

Le site Internet du département avait toute une section dédiée aux quelque vingt policiers qui étaient décédés en service dans la centaine d'années précédente. La page de garde contenait les mêmes noms que ceux qui étaient gravés dans le monument en marbre qui trônait devant le commissariat central. Sauf que sur le site on pouvait cliquer sur la photo de chacun des défunts et obtenir deux ou trois paragraphes d'informations complémentaires. Carrière, court récit de l'événement qui avait conduit à leur décès. Des citations de flics qui les avaient connus. Bref, les infos qui restent.

Ils étaient allés voir la fiche de Kelly Worth sur l'ordinateur de Ray, avant même l'arrivée de la tempête, samedi. Mais ils ne cherchaient rien de particulier à ce moment-là. Ils se rafraîchissaient simplement la mémoire.

– Ça semble parfait, dit Ray.

Sa voix paraissait morne.

– J'te crois, dit Tony. Bon, y a ce gamin qui se trimbale tout un paquet d'argent sale. Il s'est embarqué dans un truc, avec quelqu'un. Mais s'il disparaît ? Ils vont pas, genre, appeler les flics.

– Il a bien une maman quelque part.

– Peut-être. Qu'est-ce que j'en sais ?

– Il a forcément quelqu'un quelque part.

– Alors ?

– Alors, quelqu'un veut savoir où il est. Et les flics sont déjà à sa recherche.

– Ouais, mais combien de temps a passé déjà ? J'ai eu du temps pour arranger les choses. Commander un nouveau matelas pour l'appartement de ma nana, pour commencer. Faire le ménage et enlever tous les petits trucs qui restent.

– T'en oublierais forcément quelques-uns, dit Ray. Ils réapparaîtraient forcément, tôt ou tard.

– Et alors ?

– Et alors, un flic un peu malin, il demanderait à son équipier : et si t'avais besoin de te débarrasser d'une bagnole, tu ferais comment ? (Ray mit son clignotant, ralentit pour laisser passer la voiture d'à côté et se glissa dans la file de gauche.) Et l'équipier, il dirait : hé, tu sais quoi, ce type, il a un frère qui a une casse auto.

Tony sourit.

– Putain. Et moi, personne me regarde, *moi*. Puisque j'suis flic, moi aussi.

Ray secoua la tête.

– En plus, à ce stade, les flics malins ont parlé à assez de gens pour savoir de quoi il retourne. Ce type qui a disparu, il était embarqué dans quelque chose avec quelqu'un. Peut-être qu'il est en train de se planquer quelque part. Peut-être que…

Tony mima un revolver avec sa main. Il fit semblant de le pointer sur sa tempe, tira l'invisible gâchette et s'avachit sur son siège.

Puis il se redressa.

– N'importe comment, moi, j'crains rien.

– On dirait que tu as superconfiance en toi.

– Non. Y a pas de cadavre, y a pas de voiture. J'ai toutes sortes de rapports pour expliquer le fait que j'étais dans l'appartement du mec. Y a rien qui peut être retenu contre moi. Même les merdes, elles passent, avec le temps. Voilà un dossier qui ira aux affaires classées.

– Hum hum. (Ray tourna à gauche et prit vers le sud sur la 72e.) Y a quand même un problème.

– Lequel ?

– T'as pas de frère.

– Ah ouais. (Tony hocha la tête. Il attendit quelques secondes, avant d'enchaîner.) Mais l'autre connard, il en a un.

– Il en avait un, rectifia Ray.

– Tu es en train d'oublier quelqu'un. Tu passeras jamais détective, à ce train-là.

Tony eut un petit claquement de langue désapprobateur. Hier, il avait poursuivi les recherches tout seul.

– Le frère aîné, Vince. Qui vit à cent-vingt kilomètres de l'autre côté de la frontière de l'État.

– Laisse-moi deviner. Il a une casse auto.

– Effectivement, confirma Tony. Mais pas depuis toujours. Tu sais ce qu'il faisait avant ?

– Pas la moindre idée.

– Taulard. (Tony rit.) J'ai réussi à remonter jusqu'à lui. Toute une famille de flics. Et lui, un casier depuis trente ans. Le vilain petit canard, quoi.

Ray ne dit rien.

– Quelques séjours en prison, pour ceci ou cela. Deux ans de taule pour vol. (Tony gloussa.) Puis cinq années sur les dix de sa peine pour vol à main armée, ramené à vol simple.

Ray mit son clignotant à nouveau. Prit à droite.

– À une journée de route, qu'il a dit. Mon cul, dit Tony. C'est Grand Frère qui s'est occupé de tout. Et c'est lui qui garde le butin depuis le début. J'te parie ma part. Tu vois, finalement…

Sans un mot, Ray ralentit et quitta la rue, pour entrer dans le parking désert d'un magasin de vidéo abandonné. Il s'enfonça vers le centre du parking bordé de blanc, les pneus accrochant la neige fraîche. Il freina, s'arrêta et resta là.

– Qu'est-ce tu fais, putain ? demanda Tony.

– Ta gueule, dit Ray. OK ?

Tony s'enfonça dans son siège. Voilà donc la séance de confidences que Ray mijotait en silence depuis deux ou trois heures. Il avait mis le temps.

Tony regarda par la fenêtre, côté passager. Ce magasin de vidéo s'appelait Cinemarz jusqu'à il y avait quelques mois. Une petite entreprise privée, qui ne pouvait rivaliser avec les grandes chaînes. Maintenant, les vitrines étaient toutes passées au blanc ; des touffes de mauvaises herbes pointaient sous la petite couche de neige le long du bâtiment. Cet endroit lui fit penser à Eddie, pour une raison qu'il ne comprit pas.

– Dis-moi quelque chose, dit Ray.

Tony répondit :

– Vas-y.

– Toi et moi, depuis quand on est passés au meurtre ?

– Mais de quoi tu parles, putain ?

– Ce gamin, il avait même pas vingt ans, mec.

Ce n'est qu'à ce moment-là que Tony comprit ce qui tracassait tellement Salcedo. Il en fut carrément choqué.

– Tu parles de FUBU ? (Il s'était dit que Ray était à cran parce qu'ils étaient exposés. Mais ça ?) T'es sérieux, là ?

– C'était pas nécessaire, dit Ray.

– Hé, répondit Tony. Ce gamin, il voulait jouer dans

la cour des grands, il a vu ce que c'était. Quoi, tu préférerais qu'ils se mettent à la recherche de suspects ?

– Sans blague, c'était pas nécessaire.

– Oh, j'y suis, enchaîna Tony. C'est pas grave si les gangsters s'entre-tuent dans l'affaire, tant que toi et moi, on tire pas la gâchette, c'est ça ?

– C'est vraiment pas ça.

– Ah non ?

– Non, pas du tout. Et tu le sais.

– Alors, quoi ? Explique.

– Écoute, dit Ray. On est des frères, et ça, c'est du solide. Tu sais que je serai toujours derrière toi.

– Ça m'a pas une seule fois traversé l'esprit de te le demander.

– Mais je te connais, dit Ray. (Il se pencha et appuya un doigt au milieu du front de Tony.) Je sais exactement ce que tu penses, dans ta petite tête recousue.

Tony continuait à sentir le doigt de Salcedo sur son front, même après qu'il l'eut retiré. Et il n'aimait pas ça. Il demanda :

– Et qu'est-ce que je pense ?

– Tu penses qu'il n'est pas question, mais alors pas question du tout, que tu laisses ce Worth te doubler.

– *Nous* doubler, corrigea Tony. Pas vrai, équipier ? Je pense qu'il n'est pas question qu'on laisse ce mec *nous* doubler.

– Ce n'est pas *nous* qui avons descendu ce gamin sans raison. Ce n'est pas *nous* qui avons un oncle qui s'est fait exploser la tête.

Tony se redressa sur son siège.

– Vas-y, mec, crache le morceau. J'écoute. Dis ce que tu as à dire.

– C'était censé être un simple chantage, dit Ray. Bon rendement, pas de complications. OK ?

– Oh, je ne sais pas… (Tony réfléchit un peu.) Chantage, ça fait un peu comme si c'était nous les méchants.

– Appelle ça comme tu veux, de toute manière, ce n'est plus simple du tout. Tout est hyperexplosif maintenant. Et ça va le rester un bon moment.

– Et c'est ma faute ?

– C'est pas ce que je dis, poursuivit Ray. Ce que je dis, c'est qu'il faut qu'on commence à voir à long terme.

Il perdait son sang-froid. Pendant toutes ces années avec lui, Tony n'avait jamais pensé que ça arriverait. Mais c'était bien cela : Ray Salcedo lâchait. En plus de tout le reste.

– À part ça, mec, tu viens de perdre quelqu'un de ta famille, enchaîna son équipier, qui ne faisait qu'aggraver les choses. Peut-être que ça suffit, non ?

Tony laissa le silence s'installer pendant ce qui lui parut un temps approprié. Puis il dit :

– Tu es inquiet à l'idée que j'en fasse une affaire personnelle.

– Mec, c'est le cas depuis longtemps, déjà, fit remarquer Ray. Depuis que tu t'es fait assommer l'autre nuit. Et maintenant, c'est putain de personnel. (Sa voix se radoucit.) C'est pour ça qu'il est temps de faire marche arrière.

– Peut-être que tu as raison.

Ray le regarda droit dans les yeux.

– Je veux l'entendre de ta bouche.

– Entendre quoi ?

– Que tu piges. Que nous sommes sur la même longueur d'onde.

– Je pige. Nous sommes sur la même longueur d'onde.

Ray le regarda longuement.

– OK, dit-il enfin.

Tony hocha la tête.

– OK.

Ils repartirent.

29

La température augmentait lentement à mesure que le soleil montait, un disque d'ambre dans un ciel turquoise.

Vince arriva du site d'enfouissement vers midi et demi. Pendant les heures où il avait été absent, la route qui s'enfonçait dans les collines s'était transformée en une bouillie collante de neige à moitié fondue. Il suivit les traces de pneus toutes fraîches qui remontaient jusqu'à Junk Monkey. L'espoir grandissait avec chaque mètre parcouru.

Quand il s'engagea dans l'allée, sa déception fut immense.

Il avait espéré que ces traces signifiaient le retour de Rita à la maison. Au lieu de quoi, il se trouva nez à nez avec le shérif du comté qui descendait à sa rencontre.

Le shérif lui fit un signe de la main, et ils s'arrêtèrent côte à côte. Vince descendit sa vitre. Le shérif ouvrit la sienne.

– B'jour, dit Vince.

Le shérif Myron Poole leva le menton :

– Salut, Vince. Apparemment, j'ai plus de chance que je ne croyais.

– Qu'est-ce qui se passe ?

– T'as une minute ?

– Bien sûr.

– Je fais demi-tour, dit Poole.

Ils remontèrent vers la maison. Vince surveillait le Bronco du shérif dans le rétroviseur. Il entendait son cœur battre la chamade. C'était la première fois depuis des années qu'il retrouvait cette sensation : ce serrement de cœur qui se produisait dès qu'on avait la loi aux fesses. Il revenait sacrément vite.

Garde la tête froide, bon Dieu.

Il n'avait aucune raison de s'inquiéter. Ils devaient avoir besoin qu'il leur donne un coup de main avec sa remorqueuse, rien de plus. Vince se gara devant la maison, sortit de son camion et attendit que le shérif le rejoigne.

Poole descendit de son Bronco et claqua la portière. Il avait rentré le bas de son pantalon dans ses Rangers montantes. Il avança vers Vince.

– Ça se réchauffe, dit Vince.

– Ouais. (Poole eut un mouvement de la tête vers la fumée brune qui montait de l'incinérateur, au loin, où Vince brûlait des ordures, du compost et des cadavres d'animaux depuis deux jours.) Jour des ordures, hein ?

– Ouais. Je rentre juste de la décharge.

– C'est ce que Rita m'a dit. Je suis arrivé juste au moment où elle partait. J'l'ai aidée à charger ses valises.

Vince eut un petit pincement dans le ventre. Elle n'aurait pas pu mieux planifier les choses, comme si elle avait surveillé les alentours à la jumelle.

Dimanche soir, après qu'il lui avait montré l'argent, qu'il lui avait raconté tout ce qu'il avait fait et tout ce qu'il savait, elle s'était habillée et était partie avant même qu'il ait fini de parler.

Il savait bien qu'elle reviendrait à un moment, ne

serait-ce que pour prendre des vêtements de rechange. Il lui avait laissé un mot sur la table de la cuisine, au cas où elle rentrerait en son absence. *De retour dans une heure. Attends-moi, chérie. Ne pars pas.*

Elle était bien venue. Mais elle ne l'avait pas attendu. Il ne l'avait pas croisée en route.

– Entre, dit-il au shérif.

– Non, répondit Poole, merci, mais je ne peux pas rester longtemps.

Poole faisait quelques centimètres de moins que Vince, et était deux fois moins large. Il avait le teint rougi par le feu du rasoir, et le regard vigilant. Ils avaient à peu près le même âge, mais le shérif avait trois filles déjà grandes. Vince avait remorqué l'une d'entre elles quelques années auparavant, quand la fille et son cabriolet s'étaient retrouvés dans le fossé. Depuis, il faisait quelques remorquages pour le comté, histoire d'arrondir ses fins de mois.

– Tout va bien, shérif ?

Poole hocha la tête.

– Y a un petit truc dont nous devrions parler, je crois.

Vince fourra ses mains dans les poches de son bleu. La température avait atteint les dix degrés, dehors, et il avait au moins trois couches de vêtements en trop. On entendait gargouiller l'eau dans les gouttières ; au loin, dans les arbres, on aurait dit qu'il pleuvait.

– J'ai reçu un appel ce matin de ta ville d'origine, dit Myron Poole. Une certaine capitaine Torres, de la police d'Omaha. Il y a deux heures environ.

Vince sentit quelque chose se serrer dans sa poitrine. Ils n'avaient pas besoin de lui et de sa remorqueuse. Il le savait. Il l'avait su à la minute où il avait vu la voiture de Poole.

– Merde.

Le shérif Poole le regarda bizarrement.

Vince ajouta :

– Que s'est-il passé ?

– Qu'est-ce que tu veux dire ?

– Matty. (Vince s'était toujours attendu à quelque chose de ce genre. Et maintenant, il ne voulait pas entendre.) Que s'est-il passé ?

– Oh, dit Poole en agitant la main. (Il parut contrit, peut-être même un peu soulagé.) Zut, Vince, je suis désolé, je n'ai pas réfléchi. Ton frère va très bien, du moins, à ma connaissance. Désolé de t'avoir fait peur.

– Bon Dieu. (Vince laissa échapper un long soupir. *Te laisse pas démonter.*) Ouais, OK.

– L'appel te concernait, toi.

Poole croisa les bras et baissa la tête. Peut-être qu'il réfléchissait, ou alors il comptait les cailloux qui affleuraient dans la boue de l'allée.

– J'imagine qu'il aurait mieux valu que je ne vienne pas jusqu'ici. Disons que j'ai hésité un bon moment avant de prendre cette décision. (Il hocha la tête, comme pour lui-même.) Le fait est que, pour moi, t'as toujours été un type vraiment fiable, Vince, et je sais que t'es clean dans ton business avec les gens. Et je ne connais personne dans le coin qui pense autre chose que du bien de Rita. Alors j'ai décidé qu'il valait mieux que je vienne d'abord te voir pour discuter.

Quand Poole releva la tête, Vince observa ses yeux. Il ne parvint pas à y lire grand-chose.

– De quoi allons-nous discuter ?

– Apparemment, la police d'Omaha veut que je

demande au procureur du comté une commission rogatoire pour effectuer une perquisition, dit Poole. Une perquisition sur ton terrain.

– Une perquisition ? Mais pour quoi faire ?

– Je ne connais pas encore tous les détails. (Poole mentait sur ce point. Vince en était certain.) Mais d'après eux, ils en savent assez pour envisager de rechercher un objet volé ici.

– Quel objet volé ?

Poole leva les deux mains. *Tout doux.*

– Écoute. La vérité, c'est que quelque chose comme ça s'est déjà produit, une fois. C'est juste que je ne t'en ai jamais parlé.

Vince planta ses yeux dans ceux de Poole.

– De quoi est-ce que tu parles, putain ?

– C'était il y a sept ou huit ans.

Le shérif Poole haussa les épaules.

– Je ne t'ai pas demandé il y a combien de temps c'était.

– La patrouille fédérale avait ramassé un type, et il s'est avéré que c'était un de tes vieux potes, en cavale, dit Poole. Cela ne faisait que quelques années que tu avais été libéré sous caution, tu te souviens ? Bref, ils ont appelé, ils cherchaient un chargement de fours à micro-ondes.

– Des fours à micro-ondes ?

– Je ne sais pas si leur suspect essayait de se défiler ou si tu étais juste le premier endroit où ils avaient pensé chercher.

Vince se demanda si le shérif était en train de parler de Buck Lavelle. Il se souvint que Buck était passé par une phase petit électroménager.

– Le truc, c'est qu'ils ont retrouvé leur marchandise

dans un entrepôt, quelque part, l'après-midi même. (Poole sourit.) Ils m'ont rappelé, se sont excusés pour m'avoir fait perdre mon temps. Et ça a été tout.

– Bon Dieu, dit Vince.

Connard de Buck Lavelle. Il se souvenait, maintenant, pourquoi il avait arrêté de fricoter avec ce trou du'c, autrefois.

– J'ai raconté cette histoire au capitaine Torres ce matin, dit le shérif Poole. Et je lui ai aussi dit qu'il fallait qu'ils me donnent un peu plus que ça pour me convaincre. Mais j'ai comme l'impression que ça, elle le savait déjà.

Plus Myron Poole parlait, mieux Vince comprenait le but de sa visite. Il prétendait que cela s'était déjà produit par le passé, et pourtant, c'était aujourd'hui la première fois que Vince en entendait parler.

Parce que cette fois, c'était différent. Quoi que le capitaine Torres de la police d'Omaha ait dit, cela n'avait peut-être pas suffi à envoyer le shérif demander une perquisition, mais cela l'avait quand même poussé à se déplacer jusqu'ici.

– Écoute, Vince. (Le shérif Poole garda les bras croisés, et recommença à fixer ses pieds.) Je sais que tu as une histoire un peu chargée. Je sais aussi que tu as bossé dur pour rester clean, toutes ces années.

– C'est sacrément vrai, dit Vince.

Tout en pensant : *Ça fait même pas une semaine.* Matty, le brillant frangin, avait tout organisé. Et ils n'avaient même pas tenu une semaine.

– Je sais aussi que vous deux, vous avez un peu de mal, ces derniers temps. (Poole regarda la décharge.) Côté fric, j'veux dire.

Vince commenta :

– On s'en sort.

– Je sais que vous vous en sortez. (Poole finit par le regarder en face.) Je sais aussi que tu as remorqué un véhicule pour moi, il y a treize mois de ça. Mon tout nouvel adjoint, ce jeune de vingt et un ans, que j'ai fini par licencier deux mois plus tard, de toute manière, il avait oublié une saisie de liquide, 5 600 dollars, bien visible sur le tableau de bord. Tu as eu ce véhicule plus d'une heure en ta seule possession.

Vince ne pipa mot.

– Mais cet argent s'est retrouvé avec les autres preuves, et jusqu'au dernier centime, dit Poole. Il n'aurait pas été très difficile de glisser une paire de billets de cent dans sa poche et de faire comme si un bleu s'était trompé dans le compte. En particulier, quand le bleu est un gamin dont tout le monde savait qu'il était incapable de retrouver sa tête, même avec ses deux mains et un GPS.

– Ouais, bon. (Vince regarda au loin, vers la fumée qui montait de l'incinérateur.) Ça, c'était il y a treize mois, tu l'as dit.

– Putain, dit Poole. Moi, je crois pas que les gens, ils changent tellement en un an. Pas sur les trucs importants, du moins. Je voulais juste venir te voir en ami, venir vous dire, à Rita et toi, qu'il se pourrait que je revienne. Avec d'autres types, je suppose. Si on en arrive là.

– Rien à cacher ici, shérif. Venez donc.

– J'étais sûr que tu dirais ça. Et c'est exactement ce que j'ai dit au capitaine Torres.

Le shérif Poole lui tapota le bras et partit vers son Bronco. Par-dessus son épaule, il lança :

– Dis à Rita que j'espère que sa mère va vite se rétablir.

– Je le ferai, dit Vince.

La mère de Rita était plus en forme que Vince et Myron Poole réunis. À soixante-dix ans, elle faisait un jogging de dix kilomètres tous les jours.

Tandis que Poole montait dans sa voiture, Vince dit :

– Shérif ?

– Ouais ?

– Merci pour le coup de main avec les valises.

– C'était pas grand-chose. Comme j't'ai dit, je suis arrivé juste au moment où elle partait.

Vince essaya de mettre un peu de rire dans sa voix.

– Juste par curiosité, elle a pris combien de bagages cette fois ?

– Oh, j'dirai qu'elle est plutôt bien équipée. (Poole rit.) Trois grandes valises et deux ou trois, comment on les appelle, des housses à vêtements. J'étais pas sûr qu'on arriverait à fermer le coffre.

Elle n'emportait jamais plus d'une petite valise. Quelques vêtements de rechange et un ou deux blocs de papier à dessin. *Je reviens très vite*, disait-elle toujours.

Poole referma sa portière et agita la main par la fenêtre.

Vince lui rendit son salut. Il regarda le shérif faire demi-tour, descendre l'allée et disparaître dans le virage.

Le soleil était doux, le ciel était bleu.

Tout autour de lui, le terrain donnait l'impression d'être en train de changer de forme. Les congères et les crêtes se déplaçaient, s'écroulant les unes après les autres. Quelques jours auparavant, tout était blanc.

Bientôt, les dernières mottes de neige fondraient dans la boue.

Vince resta là longtemps après le départ du shérif, le regard perdu dans le lointain, parfois arrêté par la colonne de fumée.

Contrairement à ce que lui avait fermement recommandé son délégué syndical, Worth n'avait pas l'intention de faire appel à un avocat. Pas encore.

La nouvelle s'était rapidement répandue. Vargas passa la tête dans l'embrasure de la porte quelques minutes à peine après que le délégué syndical était parti chercher à déjeuner.

– Hé, dit Vargas, tu peux venir faire un tapissage ?

– C'est une blague ? dit Worth.

– Non, sérieusement.

– Tu veux que je fasse un tapissage ?

– C'est pas ce que tu crois, dit Vargas. Nous avons seulement besoin de figurants. Ça devrait pas prendre trop de temps.

Worth le regarda.

Ils n'avaient pas besoin de figurants.

Il serait idiot de dire oui. Si son délégué syndical avait été là, il aurait ri au nez de Vargas pour avoir simplement essayé.

Worth se demanda qui ils avaient appréhendé. Un voisin de chez Gwen ? Quelqu'un de la maison à côté ? À cette pensée, il en eut les boyaux retournés. Une certitude sinistre. C'était le point faible le plus sensible de tout son château de cartes. Quelqu'un avait vu quelque chose.

– Allez, dit Vargas. C'est pas comme si tu avais mieux à faire.

Il serait idiot d'accepter.

Mais s'il refusait, il donnerait l'impression de ne pas vouloir rendre service en jouant les figurants dans un tapissage de routine.

S'il disait à Vargas d'attendre le retour de son délégué syndical, il aurait tout aussi bien pu appeler un avocat des heures avant. Plus que jamais, et plus que toute autre chose, il fallait que ses collègues flics le considèrent comme l'un des leurs. C'était lui qui était venu à eux. Pas Briggs et Salcedo. Sa position était celle de l'honnêteté. Pas la leur.

À la minute où il brandirait un droit et essaierait de s'en servir pour se protéger, tout ce qu'il avait fait jusqu'à maintenant serait perdu.

Worth respira un grand coup et dit :

– Bien sûr.

– Désolé.

Vingt minutes plus tard, Mark Vargas l'emmena dans une autre pièce et ferma la porte.

Worth ne laissa aucune expression transparaître sur son visage.

– Désolé pour quoi ?

Ils étaient dans une salle d'audition, maintenant. Petite, sans fenêtre. Une table et quelques chaises. Il y avait un poste multimédia avec un moniteur couleur, un magnétoscope et un enchevêtrement de câbles qui pendaient derrière.

Vargas alla jusqu'au poste et l'alluma. Une image vidéo de l'une des salles d'interrogatoire se dessina en tremblotant.

Tandis qu'ils regardaient l'écran, un détective

escorta un gamin maigrichon jusqu'à la table, le fit asseoir, fit un clin d'œil à la caméra et disparut.

– Derek Price, dit Vargas. La patrouille sud-est l'a récupéré ce matin aux urgences de Bergen Mercy. Le bureau du procureur envoie quelqu'un.

Worth donnait au gamin entre dix-huit et vingt-deux ans. Il avait un piercing dans une narine. Ses deux bras étaient couverts de tatouages, du bas des manches de son T-shirt jusqu'aux poignets. Il avait des cheveux noirs raides coupés courts derrière, plus longs devant, qui lui faisaient un rideau gras devant les yeux.

– Tu as dit Price ?

– C'est ça. Tu le connais ?

– Non, dit Worth. Mais je reconnais son nom.

– Comment ça ?

– Gwen a dit qu'il est venu la voir à l'hôpital, dit Worth. Price et un autre gars. Tous les deux des amis de Russell James. La détective Kenna leur a parlé.

– Tu te souviens pas, par hasard, du nom de l'autre type ?

– Mather, dit Worth. Son prénom, c'est Troy, je crois.

– Décédé en arrivant à Mercy, dit Vargas. Il est arrivé à 0 h 45 avec une balle dans la poitrine et il avait perdu près de quatre litres de sang sur le siège passager de l'Audi Quattro de Price. (Vargas regarda Worth.) T'es sûr que tu l'as jamais vu avant ?

– Je me souviendrais des tatouages.

– Ouais. (Vargas hocha la tête.) Il ne t'a pas reconnu non plus.

Worth commença à comprendre.

Le tapissage avait été organisé pour Derek Price. C'était Price qui était de l'autre côté de la glace. Vargas avait essayé de faire un lien et n'en avait pas trouvé. Worth avait coupé un autre fil et n'avait toujours pas sauté.

De combien sa cote était-elle montée ?

– Price n'est pas le coupable, dit-il, pour voir.

– Selon Price, Mather l'a appelé après s'être fait tirer dessus.

Vargas fouilla dans un dossier et tendit à Worth une feuille de papier. C'était une copie d'une photo, étiquetée avec un numéro d'indice. Un téléphone portable couvert de sang trouvé sur le trottoir.

– Initialement, Price a prétendu être allé en voiture de son appartement à celui de Mather pour l'emmener aux urgences.

– Initialement ? releva Worth.

– Quelque chose ne collait pas, dit Vargas. Si on se basait sur la quantité de sang à l'appartement, celle qu'on a trouvée dans la voiture, l'heure où a été passé l'appel, l'évaluation de la blessure par l'interne de garde… Price a soit récupéré Mather plus tôt que ce qu'il prétend, soit il l'a emmené plus loin. D'une façon ou d'une autre, il y a quelque chose qui cloche dans la chronologie.

Worth dit :

– Hum.

Price avait ramassé Mather à l'angle de la 72e et de Q, dit Vargas. Les traces de sang menaient six pâtés de maisons plus loin dans la direction opposée, jusqu'à l'entrepôt d'un magasin où Price et Mather travaillaient : Tice is Nice, Meubles de Qualité, Discount et Occasions.

– C'est là que Russell James travaillait, dit Worth.

Tu te rappelles les messages sur son portable ? Ils venaient presque tous de chez Eddie Tice.

Vargas hocha la tête.

– Mort lui aussi. Ainsi qu'une troisième employée, Darla Mackler.

Trois corps.

– Bon Dieu. Tu plaisantes ?

Pas étonnant que l'ambiance ait chauffé. Trois cadavres, cela faisait près de 10 % du taux annuel d'homicides dans cette ville. Tout ça en une seule nuit.

Et tout ça autour de Russell James.

– Eddie Tice avait un neveu chez nous, reprit Vargas. Drôle de coïncidence.

– C'est qui ?

– Tony Briggs.

Pas possible.

Vargas ajouta :

– Et il y a autre chose.

Worth ne savait pas quoi répondre. Il se sentait presque léger.

– La détective Kenna et Gwen Mullen sont ici.

– Ici, au commissariat ?

Vargas approuva du chef et conclut :

– Briggs a appelé l'appartement sécurisé avec des instructions pour la livraison de l'argent, il y a une demi-heure.

30

Quelques mois après avoir repris les patrouilles régulières, Tony Briggs et Ray Salcedo étaient les meilleurs en poursuites de tout le district nord-est. Ils étaient en tête pour les arrestations de dealers – probablement grâce à la connaissance des marchés et des protagonistes qu'ils avaient acquise lors de leurs deux années de mission aux Stups.

Mais les irrégularités constatées lors de leurs opérations clandestines – y compris des écarts entre les quantités de drogue et les montants de cash saisis lors d'une opération conjointe de la police d'Omaha et des Stups sur le projet immobilier d'Orlando Heights, l'année précédente – avaient attiré l'attention de la Police des polices avant même qu'ils remettent leur uniforme.

– Au vu de leurs arrestations, nous avons suspecté Ray et Tony de manipuler le marché dans certains secteurs, dit le détective Neil Granger.

Il remonta ses manches et positionna le micro émetteur qu'il avait installé sur la poitrine de Worth. Worth grimaça quand le scotch lui arracha des poils.

– Il y a deux mois, poursuivit Granger, après que les Latinos ont été durement touchés par les Services de l'Immigration et des Douanes, nous avons commencé à voir apparaître de nouveaux produits.

L'Opération « Community Shield ». En janvier,

l'année précédente, des agents de l'Immigration et des Douanes, de l'unité antigang et des policiers en uniforme du district sud-est, y compris Worth lui-même, avaient arrêté et/ou expulsé plus de cinquante membres clés des gangs Mara Salvatrucha, Sureños, Lomas et d'autres, qui contrôlaient la distribution de cocaïne et de méthamphétamine, ces dernières années.

L'opération avait démantelé le trafic latino à court terme. Mais dans les années qui avaient suivi l'assassinat de Kelly, la plupart des organisations blacks dans le Nord-Est avaient sombré en plein chaos, plongeant dans la guerre de territoires et le meurtre gratuit. Le moment était parfait pour qu'une nouvelle équipe s'installe dans le coin.

– En vingt ans, je n'ai jamais vu de gros marché de l'héroïne, dit Granger. Pas ici, en tout cas. Mais tout d'un coup, nous voyons des dealers de crack et de méthamphétamine se balader avec des sachets de dix grammes de blanche de Chine. Et elle n'arrive pas par les Salvadoriens ou les Mexicains.

Le changement de physionomie du marché que le détective Granger décrivait coïncidait en gros avec le retour de Briggs et Salcedo dans la patrouille.

Worth était encore marié à ce moment-là, se dit-il. Plus pour longtemps, mais il l'était encore. Il lui paraissait à peine possible qu'entre ces deux moments, il ne se soit pas même passé un an.

– C'est bien, là ? demanda Granger.

Le technicien, de l'autre côté de la vitre, ajusta ses écouteurs et dressa les pouces en signe d'assentiment.

– Avant que le procureur n'arrive ici, nous avons expliqué les spécificités de l'homicide involontaire à

Derek Price, dit Mark Vargas. Depuis, il se montre très coopératif.

– Selon Price, l'argent que Tony et Ray recherchent était censé être en route pour Chicago, poursuivit Granger. Price dit que Russell James faisait la mule : il livrait la marchandise de contrebande et rapportait de l'argent.

Il demanda par gestes à Worth de reboutonner sa chemise et inspecta sa poitrine pour vérifier que rien ne se voyait.

– Price et Mather distribuaient le produit aux dealers avec des camions de meubles, dans des cartons de téléviseurs, ou je ne sais trop quoi, dit Granger. Price dit que les livraisons suivaient toujours les mêmes itinéraires. Ray et Tony s'occupaient de la protection et géraient les bagarres au niveau de la rue.

Du coin de la pièce, le capitaine Torres dit :

– Et vous savez quoi ? Selon les dernières statistiques, la violence liée à la drogue est en baisse dans le district nord-est. Marrant, non ? (Dans son sourire, Worth revit la Gina Torres qu'il avait connue à l'académie de police.) Pas mal, pour la police municipale…

– Des pros de la lutte contre le crime, Ray et Tony. (Granger fit signe à Worth de déboutonner à nouveau sa chemise.) Ils nettoient la rue en éliminant un camé après l'autre. Comment tu te sens ?

Worth haussa les épaules.

– Comme quelqu'un qui a un micro scotché à la poitrine.

– Bien, ça veut dire que ça marche.

Granger posa deux bandes de scotch supplémentaires à la base du micro et demanda :

– Ça passe toujours ?

Second lever de pouces de la part du technicien.

D'après Levon Williams, Tony Briggs s'était vu accorder un congé exceptionnel pour raison familiale urgente, l'après-midi même. Ray Salcedo était venu au rassemblement comme d'habitude, sans doute pour sauver les apparences.

La seule véritable surprise était que la livraison d'argent n'allait pas être une livraison, après tout.

Ça allait être une rencontre. Ajoutant ainsi une péripétie supplémentaire que Worth n'avait pas anticipée, l'appel de Tony Briggs avait consisté à fixer un rendez-vous face à face, en public, dans un bar du centre-ville.

Worth avait l'impression qu'il atteignait le cœur de la bombe.

Il devenait difficile de suivre les fils dans cet ultime enchevêtrement. Il y avait des mensonges déguisés en vérités. Des détonateurs interconnectés. Comment connaître le nombre de variables en jeu ? Toutes tournaient autour d'un fait simple, insaisissable, mais indéniable.

– Russell James a clairement été sorti du paysage, dit le nouveau type.

Son nom était Terry Farmer, un agent spécial de la Direction des Stups d'Omaha. Il était arrivé au commissariat central l'après-midi même.

– Ce qui nous laisse un paquet de cash encore introuvable, des règlements de comptes en interne dans l'équipe de Tice, et maintenant, un vide de pouvoir, dit l'agent Farmer. Si Briggs et Salcedo sont tout à coup prêts à parler affaires, peut-être que nous pouvons avancer sur la piste de leurs fournisseurs à Chicago.

Worth intervint :

– Qu'est-ce qui vous fait penser qu'ils veulent parler affaires ?

L'agent Terry Farmer l'effleura du regard. Il était de constitution moyenne, parlait sur un ton égal et avait le teint d'un type qui passait beaucoup de temps dehors.

Worth soutint son regard.

– Simple spéculation, dit Farmer. D'une manière ou d'une autre, lieutenant, voici votre chance de convaincre certaines personnes que vous êtes du bon côté.

– Ah, parce qu'il y en a qui en doutent ?

Farmer lui adressa un sourire qui pouvait vouloir dire à peu près n'importe quoi.

– OK, conclut Granger. On reprend tout depuis le début.

Ils sortirent tous en file indienne : Vargas en tête, puis Granger et Torres. Suivi de l'agent spécial Farmer, qui portait le sac en toile que l'équipe de Granger avait rempli avec du cash de la police en se basant sur les déclarations de Derek Price.

Le technicien audio resta à la traîne, remballant son matériel.

Ils remontèrent le couloir jusqu'à la salle de réunion, pleine de flics : des détectives, des officiers, des commandants, un sergent de la Direction tactique et l'équipe que Terry Farmer avait amenée des Stups.

Au milieu d'eux était assise une caissière en congés, très pâle, qui avait l'air complètement perdue, seule. Worth lui sourit et s'assit à côté d'elle. Après tout, lui aussi bossait dans un supermarché.

Il y avait beaucoup de choses que Tony Briggs pouvait supporter.

La douleur ? Pas de problème. La stupidité ? Bien sûr. Les conneries ? Ça allait avec le boulot.

Il avait calmé des tripés au crack et s'était fait vomir dessus par des poivrots. Il avait eu sa ration de merdes administratives. La mort, le démembrement, le gâchis, la décadence : bienvenue dans le petit monde de Ray et Tony.

Mais voir Tante Joan dans cet état, c'était insupportable.

Elle avait réussi à tenir jusqu'au dîner. Là, tout le poids de la journée s'était abattu sur elle. Le choc, un chagrin à lui briser le cœur, l'incrédulité. L'indignité totale de l'ensemble.

Trente ans ensemble, elle et Eddie. La moitié d'une vie dans un gourbi, dos à dos. Ça n'avait pas toujours été joli joli, et certainement pas parfait, mais ils s'étaient serré les coudes pendant les éclaircies et les coups durs. Trente ans de travail, de luttes, de soucis, de rires, de pleurs, à élever leurs enfants.

Et tout cela se résumait à un fait :

Eddie avait été abattu d'une balle en pleine tête. Son mari, abattu alors qu'il était assis dans son fauteuil. Assassiné dans son bureau, à 2 heures du matin, avec sa petite traînée de secrétaire à deux balles.

Tony resta avec sa famille dans la grande maison de l'Oncle Eddie, à Gretna, jusqu'à ce que les gens commencent à partir, bien après la tombée de la nuit. Peu après 22 heures, il laissa sa maman et sa cousine Carmen avec Tante Joan ; il leur laissa son numéro de pager et assez de Xanax pour assommer un cheval.

Il arriva chez lui aux alentours de 22 h 30. Il se déshabilla et prit une douche brûlante ; à 23 heures, il était presque prêt à partir.

Tony enfila un jean, un pull noir et des bottines. Il étala toute son artillerie sur le lit. Après avoir réfléchi une minute, il choisit un Beretta Tomcat, rangé dans un petit holster.

C'était un calibre .32 pas plus grand que la paume d'une main, facile à cacher. Parfait pour les petits espaces. Il fit tourner le barillet et vérifia qu'il était bien chargé.

Il ôta le cran de sécurité avec son pouce.

Puis il se retourna très vite et visa celui dont il avait entendu les pas derrière lui.

Ray Salcedo s'arrêta à la porte, les mains en l'air :

– Doucement, Crockett.

Briggs sourit et abaissa le canon de son revolver.

– Tu frappes plus à la porte, maintenant ?

Ray était toujours en tenue de patrouille, le volume de sa radio mobile au minimum. Il rangea ses outils de crochetage dans leur étui en cuir, referma le rabat et raccrocha le tout à sa ceinture.

– Ça fait dix minutes que je frappe.

– J'étais sous la douche, dit Tony. C'était comment, la garde ?

– Calme.

– T'as attrapé des méchants ?

– Je leur laisse quartier libre cette nuit. (Ray entra dans la pièce et vit le déballage sur le lit.) Comment va ta tante ?

– Sous tranquillisants. T'as fini ?

– Pas encore. Mais j'me tire.

Tony hocha lentement la tête.

– Alors, il se passe quoi ?

– Je ne sais pas, dit Ray. Tu as quelque chose à me dire ?

Tony se planta face à lui et ne dit rien. Pas la peine d'insulter son intelligence.

– Tu as laissé le téléphone que tu as utilisé pour appeler la fille dans mon 4×4, dit Salcedo. J'ai vérifié les numéros des appels sortants, avant de partir en patrouille.

– Sans blague.

– Le dernier appel que j'ai passé date d'hier soir.

– Qu'est-ce que tu cherches à dire ?

Ray montra le revolver que Tony tenait à la main.

– Tu sors ?

Tony rit et jeta le Beretta sur le lit. Il bouscula Ray pour passer et alla jusqu'à la commode, attrapa son portefeuille et sa montre.

Ray dit :

– Je croyais qu'on était d'accord.

– Te bile pas, équipier, lui dit Tony. Tu auras ta part.

– Ce n'est pas ça qui m'inquiète.

Quand Tony revint, Ray l'arrêta. Une main à plat sur la poitrine, les cinq doigts écartés. Comme s'il arrêtait un voyou essayant de se soustraire à une interpellation.

Tony regarda la main de Ray.

Enfin, il releva les yeux et les planta dans ceux de Ray.

31

Quelle ironie. Presque tous les meubles dans ce putain d'appartement, c'était l'Oncle Eddie qui les lui avait donnés à un moment ou à un autre.

La chambre à coucher, la table de la cuisine. Les fauteuils en cuir et le convertible. La chaîne hifi, et même le meuble dans lequel elle était installée.

Peut-être qu'il n'avait eu qu'un téléviseur 42 pouces, mais dans l'ensemble, l'Oncle Eddie avait plutôt gâté son neveu favori, ces dernières années.

Lui et Ray saccagèrent absolument tout. Après la chambre, le couloir et le salon. Ils tailladèrent, arrachèrent, se débattirent, Tony en civil et Ray en uniforme, et se flanquèrent tous les coups de poings et de coudes possibles.

Ray surprit Tony avec un uppercut rapide comme l'éclair. La tête de Tony partit vers l'arrière, mais il encaissa et répondit par un violent coup de coude sur la nuque de Ray.

Pile sur la pointe du coude. Ses doigts en furent tout engourdis. Ray fit un pas en arrière, puis se ressaisit et se jeta sur lui. Ils roulèrent sur le canapé.

La connasse d'en dessous se mit à frapper au plafond. Tony cogna Ray au niveau de l'oreille. Puis Ray lui immobilisa les jambes et chercha une ouverture.

Après quelques tentatives infructueuses, il flanqua

un bon coup de genou dans la joue de Tony. Une fois, deux fois, trois fois.

Tony se prit toute la violence des coups. Il ne pouvait pas bouger, il était complètement immobilisé. Au troisième, il commença à voir flou.

Il essaya de se retourner, mais Ray avait l'avantage. Il en profita pour lui passer un bras autour du cou ; il serra de toutes ses forces, écrasant Tony face contre terre.

Tony tendit le bras, saisit le pouce de Ray. Il le tira comme s'il décapsulait une bouteille de bière.

En retour, Ray lui défonça le côté du crâne.

Exactement sur ces saloperies de points de suture.

Quand il vit que Tony ne lâchait pas son pouce, il recommença.

– Fils de pute, souffla Tony.

Il rejeta violemment sa tête en arrière, mais ce fut dans le vide. Il décocha une ruade, y mettant toutes ses forces, et essaya de se tourner.

Ray changea de position et le plaqua de plus belle contre le sol.

– Eddie voulait jouer dans la cour des grands, dit-il.

Il fit levier, écrasant le visage de Tony contre la moquette. Il avait la respiration un peu courte, mais il était moins essoufflé que son adversaire.

– Il fallait qu'il joue avec les grands. C'est bien ça ? Tu as dit ces conneries-là toi-même, mec. Tu te rappelles ?

Tony ne pouvait plus bouger. Il avait la tête prise dans un étau et s'il tirait son bras d'un millimètre supplémentaire, il allait s'arracher l'épaule.

Il essaya de se servir de ses pieds, mais Ray resserra les cuisses et pesa de tout son poids. L'épaule de Tony se déboîta. Doucement, il commença à percevoir un début de réponse à la question qu'il s'était toujours posée sans jamais avoir de raison de le faire.

Dans un combat à mains nues avec tous les coups permis, pouvait-il battre Ray ?

– OK, dit-il. (Il cracha du sang, avala une goulée d'air. Et laissa son corps se détendre.) Putain, mec. OK.

Ray relâcha un tout petit peu la pression de son bras.

– Sûr ?

– Bon Dieu, dit Tony, ouais.

Ray attendit une seconde, puis donna un peu de mou. Après une autre pause, juste pour faire bonne mesure, il dit :

– Ahhh... C'est bon.

– Content pour toi, dit Tony. Mais évite de m'en mettre partout.

Ray posa une main sur la nuque de Tony. Il appuya, retira son autre bras de son cou et se leva.

Tony tenta de se mettre debout, et resta une bonne seconde à quatre pattes. Il reprit son souffle, fit bouger son épaule. Il cracha à nouveau du sang, et une dent.

Fils de pute.

Il s'appuya sur le bord de la table basse pour se relever.

Ray se tenait entre Tony et la porte d'entrée, et se massait la mâchoire. Il tamponna le sang d'une coupure au coin d'un œil avec le dos de sa main.

Tony se redressa. Lentement.

Il dit :

– Je croyais que tu serais toujours derrière moi.

– C'est tout à fait le cas, dans tous les sens du terme, répondit Ray.

Ils s'appuyaient l'un sur l'autre, debout, soufflant

comme des taureaux de combat. Tony esquissa un sourire. Il eut mal.

– Et maintenant ? dit-il.

– C'est à toi de me le dire, équipier.

La douleur venait d'une dent du bas que Ray lui avait dégommée. Elle s'était cassée à ras de la gencive. Tony sentait les échardes d'émail qui pointaient avec sa langue. Sa bouche était pleine de sang.

Il avala. Et soupira.

– La journée a été longue.

Ray hocha la tête.

– Je sais.

– Putain de longue journée, mon vieux.

– Viens avec moi jusqu'au commissariat, dit Ray. Je me change et on va se saouler la gueule.

Tony se redressa à nouveau et détourna les yeux. Il finit par soupirer et hocher la tête.

– OK.

Quand il vit la main de Ray s'éloigner de la crosse de son arme de service, il ajouta :

– Hé.

– Ouais, répondit Ray.

Tony lui flanqua un coup de boule.

Ray fit deux pas en arrière. Sans attendre, Tony se pencha et lui flanqua son pied dans le bide.

Il fallait reconnaître ce mérite à Ray Salcedo. Il récupérait vite pour un mec qui venait de se prendre un coup de boule. D'instinct, il reprit ses appuis en écartant les jambes, abaissant son centre de gravité pour être moins vulnérable, et se prépara à la riposte.

Tony décida de changer de tactique et enfonça son pouce dans l'œil de Ray. Il finit par l'entendre grogner, comme s'il avait vraiment mal. Il se plia en deux et fonça, attrapa une jambe de Ray, la leva et poussa.

Ray se tortilla et essaya de se baisser davantage. Tony avança encore, sans cesser de pousser.

Ils tombèrent à nouveau, Ray la tête la première, Tony sur son dos, en plein sur la table basse qu'Eddie lui avait donnée. La table s'écroula sous leur poids, l'armature de chrome se tordit et la plaque de verre explosa.

– Ouaaahh ! fit Tony.

Il flanqua deux coups de poings à Ray dans les reins avant de se laisser rouler sur le côté, ne voulant pas à nouveau s'embarquer dans une espèce de lutte gréco-romaine au ras du sol. Il planta son coude dans des éclats de verre et, sous l'effet de la douleur, inspira en sifflant entre ses dents.

Mais il fut quand même le premier à se remettre sur ses pieds.

Maintenant, c'était au tour de Ray d'être à quatre pattes et d'essayer de se relever au milieu des décombres. Tony lui défonça les côtes d'un coup de pied avant de reculer d'un pas.

Il saignait du nez. Il sentait le sang couler aussi sur ses doigts. Il resta debout, immobile, le souffle à nouveau coupé, exhibant une nouvelle série de blessures.

– J'ai changé d'avis, dit-il. On fait soixante/quarante.

Ray émit un drôle de gargouillis.

Tony finit par remarquer les mouvements de sa main dans la région de son cou. Il dit :

– Ray ?

Ray enleva sa main. Il eut un haut-le-cœur, et

quelque chose de mouillé inonda la moquette. Un instant, Tony crut qu'il venait de vomir.

Puis Ray s'écroula contre le canapé. Tony aperçut enfin le tesson de verre, planté comme une faucille dans la gorge de son équipier.

– Oh merde.

Il se précipita, se mit à genoux.

– Merde. Bouge pas.

La bouche de Ray fit quelques mouvements, mais aucun son ne sortit. Le sang se déversait de son cou par grosses vagues. Tony tendit la main et saisit le tesson de verre ; une nouvelle giclée jaillit de la blessure et lui inonda la main.

– Tiens bon, mec.

Tony regarda Ray, le forçant à ne pas le quitter des yeux. Le regard de Ray s'était troublé.

– Tiens bon.

Le cœur de Tony battait à deux cents à l'heure. Il ne savait pas quoi faire avec cette énorme hémorragie. Avant que Tony ne puisse l'en empêcher, Ray réussit à arracher lui-même le morceau de verre.

– Non ! Merde ! Putain de merde !

Le sang se déversait en un immense flot rouge vif. Une artère. Le devant de la chemise d'uniforme de Ray était trempé, le bleu marine avait viré au noir, son badge argenté était devenu rouge. Les mains de Tony étaient ensanglantées jusqu'aux poignets.

Il allongea Ray et appuya sa paume sur la blessure. Il essaya d'endiguer l'hémorragie avec son poing. Ray saisit son autre main, mais il n'avait plus de force.

Tony se dégagea et arracha la radio de l'épaule de Ray. Ses doigts étaient tellement poisseux qu'il n'arrivait pas à la tenir. Elle lui échappa des mains, il la ramassa à nouveau.

Ray toussa et eut un gros hoquet encombré.

La fin ne mit pas longtemps à arriver.

Pendant longtemps, il resta dans l'appartement saccagé, les yeux rivés sur le corps de Ray.

La moquette avait absorbé une immense flaque de sang. Tony en était couvert ; il ne savait pas lequel était celui de Ray, lequel était le sien. Ray était là, en plein milieu, les yeux encore ouverts. Il avait le visage presque gris.

À un moment, Tony se retrouva dans la salle de bains, devant la glace. Son nez était cassé. Il avait une énorme bosse sur le front et sa lèvre supérieure était très gonflée d'un côté.

Une vive douleur retint son attention. Il s'inspecta et finit par sortir une longue écharde de verre de son coude. Elle fut facile à attraper avec ses doigts collants. Le sang de Ray avait déjà commencé à sécher au bout de ses doigts, au creux de ses paumes.

À un moment, Tony jeta un coup d'œil à sa montre et laissa échapper une espèce de rire.

Il eut aussi mal que si on lui avait planté un coup de couteau dans les côtes, mais il ne parvint pas à s'en empêcher. Putain de merde, tout avait tellement foiré. Incroyable.

Et avec ça, il n'était même pas encore 23 h 30.

Il était là, complètement abasourdi, essayant de décider de ce qu'il allait faire. Il finit par opter pour la seule chose qui lui paraissait urgente.

Il quitta ses vêtements trempés de sang et retourna

sous la douche. Bloqua la température sur le plus chaud possible.

Tony Briggs resta debout, le menton contre la poitrine, dans le nuage de buée. Il laissa le jet couler longtemps sur lui. Tout en regardant l'eau rougie tourbillonner et s'enrouler autour de ses pieds avant de disparaître, il pensa à Ray, étendu mort dans le salon. Il pensa à Eddie, étendu à la morgue.

À mesure que l'eau chaude soulageait lentement ses douleurs, Tony pensa aux fausses identités qu'ils avaient gardées sous le coude, tous les trois. Juste au cas, totalement improbable, où tout se barrerait en couille rapidement.

Il pensa à d'autres choses encore.

Puis il prit la savonnette et commença à frotter.

32

Le Homey Inn était sur le côté, dans le virage de Saddle Creek, une vieille bicoque avec un porche couvert et des yeux de néon.

C'était le genre de bar que le père de Worth aurait aimé fréquenter, le dimanche après-midi : un petit rade sombre et enfumé avec des tables laquées, des plafonds bas, des murs tapissés de journaux, où on servait des cacahuètes chaudes dans des gamelles pour chien et un champagne bon marché à la pression.

On était jeudi, une heure avant la fermeture, et l'endroit était à moitié plein : des étudiants, des employés de bureau qui venaient s'encanailler, et les piliers de bars qui étaient là depuis midi.

Ils eurent la chance de pouvoir choisir le box le moins visible depuis la porte. Au fond, à moitié caché derrière une colonne d'aération et l'automate qui vendait les cartes téléphoniques. Worth s'installa face au bar. Gwen quitta son manteau et l'accrocha à une patère, sur le côté du box.

– Tout ceci est complètement insensé, dit-elle.

– Ne t'inquiète pas. (Il devait parler fort pour couvrir la musique que crachait le juke-box.) Tout est prêt.

– Bon, je ne sais pas pour toi, mais moi, je boirais bien quelque chose.

Elle partit vers le bar avant même qu'il ait eu le temps

de lui demander de rester assise. Worth ne quittait pas la porte des yeux.

Il profita de l'absence de Gwen pour passer la main sous sa chemise et tirer à moitié la prise du micro fichée dans le transmetteur. Il imprima une secousse à la prise, juste une seconde. Puis il rebrancha le micro correctement.

Son portable posé sur la table se mit à vibrer. Worth ouvrit le clapet et dit :

– Je suis là.

– Qu'est-ce qui se passe avec le fil ? demanda Neil Granger.

– Qu'est-ce que tu veux dire ?

– Ça se coupe tout le temps.

– Ah oui ?

Worth se déplaça un peu dans le box. Ils entendraient le froissement de ses vêtements à l'autre bout de la rue, derrière la laverie où la camionnette était planquée.

– Je ne sais pas. Tout paraît normal. Ça marche, là, ou pas ?

– C'est revenu il y a une seconde, dit Granger. Écoute, je ne sais pas, moi. Reste assis sans bouger, par exemple.

Granger coupa la communication.

Worth ferma son téléphone.

Gwen revint avec deux bières et deux petits whiskies, réussissant à tout porter rien qu'avec ses deux mains.

– J'ai pris sur moi.

– Je vois ça. (Il sourit en songeant à sa blessure au rein.) Le Dr Mandekar ne serait pas content.

Elle posa sa main sur son cœur :

– Promis, je boirai beaucoup d'eau demain.

Quelqu'un de la YMCA était allé chercher des vêtements à son appartement. Ce soir, elle portait un T-shirt, un jean râpé taille basse et des baskets. Le T-shirt était moulant et très court, il portait le nom d'un groupe de musique dont Worth n'avait jamais entendu parler. Il laissait voir une partie de son nombril, un petit bout de son slip et, surtout, leur différence d'âge.

Au SaveMore, Worth avait remarqué que les mecs ne regardaient pas spécialement Gwen. Personnellement, il l'avait toujours trouvée jolie mais ordinaire, belle sous la surface d'une manière que seule une âme sensible comme la sienne pouvait apprécier.

Ici, à peu près tous les hommes du bar la regardèrent quand elle traversa la pièce. Quelques femmes aussi, mais clairement pour des raisons différentes. Pendant un instant, Worth ne parvint pas à décider s'il avait envie de lui arracher ses vêtements ou de lui demander de remettre son manteau.

Puis elle se glissa précautionneusement dans le box. Ses mouvements étaient lents et mesurés. Il aperçut les traces qui demeuraient de ses contusions et se rappela la raison pour laquelle ils étaient dans ce bar.

Gwen disposa les verres devant eux. Elle leva le sien et dit :

– À la nôtre !

Worth sourit, mais laissa l'alcool sur la table. Il était presque minuit. Il débrancha le micro et fixa la porte.

Gwen engloutit son whisky et reposa doucement le verre vide sur la table. Elle grimaça, grinça des dents et souffla un grand coup. *Ouaaah.*

Elle se tourna et farfouilla dans son manteau. Elle en sortit une cigarette, qu'elle alluma avec des allumettes que quelqu'un avait laissées sur la table. Tandis qu'il gardait les yeux rivés sur la porte, Gwen aspira une bouffée et s'installa confortablement. Elle poussa un long soupir d'aise et envoya un grand panache de fumée vers le plafond.

– Bon sang, dit-elle. Tu sais, c'est la première cigarette que je fume depuis presque une semaine. J'avais quasiment oublié que je fumais.

Le portable de Worth se remit à vibrer.

– Je suis là.

Au bout du fil, Granger dit :

– Bon, alors, regarde autour de toi. Tu ne serais pas assis à côté d'un énorme aimant, par hasard ?

– Pas que je sache, dit Worth. Pourquoi ?

– Parce que là, nous t'avons complètement perdu.

Worth tripatouilla, gigota, tout en réinsérant lentement la prise du micro sur le transmetteur, millimètre par millimètre.

– OK, on t'a à nouveau. Qu'est-ce que t'as fait ?

– Je l'ai juste un peu secoué, dit Worth. Il doit y avoir un court-circuit.

Gwen montra la porte des toilettes et glissa sur la banquette. Worth essaya de l'attraper par la main, mais elle était déjà trop loin.

– Gwen, l'appela-t-il, mais elle ne l'entendit pas, sans doute à cause du juke-box.

Quelques personnes installées aux tables voisines se tournèrent vers lui.

Granger dit :

– C'était quoi, ça ?

– Rien, répondit Worth. Qu'est-ce que je fais, pour le fil ?

– Attends, peut-être qu'on a le temps de… Merde !

– Qu'est-ce qui va pas ?

– Il arrive, dit Granger, et il raccrocha.

Tony Briggs se gara dans le parking bondé et défoncé du Homey Inn, cinq minutes avant minuit.

Il vit le 4×4 de Caddie Man garé dans un coin isolé, loin des lampadaires. Il se mit à côté, coupa le moteur et les feux, et resta assis un moment à observer les alentours.

Pendant le temps qu'il resta là, il ne vit personne entrer ou sortir. Pas un véhicule ne passa sur la rue. Tout était calme.

Tony sortit de la voiture.

Il se sentait comme quelqu'un qui avait été jeté d'un balcon. Ses côtes le lançaient, il avait les mains couvertes de blessures. Ses articulations commençaient à se raidir. Il avait l'impression que sa colonne vertébrale craquait de partout à force d'avoir lutté avec Ray sur le sol. Salcedo lui avait déboîté l'épaule et Tony se disait qu'il restait peut-être bien un morceau de verre quelque part dans son coude. Avec ses points de suture à moitié arrachés sous sa casquette, il aurait eu du fil de fer barbelé sur le crâne que ç'aurait été pareil.

Et en plus, il n'arrivait pas à respirer par le nez. L'air froid de la nuit attaquait sa dent cassée comme la fraise du dentiste. Tony y cala instinctivement sa langue et se coupa.

Il prit une grande inspiration. Serra les poings. Cracha du sang.

Tiens bon.

On entendait le rythme de la musique à dix mètres. Les néons bourdonnaient dans les baies vitrées.

C'est Eddie qui les avait amenés ici. Tous les deux, Tony et Ray. Ils s'étaient installés dans un box au fond et il leur avait raconté les Polacks à Chicago, l'approvisionnement direct d'héroïne de Turquie et les opportunités commerciales.

Typique de l'Oncle Eddie. Il avait passé la semaine là-bas, à une espèce de salon, s'était ennuyé à partir du mercredi. Il était sorti à la recherche d'une entraîneuse à se faire et peut-être d'un petit gramme de blanche à s'envoyer quand il rentrerait à l'hôtel.

En fait, il s'était retrouvé dans une espèce de bouge dans le coin de South Archer Avenue, à boire de la bière Zywiec avec un type qui connaissait un autre type. C'était la raison pour laquelle il avait choisi cet endroit pour mettre Tony et Ray au parfum : c'était le seul bar de la ville à servir de la Zywiec à la pression. À nouveau, typique de l'Oncle Eddie.

Ils avaient descendu cinq pichets à eux trois et avaient discuté des différentes possibilités jusqu'à la fermeture.

Enfin, tout ça, c'était du passé.

Tony cracha encore une giclée de sang. Il s'essuya la bouche.

Puis il entra.

Pendant que Gwen était aux toilettes, Worth s'était levé, avait pris toutes ses affaires sur sa banquette et les avait rapportées de son côté : son manteau, ses cigarettes et son petit sac en nylon.

Quelques-unes des mêmes personnes aux mêmes tables voisines avaient à nouveau lancé un regard dans sa direction.

Il les avait ignorées, et partagé son attention entre les deux extrémités de la pièce, la porte d'entrée et celle des toilettes.

Après deux ou trois minutes, Gwen était sortie, en tenant la porte pour la femme qui la suivait.

Worth avait détourné les yeux vers l'entrée et vu Tony Briggs entrer.

Il sortit du box et attendit sur le côté. En partie pour que Briggs le voie, mais surtout pour que Gwen s'installe là où il voulait qu'elle s'assoie.

Elle lui sourit en revenant vers lui.

Worth détailla Tony Briggs. Il portait un pantalon de toile, un blouson en nylon noir et une casquette noire rabattue sur les yeux.

Son visage était dans un sale état. Des égratignures partout, quelques coupures, une lèvre gonflée et violette. Tandis que Briggs approchait, Worth remarqua que ses narines étaient bourrées de coton.

Gwen suivit la direction de son regard.

À la minute où elle vit Tony Briggs, son sourire s'évanouit.

Son expression se figea – ses yeux devinrent vides et distants, son visage se durcit comme une pierre.

Ils se retrouvèrent tout près du box.

– Salut les enfants, comment ça va ?

Briggs fit un mouvement de tête vers Gwen et lui montra son côté du box. *Après toi.*

Worth la prit par le coude et la poussa doucement vers sa banquette à lui.

Il la sentit se crisper à la seconde où il la toucha. Instantanément. Un réflexe. Elle retira son bras.

– Laisse-moi, dit-elle.

À nouveau, des regards des autres tables.

– Ouais, allez, viens, dit Briggs. Ne sois pas dirigiste comme ça, mec.

Worth perçut le changement chez Gwen à un

demi-mètre de distance. C'était le même changement qu'il avait constaté à l'appartement sécurisé, la nuit où Briggs et Salcedo les avaient coincés. Cette réaction inattendue qu'il lui avait vue, comme un petit animal acculé dans un coin par un plus gros que lui.

Elle passa devant Briggs et se glissa sur la banquette comme si peu lui importait de s'asseoir d'un côté ou de l'autre. *Tu ne me diriges pas non plus.*

Briggs sourit et secoua la tête. Il s'assit à côté d'elle.

Ce fut à ce moment précis que Worth prit deux décisions.

Un : quelque chose clochait dans tout ça.

Deux : à partir de maintenant, le fil du micro resterait branché.

Il avait essayé de mettre en place un schéma de dysfonctionnements pour pouvoir déconnecter le fil quand Briggs arriverait.

Mais plus question de jouer maintenant. Tout ce qu'ils avaient traversé ces six derniers jours allait se concrétiser dans les six prochaines secondes. Briggs avait pris le contrôle de la situation en deux temps trois mouvements.

Tout à coup, les mecs planqués dans la rue étaient le plus gros atout de Worth.

Worth s'assit :

– Qu'est-ce qui est arrivé à ton visage ?

– Les mains sur la table, dit Briggs. Et ça vaut pour tous les deux.

Worth posa ses mains à plat sur la table.

– Où est Ray ?

– Ray ? Il est de service. (Briggs montra les verres à bière et à whisky sur la table.) Elle a un tour d'avance sur toi, mec.

– J'ai décidé que je n'avais pas soif.

– Ah ouais ? Alors, tu m'en voudras pas ?

Sans attendre la réponse, Briggs tendit la main. Il avala le whisky de Worth. Puis il prit le verre de bière et le descendit d'un trait. Il reposa le verre et laissa échapper le soupir universel de la soif étanchée : *Ahhh.*

– Merci, dit-il. J'en avais besoin.

– Le fric est dans le pick-up, dit Worth. Comment tu veux procéder ?

– OK, revenons à nos affaires. T'as raison. (Briggs fit un geste de la main.) Donne-moi tes clés.

– Mes clés ? Pourquoi ?

– Parce que je te les demande.

Worth ne répondit pas, alors Briggs glissa la main dans la poche de son manteau. Il en sortit un petit automatique et le mit dans sa main gauche. Il posa son coude droit sur la table, de façon à ce que l'arme reste invisible pour tous les autres clients du bar. Il enfonça le canon dans les côtes de Gwen.

Gwen regarda Worth. Ses yeux s'écarquillèrent un peu ; ce fut le seul changement dans son visage.

– Les clés, répéta Briggs.

Worth fouilla dans sa poche et posa les clés du pick-up sur la table.

– Merci. (Briggs les ramassa.) Faut que j'y aille.

– Tu prends mon pick-up ?

– Ouais, t'as raison, c'est pas juste.

Briggs jeta ses clés à lui sur la table.

À moitié couverte par la musique assourdissante du juke-box, la voix de Gwen leur parvint :

– Enlevez ce putain de revolver de ma poitrine.

Worth la regarda. Elle était tournée vers Briggs, mais

elle lui parlait, à lui. Au micro. Aux gars dans le camion.

Briggs se contenta de sourire. Ses lèvres tuméfiées donnaient à son visage une expression grotesque.

Mais il retira son revolver, le remit dans sa poche, secoua la tête et dit :

– Chérie, je t'aime vraiment bien.

– Vraiment ? Moi, j'espère que tu vas crever.

– Tu devrais venir avec moi, dit-il. Je te montrerais ce que tu es en train de louper.

Elle lui éclata de rire au visage.

– Et j'suis même prêt à partager le fric avec toi.

– Pas question que je vienne avec toi.

– Comme tu voudras. (Briggs rit.) Et si tu me faisais un gros baiser d'adieu ?

Gwen planta ses yeux dans les siens. Ils lançaient des éclairs. *Rien de ce que tu dis ou fais n'a la moindre importance.*

Tony Briggs fit un clin d'œil à Worth.

– Prends des notes, mec.

Il se pencha sur Gwen et l'embrassa, avec ses grosses lèvres et tout. Il passa une main derrière la tête de Gwen et l'attira vers lui. Son autre main disparut sous la table. Gwen prit à grand-peine une inspiration, les yeux écarquillés à nouveau.

Là-bas, près du bar, un soûlard tomba d'un tabouret, faisant dégringoler un plateau couvert de verres à bière. Le poivrot s'écrasa par terre au milieu d'un fracas de bois et de verre brisé.

Quand Worth regarda à nouveau face à lui, Tony Briggs avait déjà quitté le box. Tête baissée, il fendait la foule vers la sortie.

33

– Il est en train de sortir, dit Worth à sa chemise. Il prend mon camion. Terminé.

– Matthew ?

Il perdit de vue Briggs, qui fut avalé dans le groupe compact de gens agglutinés au bout du bar.

– On arrive tout de suite.

– *Matthew ?*

Gwen avait un air bizarre. Ses yeux paraissaient figés, vaguement perplexes. Elle ouvrit la bouche, puis la referma.

– Gwen, qu'est-ce qui se passe ?

Elle baissa la tête. Il entendit un bruit au milieu de la musique et comprit que c'était Gwen, les yeux rivés sur ses jambes, qui laissait échapper un cri aigu, étranglé, plein de détresse.

Worth se pencha en avant rapidement. À la seconde où il put voir son ventre, son estomac se serra.

Juste en dessous de ses seins, le T-shirt de Gwen était maculé de sang. Son jean paraissait trempé jusqu'aux cuisses.

– Bon Dieu.

Worth bondit.

Gwen saisit le manche du couteau qui dépassait de son ventre. Worth éloigna sa main tout doucement.

– Non, chérie, n'y touche pas.

Elle laissa échapper un cri atroce, suraigu.

Il rappela à Worth le seul animal qu'il avait jamais tué de toute sa vie, exprès. L'hiver de son douzième anniversaire, à la ferme de l'oncle de son meilleur ami, il avait tué un lapin de garenne avec une .22 long rifle.

– Ambulance ! hurla-t-il dans sa chemise.

Personne ne lui avait jamais parlé de l'ultime cri du lapin avant la mort. Après l'avoir entendu une seule fois, Worth n'avait plus jamais fait de mal à un animal.

– Je suis là, dit-il. Regarde-moi, chérie. Voilà.

D'après ce qu'il arrivait à voir, il s'agissait d'un couteau à lame fixe et courte. Poignée caoutchoutée, vert olive et noire. Briggs avait enfoncé la lame en montant, sous les dernières côtes. Ensuite il avait tourné, enroulant autour de la garde le tissu de coton, d'un demi-tour au moins.

– Ça fait mal. (Gwen avait le souffle court.) Ça fait mal.

– Je sais, répondit Worth. Ne regarde pas, OK ? Regarde-moi.

Presque tout le monde dans le bar le fixait, maintenant. Tout le monde sauf Gwen. Worth voyait bien à ses pupilles et à sa respiration qu'elle était en état de choc.

Au loin, il entendit Tony Briggs hurler :

– Qu'est-ce qu'il fait, ce type ?

Puis :

– Il a un couteau !

En quelques secondes, le bar fut en totale effervescence. Entre les corps qui se déplaçaient, Worth aperçut une dernière fois Briggs, qui se retournait et sortait par la porte.

Puis il vit un grand costaud en T-shirt bariolé qui

fonçait droit sur lui. Le type cria quelque chose, attrapa Worth par le cou et l'éloigna brusquement de Gwen.

Alors qu'elle tombait, Worth changea ses appuis et frappa le type sur la nuque du tranchant de la main. Exécution parfaite, en plein dans le mille. Le type frissonna et se recroquevilla.

Worth l'escalada pour retourner auprès de Gwen. Il sentit une masse lui écraser le dos.

Entre les pieds et les jambes qui l'entouraient de toutes parts, il vit Gwen s'écrouler sur le sol. Il vit des mains sur ses épaules, d'autres mains saisir le manche du couteau.

– Ne le retirez pas !

Il hurla de toutes les forces de ses poumons.

Mais ses mots se perdirent dans la clameur générale. Il rua et se débattit, flanqua un coup de poing dans une braguette. Il mordit un bras, défonça un genou avec son talon.

Il cria :

– Ambulance ! Tout de suite !

Ce fut un jeune type en costume qui sortit le couteau. C'était juste pour aider. Tandis que Worth s'agitait en vain, Gwen convulsa et son corps s'arqua.

En sortant, la lame crantée tira à sa suite une boucle grise d'intestin qui jaillit par le trou béant dans son ventre. Son T-shirt trempé commença à briller, inondé de sang neuf.

– Reculez ! Je suis flic !

À plat ventre, les bras et les jambes immobilisées, Worth criait jusqu'à ne plus avoir de voix.

– Je suis de la police !

Le type en costume émit un cri étranglé et recula. Le couteau tomba par terre, rebondit une fois et retomba à trente centimètres du visage de Worth. Il vit cinq lettres majuscules écrites au marqueur noir sur la poignée kaki : EDDIE. Un pied shoota dans le couteau, qui disparut.

Gwen était calée contre le box, ses mains reposaient par terre, inertes, et elle avait les yeux rivés sur son ventre, hébétée.

– Gwen, regarde-moi !

Quelqu'un lui flanqua un coup de pied au visage. Encore plus de poids sur son dos, l'écrasant encore plus contre le sol crasseux.

Worth hurla dans sa chemise :

– Amenez-vous ! Putain !

Plus tard, il repenserait à l'ironie qui avait voulu que dans la bousculade et la bagarre générale, la prise du micro se soit débranchée pour de bon.

Il vit arriver la semelle d'une chaussure de chantier, puis plus rien.

Tony Briggs sortit en trombe du parking au volant de la Ranger de Worth, s'engagea dans Saddle Creek, le sac en toile noire avec l'argent d'Eddie posé sur le siège, à côté de lui.

Il éviterait au maximum tous les endroits où la circulation était dense.

Vers l'ouest, jusqu'à la 50e ; puis vers le sud, par les quartiers résidentiels. Il prendrait Grover pour rejoindre la 42e, et ensuite l'autoroute pour quitter l'État.

D'ici que quelqu'un parvienne à démêler la situation très confuse qu'il avait laissée dans le bar en le quittant, il serait loin. Il pourrait abandonner le pick-up sur une aire d'autoroute ou à une station-service. Il volerait une autre voiture et continuerait sa route. Avec un quart de million en cash, plus les fausses identités, il pourrait se la couler douce jusqu'à la fin de sa vie.

Tony avait à peine parcouru un demi-bloc qu'un gyrophare apparaissait derrière lui.

Dites-moi que je rêve.

Dans le rétroviseur, il vit la voiture de flics lui coller au train, toutes lumières allumées. Il n'en revenait pas. La patrouille devait être planquée dans la station de lavage désaffectée à côté du bar, attendant la fermeture.

Et quoi, il n'y avait donc pas de criminels violents à arrêter ? Ces enculés du district nord-est n'avaient rien de mieux à faire ?

Il sortit le .32 de sa poche de blouson et réfléchit à la manière dont il allait se sortir de là. Il ne voulait pas flinguer un collègue exprès, mais il n'était pas question qu'il s'arrête maintenant. Quelqu'un dans le bar avait appelé le 911, à l'heure qu'il était ; encore quelques minutes, et le Homey grouillerait de voitures de patrouille et d'ambulances.

Tony leva à nouveau les yeux vers le rétroviseur.

Et voilà deux jeux de gyro derrière lui. Les voitures s'écartèrent alors qu'il les regardait, une de chaque côté de la ligne médiane. Elles prirent chacune une voie, comme si elles voulaient l'encadrer. L'une des deux alluma son projecteur. Le faisceau vint se refléter dans le rétroviseur de Briggs, l'aveuglant à moitié.

Incroyable.

Devant lui, Saddle Creek déboucha sur un rond-point. Tony commença à en faire le tour. Une des voitures de police le suivit et donna un seul coup de sirène. *Beeeep.*

L'autre voiture s'arrêta en travers, pour lui couper la route s'il décidait de faire demi-tour.

Il n'y aurait pas par hasard un avis de recherche lancé sur le pick-up de Caddie Man ?

Non. C'était trop tôt. À moins que…

Une troisième voiture de patrouille arriva par le sud, lui bloquant l'accès à la dernière sortie du rond-point, qui donnait sur la 50e.

Tony hésita, tergiversa. Il tourna le volant à gauche, serrant la corde du virage. Alors qu'il allait achever le tour du rond-point, il vit quelque chose de très curieux.

Une camionnette blanche sans le moindre marquage déboula à fond de train de derrière la laverie, dans la rue. Elle traversa à toute vitesse la 47e, puis le parking de la station de lavage, puis la 48e, et entra sur le parking du Homey Inn.

Tandis que la camionnette s'arrêtait avec force dérapages, Tony revit Matthew Worth assis en face de lui, dans le bar. Son air satisfait. Il essaya d'assembler les pièces du puzzle dans sa tête.

La voiture qui le suivait donna un nouveau coup de sirène. *Beeep-weep.*

Tony regarda dans le rétroviseur, puis par-dessus son épaule. Conclusion : peu importait la raison pour laquelle il se trouvait dans ce piège.

Laissez passer, bande d'enfoirés.

Il enfonça la pédale de l'accélérateur.

Au moins, le pick-up de Caddie Man avait du jus. Tony prit la dernière sortie du rond-point à toute allure, les pneus hurlèrent. Il accéléra encore, visant l'aile arrière de la voiture de patrouille qui se trouvait en travers devant lui.

Le projecteur lui arriva droit dans les yeux alors qu'il fonçait sur la voiture. Tony la heurta à la limite entre le noir et le blanc.

La force de l'impact fit vaciller le pick-up, qui partit en tête-à-queue et vint se coller contre la voiture, flanc contre flanc, dans un grand crissement métallique.

Tony écrasa la pédale une nouvelle fois. Il sauta par-dessus le bord du trottoir, sa tête heurta le toit du pick-up. Mais il réussit à passer, redressa la barre et repartit sur Saddle Creek dans la direction d'où il était venu.

Il passa en trombe devant le Homey ; les gens commençaient déjà à affluer sur le parking. Les portes arrière de la camionnette blanche étaient ouvertes. Il vit des types en noir se frayer un passage vers le bar ; la police d'Omaha et les Stups, à en croire les lettres inscrites en bandes réfléchissantes dans leur dos.

Les sirènes des voitures de patrouille qui le suivaient hurlaient maintenant en continu. On n'en était plus au stade de l'avertissement.

Tony donna des gaz, cherchant des itinéraires dans sa tête. Saddle Creek s'élargissait et tournait vers le sud au pied de la colline ; c'était une artère importante, qui parcourait le centre-ville en décrivant des méandres autour d'une diagonale.

Ses nouveaux amis allaient tout déblatérer par radio. Une fois que quelqu'un aurait démêlé la situation dans le bar – d'ici deux minutes, selon lui –, ils essaieraient de monter des barrages au niveau de tous les accès à l'autoroute.

Il fit un écart pour éviter la collision avec les voitures qui venaient en face, ignora le stop au carrefour de Saddle Creek avec Hamilton. Il y eut des crissements de pneus, des coups de klaxon, des hurlements de sirènes.

Trois voitures de patrouille derrière lui maintenant. Il en vit arriver une quatrième à fond de train en face ; il ne savait pas si elle répondait à un appel radio venant du bar ou si elle bifurquait pour l'intercepter.

Peu importait. Tony fit une grimace et fonça. Il atteignit le carrefour en plein sur la trajectoire de la voiture et braqua à fond à droite, défonçant le train avant du véhicule de patrouille.

La voiture tourna sur elle-même comme une toupie. Tony sauta un autre trottoir, arracha un panneau de stop et fit un tête-à-queue pour se retrouver sur la voie qui allait vers le sud.

L'une des voitures qui le suivaient s'arrêta pour venir en aide à celle qu'il venait de tamponner. Il en restait donc deux à ses trousses, et devant lui, un feu rouge. Tony appuya sur la pédale d'accélérateur, se déporta sur la gauche et franchit la ligne médiane.

Certains véhicules venant en face firent des embardées, le flux s'ouvrit pour le laisser passer. Il descendit en trombe Saddle Creek, en sens inverse, et explosa son rétroviseur en emportant celui d'un Plymouth Grand Voyager dans une gerbe d'éclats de verre. La patrouille numéro un ne le lâchait pas d'une semelle. L'autre restait sur une trajectoire parallèle, de l'autre côté de la ligne médiane, prenant progressivement de l'avance.

Arrivé sur Leavenworth, Tony vira pour se retrouver derrière la patrouille numéro deux. Les deux voitures freinèrent, dévièrent mais il n'y avait pas assez d'espace entre elles. Elles se rentrèrent dedans.

Tony laissa échapper un cri de victoire et poursuivit sa route vers le SaveMore où Caddie Man et Gwen Mullen avaient monté leur coup.

Il ne pouvait pas s'empêcher de regarder les grandes

lettres lumineuses au-dessus de l'entrée du magasin. Elles paraissaient trôner là, entourées d'un halo rouge.

À ce moment, Tony eut le plus grand regret du monde : celui de ne pas les avoir descendus tous les deux.

La fille Mullen pour l'Oncle Eddie ; voilà ce qu'il pensait. Mais ce n'était pas juste.

Il aurait dû se les faire tous les deux. Il aurait dû les emmener dehors, derrière le bâtiment, les faire s'agenouiller dans le noir. Deux balles : une pour l'Oncle Eddie, l'autre pour Ray.

Il retrouva ses esprits juste à temps pour voir la petite Honda qui déboîtait devant lui. Au volant, une jeune fille qui ne regardait même pas.

Cette idiote le vit arriver trop tard ; ses yeux s'agrandirent. Pas le temps de donner un coup de volant. Tony enfonça la pédale de frein.

Tout ralentit.

La voiture s'arrêta net devant lui. Il put voir la fille agiter les bras. Sans comprendre comment, alors qu'il se préparait déjà à l'impact, elle avait réussi à passer la marche arrière. La petite Honda rentra à reculons dans le parking.

Tony n'en crut pas ses yeux. *Bravo, poulette.*

Tout d'un coup, le pick-up se mit à patiner. Les pneus hurlèrent, dessinèrent de longues traces noires sur le sol ; puis, soudain, le macadam parut glisser sous lui comme un tapis roulant.

Putain, non.

Pendant ces quelques instants de temps suspendu, Tony parvint à identifier le problème. Les tas de neige sale de part et d'autre de l'entrée du parking avaient fondu et s'étaient transformés en épaisses plaques de verglas.

Il eut le temps de sentir le pick-up sauter par-dessus le trottoir, de sentir le volant lui échapper des mains. Il eut le temps de voir arriver droit sur lui un mur de béton. Il eut même le temps de penser : *Je vais me prendre un putain de supermarché.*

Ray Salcedo aurait aimé.

34

– Hé, mec, c'est le camion de Superflic.

– T'es naze.

Curtis Modell pointa un doigt :

– C'est sa plaque minéralogique.

Son frère ne dit rien. LaTonya Wells secoua la tête et dit :

– Ça sent pas bon.

Tout autour d'eux, les clients et les autres employés continuaient à se rassembler sur le parking, se dévissant la tête pour voir ce qui avait secoué le magasin jusqu'aux fondations, deux minutes plus tôt.

Le Ranger rouge sombre de Worth s'était encastré dans le coin nord-est du bâtiment. L'avant s'était raccourci de moitié, et le capot était plié en deux. On entendait les sifflements de vapeur dans le moteur ; sur le sol, une grande flaque de liquide ; le trottoir était jonché de morceaux de pare-brise.

Deux voitures de police étaient déjà sur les lieux : une derrière le pick-up, l'autre garée en travers à la sortie du parking. Toutes les deux dirigeaient leur projecteur sur le camion, illuminant la scène d'une lumière crue.

Des sirènes retentirent. D'autres voitures de flics arrivèrent. Soudain, elles semblèrent arriver de partout et converger sur le parking du SaveMore comme une nuée d'insectes blancs et noirs. De grands faisceaux de lumière bleue et rouge balayaient le mur.

Quelqu'un dit :

– Est-ce que ce truc va exploser ?

Avant que quiconque ait le temps de proposer une réponse, un escadron d'officiers de police en uniforme arrivèrent près de la foule. Ils se mirent à repousser les gens de leurs mains levées.

– Tout le monde recule.

– Il faut que vous reculiez.

– Retournez dans le bâtiment. Allez !

Sorensen, le manager de nuit, se détacha de la foule et s'avança vers un policier. Le flic hocha la tête, fit faire demi-tour à Sorensen en le tenant par le coude, et le reconduisit auprès des autres badauds.

Derrière eux, sortant d'un mégaphone, une voix amplifiée très fort qui résonna dans le brouhaha de la foule. *Sortez du véhicule. Les mains devant.*

La porte du conducteur s'ouvrit dans un grincement de tôle froissée.

LaTonya dit :

– C'est pas Superflic.

Ils virent tous le type sortir en trébuchant de la voiture, du sang partout sur le visage. Il fit quelques pas hésitants dans la lumière du projecteur, se plia en deux, puis se redressa à nouveau. Il regarda autour de lui, comme s'il n'arrivait pas à se repérer.

Tout d'un coup, il parut retrouver ses esprits. Il se retourna et commença à avancer d'un pas mal assuré vers la foule.

Stop, dit le mégaphone, *arrêtez-vous tout de suite.*

Quelqu'un dit :

– Et ça, c'est un revolver ?

Les policiers qui contenaient la foule sortirent leurs armes et hurlèrent des avertissements. Une femme cria. L'étranger en sang se tenait les côtes d'une main. Il leva l'autre.

Il tenait effectivement un revolver.

Alors, ils l'abattirent.

On aurait cru des pétards. *Bang bang bang*. Le type tomba comme s'il avait trébuché sur quelque chose, se tortilla sur le sol une seconde ou deux. Puis il toussa et cessa de bouger. Juste là, devant tout le monde.

Curtis Modell dit :

– Bordel de merde !

Il se tourna vers son frère, mais Ricky n'était plus là. Tout partait en vrille. Debout sur la pointe des pieds, essayant de voir par-dessus les têtes des badauds, Curtis aperçut Ricky dans le lointain. Il retournait au magasin.

– Mec, cria-t-il, mais où tu vas ?

Si Ricky l'entendit, il ne répondit pas.

Curtis essaya de se dégager, mais il n'y parvint pas. Il se retrouva coincé sur le parking, à aider les flics à faire reculer les gens, à éloigner les badauds.

35

– Votre visage a l'air beaucoup mieux.

– Vous trouvez ?

– C'est indéniable.

Tandis que le Dr Jerry Grail tendait la main vers le tiroir du milieu de son bureau, Worth ferma les yeux. Bon sang. Depuis le temps, il ne le voyait toujours pas venir ?

– Regardez vous-même.

– Je vous jure, Doc, vous et votre miroir.

Grail sourit.

– Faites-moi plaisir.

Worth acquiesça, prit le miroir et le tint devant son visage. Deux yeux noirs, sans grande expression. Un assortiment de coupures et d'égratignures, toutes couvertes de croûtes.

– Je vois un homme sur la voie de la guérison, dit le Dr Grail. Que voyez-vous ?

Worth reposa le miroir sur le bureau. Ses côtes lui faisaient encore mal quand il se penchait en avant.

– Je vois un type qui ne s'est pas pris un couteau dans le ventre.

– Vous dites ça comme si vous le regrettiez.

– Je regrette beaucoup de choses.

Grail hocha la tête d'un air compréhensif.

– Laissez-moi vous poser une question. Vous

tenez-vous pour personnellement responsable des actes de chacun des officiers de police du département ?

– Bien sûr que non, répondit Worth.

– Je vois, alors, seulement de ceux du lieutenant Briggs.

Worth soupira :

– Je me tiens pour responsable d'avoir mis des gens dans des situations dangereuses. Responsable de mes propres actes.

– Pensez-vous que vos actes auraient pu empêcher ces situations de se produire ?

C'était physiquement douloureux d'être assis là, mais pas à cause des quelques blessures qui n'étaient pas encore cicatrisées. À tout prendre, il aurait préféré être à nouveau par terre, au Homey Inn, à se faire piétiner par la foule.

– Vous voulez dire, est-ce que je pense que si j'avais agi autrement, il pourrait ne pas se trouver une équipe de l'émission Dateline devant votre immeuble, en ce moment ?

Grail sourit :

– Si vous préférez l'exprimer de cette manière.

Ces deux dernières semaines, la plupart des grands médias d'information avaient été sur le pont. Tout le monde semblait adorer cette histoire avec un policier en disgrâce et une caissière battue. Des flics ripoux et un réseau de crime organisé. Un bain de sang dans l'Amérique profonde enneigée. Apparemment, ils n'avaient rien eu à se mettre sous la dent ces dernières semaines.

– Oui, dit-il. Je pense que si j'avais agi différemment, rien de tout ceci ne serait arrivé.

– Si les lieutenants Briggs et Salcedo n'avaient pas fait ce qu'ils faisaient. (Grail comptait les « si » sur ses doigts.) Si M. Tice n'avait pas fait ce qu'il a fait. Si Russell James n'avait pas été un salaud violent. Si Miss Mullen était venue vous voir plus tôt.

– Si elle n'était pas venue me voir du tout.

Grail ne poursuivit pas sur cette voie.

– Comment va Gwen ?

Elle avait failli mourir deux fois à l'hôpital. Une fois des suites du coup de couteau, une seconde fois de l'infection qui avait suivi et qui s'était propagée dans son sang à la vitesse de l'éclair.

En ce moment, elle était branchée sur un respirateur et une machine à dialyse, maintenue dans un état de coma artificiel tandis que les machines et les traitements faisaient leur boulot. Mais ils disaient qu'elle allait de mieux en mieux.

Worth dit :

– Les médecins ont l'air content.

– C'est magnifique.

– C'est un coup de chance, dit-il. Mais oui, c'est bien.

Grail tapota son bloc du bout de son crayon. Après une longue minute de silence, il ajouta :

– Cela vous ennuierait-il qu'on change de sujet une minute ?

– Non, bien sûr, répondit Worth.

Grail sortit une feuille de papier de son dossier. Il lui tendit la feuille, puis se radossa dans son fauteuil.

– Je l'ai reçue il y a quelques jours.

C'était une lettre du Département des relations publiques de la police annonçant que la cérémonie de commémoration pour les Frères Tombés en Service, prévue la semaine dernière, serait reportée à une date ultérieure, sans autre précision.

– Oui, dit Worth en lui rendant la lettre. Je l'ai reçue moi aussi.

– J'avais espéré que nous en parlerions la semaine dernière, dit Grail. Mais notre conversation n'a jamais pris cette orientation, semble-t-il.

– Y avait-il quelque chose à discuter ?

– Je ne sais pas, dit Grail. Votre frère fait partie des officiers qui seront honorés. Ce report de la cérémonie vous fait-il quelque chose ?

– Je crois que le Département se retrouve avec une histoire médiatique d'envergure nationale sur les bras, un enterrement à organiser pour deux ripoux, et une enquête des Affaires internes en cours, dit Worth avec un haussement d'épaules. Je ne vois pas comment ils auraient pu faire autrement.

– Pardonnez-moi, dit Grail, mais rappelez-moi comment Kelly a été tué.

– Doc, allez…

– Je suis désolé. Contentez-vous de me rafraîchir la mémoire.

Il savait très exactement comment Kelly avait été tué. Ils en avaient déjà parlé. Plusieurs fois, en fait. Un gamin de quinze ans, qui faisait le mort dans la rue, prêt à descendre le premier flic qui viendrait lui porter secours pour gagner la reconnaissance de son gang. Worth pouvait même voir une des coupures de journaux qui dépassait du dossier de Grail, de là où il était assis.

– Il faisait son boulot, dit-il.

– Oui, dit Grail. Vous l'avez déjà formulé de cette manière auparavant.

– Et vous savez quoi ?

Grail parut extrêmement intéressé.

– Il n'aurait pas voulu de cérémonie, de toute manière.

Le Dr Jerry Grail passa son doigt dans son bracelet de montre pour la onzième fois. Worth avait compté.

Ils continuèrent sur le même mode jusqu'à la fin de l'heure. Après l'entretien, Worth quitta discrètement le bâtiment par-derrière, espérant filer entre les doigts de l'équipe de télévision.

Les salopards avaient posté des sentinelles derrière.

Avec le bruit de la broyeuse, Vince n'avait pas entendu les pas se rapprocher derrière lui.

Ce truc faisait tellement de boucan qu'il ne pouvait même pas s'entendre penser. Ce qui était précisément ce qu'il voulait en ce moment. Il avait pilé assez de calcaire ces dernières semaines pour refaire toute la route de chez lui jusqu'à l'autoroute.

– J'ai vu Matthew dans le journal, dit-elle.

Quand il entendit le son de sa voix, Vince sentit son cœur bondir littéralement dans sa poitrine. Il se retourna.

Rita était derrière lui, à quelques mètres, les bras croisés, les cheveux en bataille dans la brise. Elle portait un des manteaux que Vince laissait accrochés au pied de l'escalier de service, à la maison. Il était à peu près dix tailles trop grand pour elle. Ils restèrent à se regarder, jusqu'à ce que Vince se mette à se racler la gorge.

– Salut.

Rita jeta un œil en direction du hangar où se trouvait l'incinérateur. Puis elle serra un peu le manteau contre elle.

– J'ai vu des photos de la fille aussi. À la télévision.

Gwen Mullen. (Elle secoua lentement la tête, comme si elle venait d'entendre raconter une histoire triste.) Ils ont montré des photos d'elle juste après que le type l'avait frappée.

Quand elle prononça « type », ses yeux se tournèrent une fraction de seconde vers le hangar. À peine une fraction de seconde.

Vince laissa échapper un grand soupir parfumé au whisky. Il voulait franchir les quelques pas qui les séparaient et la prendre dans ses bras. Il était prêt à lui promettre tout ce qu'elle voudrait. Et il restait planté là, comme un animal idiot.

– Elle était toute contusionnée, dit Rita. De haut en bas.

– C'est ce que Matty a dit.

Rita finit par le regarder.

– Je veux que tu me dises quelque chose. Et je saurai si tu me mens.

– Je ne te mentirai pas.

– Est-ce que tu l'as fait pour l'argent ? (Elle fit un pas en avant.) Vince ? Ou bien, est-ce que tu l'as fait pour ton frère ?

S'il y avait une formulation qui effaçait tous les doutes, il la choisirait, mot pour mot. Mais il ne parvenait pas à en trouver une. Il leva une main, pour se cacher du soleil. Et pour qu'elle ne voie pas ses yeux.

– Je ne savais rien de l'argent avant que ce soit fait, dit-il. Je ne peux pas dire que je ne l'ai pas fait, chérie. Mais je ne l'ai pas fait pour l'argent.

Il ne savait pas si elle le croyait. Si elle ne le croyait pas, ce n'était pas visible non plus. Elle restait là, debout, le regard dans le lointain.

– Il y a deux choses, dit-elle, deux choses que je ne tolérerai pas dans ma vie.

– Vas-y.

– Ça, dit-elle. (Elle montra du doigt la bouteille qui dépassait de la poche de son bleu.) Et cet argent. Pas un dollar de cet argent. Tu comprends ?

Sans hésiter, Vince sortit la bouteille de sa poche, la jeta dans la broyeuse et appuya sur le bouton. La machine fit un vacarme assourdissant pendant à peu près quatre secondes, le temps de bouffer complètement le verre. Rita se colla les mains sur les oreilles.

Quand ce fut terminé, il laissa tourner la machine et dit, très fort :

– Je reviens tout de suite.

Tandis que Rita restait sans bouger, tenant le vieux manteau de Vince serré autour d'elle, Vince partit en 4×4 vers les épaves. Il s'enfonça entre les carcasses, jusqu'à l'endroit où il avait planqué les 264 000 dollars dans le coffre d'une Ford de 65.

Il fit le plus vite possible mais trouva quand même qu'il n'était pas assez rapide. Le trajet du retour jusqu'à la broyeuse, le sac sur les genoux, lui parut interminablement long, on aurait dit une année entière. La machine ronronnait patiemment.

Quand il revint, elle l'attendait toujours.

Curtis Modell n'en pouvait plus.

Il fit tomber une caisse de haricots des bras de son frère, le saisit par les épaules, le tourna vers lui et le poussa dans l'allée entre deux palettes à moitié déchargées destinées à l'allée 12.

Ricky laissa tomber la caisse, qui s'ouvrit. Les boîtes de haricots se mirent à rouler sur le sol de l'entrepôt.

– Bon sang, s'exclama-t-il en retirant son bras. Qu'est-ce que tu fous ?

– Arrête, dit Curtis. Tu as un comportement complètement bizarre depuis des semaines. T'as fait quoi, au juste ?

Ricky lissa son tablier. Il avait l'air vexé.

Comme si Curtis en avait vraiment quelque chose à foutre. Il croisa les bras et attendit. Deux ou trois autres types arrêtèrent de travailler.

– Ooohhh.

– Ça va donner !

– Vas-y dans les couilles, Ricky !

Des éclats de rire.

Curtis se contentait de rester là. Son frère était un crétin, mais quelque chose le rongeait. D'une manière ou d'une autre, il allait cracher le morceau.

Ricky finit par prendre cette fameuse mine. Cette mine qu'il avait chaque fois qu'il avait fait quelque chose d'idiot et qu'il voulait que personne ne le sache.

Il se mit à chuchoter :

– Mec, faut que j'te dise un truc.

– Quoi ?

– Pas ici.

– Pourquoi ?

– Viens me retrouver près des poubelles dans une heure. Et fais en sorte que ces connards te voient pas.

Bon Dieu, quel gamin. Curtis dit :

– Très bien.

Une heure plus tard, il se glissa par la porte de service et trouva son frère en train de fumer une cigarette à côté des poubelles. Ricky ne fumait pas, pourtant.

– OK, fit Curtis. Vas-y, dis-moi. T'as fait quoi ?

– J’ai fait que dalle, répondit Ricky.

– Alors, c’est quoi, ton problème ?

Ricky prit une grande inspiration. Il jeta la cigarette, se tourna vers Curtis, souffla comme une baleine et dit :

– Cette nuit-là, quand Gwen est allée à l’hôpital ?

– Ouais ?

– Quand je suis allé là-bas.

Ils avaient su tous les deux que quelque chose ne tournait pas rond quand elle s’était absentée deux soirs de suite. Gwennie ne manquait jamais. Même si ce fils de pute l’avait tabassée.

Alors Curtis l’avait couvert devant Sorensen quand Ricky avait pris le Blazer pour aller chez Gwen. Elle était arrivée au magasin deux minutes après son départ.

– Tu te souviens, quand je suis allé là-bas ?

– Allez, vas-y, crache le morceau.

– La porte était grande ouverte, dit Ricky. Elle avait dû partir complètement à l’ouest.

– Alors ?

– Alors, je suis entré.

– Et ?

Ricky jeta un coup d’œil alentour. Il se pencha plus près, parla en baissant la voix. Curtis écoutait attentivement.

– Tu te fous de moi.

Ricky secoua la tête.

– T’es sérieux ?

Ce n’était pas vraiment une question. Il connaissait la réponse, rien qu’à voir l’attitude de son frère.

– Putain de merde.

– Tu l’as dit.

Curtis n’en croyait pas ses oreilles. Il ne savait pas par où commencer.

– Tu veux dire que tout ce temps-là…

Au lieu de finir sa phrase, il donna un coup de poing à son frère, à l'épaule. Aussi fort qu'il le put, les jointures en avant.

– Trou du'c, dit Ricky, en faisant un pas en arrière. C'est quoi, ton problème ?

– Mon problème ?

Maintenant, c'était lui qui regardait derrière lui. À son tour de chuchoter.

– Pourquoi tu m'as rien dit ?

– Parce que t'es un con.

– Mec, c'est toi qu'es con.

Curtis repensa à la fois où, quand ils étaient petits, Ricky avait tenu une semaine sans dire à personne qu'il avait trouvé un chaton mort dans le climatiseur. Il était convaincu que tout le monde penserait qu'il avait fait quelque chose de mal. Personne n'avait jamais compris pourquoi il avait pensé ça. Ricky était comme ça. Depuis toujours.

– J'allais te le dire, dit-il. OK ? J'ai fermé la porte, je me suis tiré de là en vitesse, et je suis revenu directement ici pour te voir. Mais tu n'étais pas dans le coin et Gwen était déjà dans le bureau de Sorensen avec Superflic. Alors, j'me suis dit, *Bon*. Tu vois ? Genre, j'veux juste rester en dehors de ça.

– Et tu ne pouvais pas me le dire après ?

– J'ai perdu les pédales.

Incroyable. Curtis réfléchit.

– Alors, ça veut dire que…

Ricky hocha la tête.

– Ouais.

– Et Superflic, il a dû…

– Je sais.

Curtis secoua la tête :

– Bordel de merde.

– Ouais, dit Ricky. C'est exactement ce que j'dis.

Juste à ce moment-là, la porte de service s'ouvrit d'un coup. Un flot de lumière se déversa dans la zone de chargement. Dave, l'un des nocturnes à mi-temps, sortit avec un énorme sac-poubelle qui sentait le vieux spaghetti rance.

– Hé, Curtis, tu veux bien ouvrir le couvercle ? Ce truc est vachement lourd.

Curtis tendit le bras et ouvrit la benne la plus proche. Il plissa le nez quand Dave balança le sac à l'intérieur. Il atterrit au fond de la benne avec un gros plop mouillé, et on entendit un bruit de verre cassé.

– C'est quoi, ça ?

– De la sauce bolognaise, dit Dave avec un soupir. J'ai fait tomber toute une caisse. On dirait que quelqu'un s'est fait trucider dans l'allée 9.

Curtis coula un regard en douce vers son frère.

Ricky ne dit pas un mot.

36

Ce mois de novembre fut le plus chaud qu'on ait jamais connu. Partout dans le Midwest et les plaines, les relevés météo affichaient des températures très élevées pour la saison. Les groupes religieux parlaient de fin du monde. Les parcours de golf restèrent ouverts.

Le mardi précédant Thanksgiving, en début de soirée, Worth entendit la sonnette et ouvrit la porte. John Pospisil était sur le seuil.

– John ! s'exclama-t-il, alors, vous êtes rentré à la maison ?

– Non, j'suis juste revenu montrer ma jambe. Liz avait des courses à faire, alors je lui ai demandé de me déposer à la maison. Histoire de faire un tour et vérifier que tout va bien.

Worth se rendit compte qu'il n'avait pas vu John depuis la nuit du cambriolage, des semaines auparavant. Il avait l'air en forme, bien reposé. On lui avait enlevé la grosse attelle extérieure, et il n'avait plus que les béquilles et une chaussure rembourrée. Il était rasé de frais et ses joues respiraient la santé. Worth n'était pas prêt à le jurer, mais il avait l'impression que John avait peut-être même perdu quelques kilos.

Worth ouvrit la porte en grand et fit un pas de côté :

– Entrez donc.

John secoua la tête.

– Je ne peux pas rester.

Worth ne put s'empêcher de remarquer la manière dont John évitait de le regarder en face. Après avoir tenu la porte une minute, il finit par lui demander :

– John, est-ce que tout va bien ?

– J'ai eu un appel de ce détective, là, ce matin, dit John. Celui qui était ici, Sheppard, je crois ?

– Ouais, Roger Sheppard, approuva Worth. Il y a quelque chose qui ne va pas ?

– Ils veulent que je vienne faire une autre déclaration, des fois que je me rappellerais autre chose, j'imagine.

– Oh, dit Worth en haussant les épaules. Ce n'est pas surprenant. Je serais vous, je ne m'inquiéterais pas, John, c'est probablement juste une convocation de routine.

– Le truc, c'est que je me suis effectivement rappelé quelque chose.

Là-dessus, il se pencha sur ses béquilles et dit ce qu'il était venu dire. Tout en l'écoutant – à mesure que la portée de ce que John lui disait lui apparaissait de plus en plus clairement – Worth réalisait qu'il aurait dû ressentir quelque chose. De la panique, pour commencer.

Quand il eut terminé, John regarda vers le jardin.

– Tu as toujours été un voisin sympa, dit-il. Je suppose que je voulais entendre ce que tu avais à dire pour ta défense.

À ce moment-là, Worth comprit que non seulement il n'éprouvait pas le moindre sentiment de panique, mais qu'en fait il ne ressentait pas grand-chose.

Après trois lourdes semaines entre les reporters, les réunions, les avocats, les auditions, des heures et des heures de témoignage sous serment, il avait atteint le fond de ce qui lui restait de forces. Il se sentait complètement vide.

Et il ne lui restait pas le moindre mensonge en stock.

Alors, debout sur le pas de la porte, il raconta tout à John Pospisil. Jusqu'au moindre détail, en commençant par la nuit où il avait trouvé le corps de Russell James.

Worth n'omit rien. Il parla, sans broder, sans enrober. Il se contenta de tout déverser aux pieds de John.

Il eut l'impression de se purger de tous ses déchets toxiques. Comme s'il remontait à la surface pour prendre une bouffée d'air. Quand il eut terminé, Worth n'avait plus que deux certitudes.

Il n'était plus flic. Et il se sentait mieux que jamais, aussi loin qu'il se rappelait.

– Faites ce que vous devez faire, John. (Worth hocha la tête.) C'est OK. Je comprends.

John était appuyé sur ses béquilles, les yeux fixés sur la carcasse décharnée du vieil érable.

– T'as toujours été un bon voisin, dit-il.

Trois jours avant Noël, le grand jury de l'État blanchit officiellement Worth de tout agissement criminel et de toute implication dans la mort des officiers Raymond Salcedo et Anthony Briggs.

Deux jours avant Noël, le Dr Jerry Grail envoya des lettres de recommandation le déclarant apte à reprendre le service actif à compter du premier jour de la nouvelle année.

Worth ne se faisait pas d'illusions.

Il passa le jour de Noël à Elmwood Manor et mangea de la dinde aux hormones avec son père. Un des autres résidents parcourait les couloirs de long en large en beuglant des chants de Noël avec une voix de baryton dément.

– J'ai arrêté ce type, dit Vince Worth Senior. (Il pensait qu'il avait arrêté tout le monde à Elmwood Manor.) C'est dur pour un vieux flic, un endroit comme celui-ci. Ils veulent tous te tuer.

– Personne ne veut te tuer, papa.

– Sois sympa et trouve-moi du rhum.

– Mange tes fruits.

En fin d'après-midi, il se mit à neiger. De gros flocons de la taille de pièces d'un demi-dollar tombaient doucement dehors. Il poussa le vieil homme jusqu'à la grande baie vitrée encadrée de guirlandes lumineuses rouges et bleues.

Papa resta là, à raconter des histoires tout en regardant la neige tomber. Worth savait que la moitié d'entre elles n'étaient pas vraies, mais il écoutait malgré tout.

À un moment, il se surprit à parler de Tiffany Pine à son pauvre père abasourdi. Il pensait souvent à elle à cette période de l'année. En particulier quand il neigeait.

– Si seulement je savais quoi te dire, fils. (Vince Worth Senior soupira.) Ce monde est terriblement noir.

– Tu l'as dit.

– C'est pour cela que je me fais du souci pour ton frère.

Worth dit :

– Pour Vince ?

– Diable non, pas ce salopard. Matty.

– Oh. (Worth ne se donna pas la peine de rectifier.) OK.

– Il faut que tu le surveilles, là, dehors.

– C’est ce que je fais, papa. (Il tapota la main du vieil homme.) Ne t’inquiète pas pour nous.

– Un monde sacrément noir. Je pourrais t’en raconter, des trucs.

Worth ne voulait pas qu’il s’emballe, alors il se tut.

Ils restèrent assis côte à côte, à regarder par la fenêtre, à regarder le monde redevenir blanc le temps d’une saison.

Remerciements

Deux personnes ont joué un rôle prépondérant dans ’écriture de ce roman. Tout d’abord, le Dr Mark Wurth, un chiropracteur de génie qui m’a permis de réintégrer la branche des créatures-qui-marchent-debout-et-s’assoient-sur-des-chaises de notre espèce. (Worth… Wurth… l’une des multiples coïncidences troublantes, mais involontaires associées à ce livre).

Ensuite, mais certainement pas seconde par ordre d’importance : Carol Doolittle, ma mère, qui a fait tourner notre maison pendant le grand orage que fut janvier 2006, entre les délais urgents, les enfants malades, les séjours à l’hôpital et toutes sortes de complications dans l’organisation.

Je remercie aussi Anthony Neil Smith, Victor Gischler et John et Amy Rector, qui m’ont fourni des commentaires pénétrants sur ce manuscrit. Je suis tout particulièrement reconnaissant à la police d’Omaha pour les balades sur le terrain. Les flics ripoux dans ce livre sont ma seule invention.

Mes remerciements les plus spéciaux vont au super-agent David Hale Smith. Ainsi qu’à mes éditeurs au regard infaillible : Shannon Jamieson Vazquez, qui a donné forme à ce livre, et Danielle Perez, armée de sa loupe et de sa peau de chamois.

Et je remercie Jessica, 24/7, toujours.

Composition et mise en pages : FACOMPO, LISIEUX

Achevé d'imprimer en mars 2010
par Novoprint (Barcelone)

Dépôt légal : avril 2010

Imprimé en Espagne